# 中国在梁庄

梁鸿 著

中信出版集团 | 北京

**图书在版编目（CIP）数据**

中国在梁庄 / 梁鸿著. -- 增订版. -- 北京 : 中信出版社, 2025. 9. -- ISBN 978-7-5217-8018-5

Ⅰ. I25

中国国家版本馆 CIP 数据核字第 20250Q86T7 号

中国在梁庄

著者：　梁鸿

出版发行：中信出版集团股份有限公司

（北京市朝阳区东三环北路 27 号嘉铭中心　邮编　100020）

承印者：　河北鹏润印刷有限公司

开本：880mm×1230mm　1/32　　印张：10.5　　字数：222 千字

版次：2025 年 9 月第 1 版　　印次：2025 年 9 月第 1 次印刷

书号：ISBN 978-7-5217-8018-5

定价：69.00 元

# 总序

2013年秋天，写《艰难的“重返”》时，我是在美国杜克大学的图书馆里。至今仍记得图书馆对面那个孤悬又绝美的教堂塔尖，每写几行字，我就忍不住抬头望向它。它当然一直在那里。塔尖直伸向天空，纤细、自在，又充满力量，塔身上的砖纹依稀可见，繁复华丽。大朵大朵的云浮在蓝天中，一动不动，好似永远在那儿，从来如此。

当时我是应杂志之约，对自己前后五年写作“梁庄”的过程做一个回顾。这一邀约来得非常及时。到美国的一个月，我其实无所事事。无论是坐在房间里，还是在大学图书馆里，我都无法找到内在的支点进行阅读和写作。这不单单是因为身处异国他乡，也与2012年底完成《出梁庄记》之后我的空虚状态有关。

远行并没有让我获得宁静，相反，那一丝空虚犹如细细的颤音，和孤悬的塔尖遥相呼应，盘桓萦绕。时间很慢，一些未曾被意识到的，却极为重要的东西逐渐回到心里。

谁又能想到，十多年之后，仍然是远行，这一次到了另外一个国家的一个城市。在朋友邀约之下，我开始对自己写作三部“梁庄”的这十几年做一个回顾。

几乎是一种重复。时间没有向前，而是不断回旋，以同样的方式、同样的思维方向又回到原点。

此刻，窗外天空寥廓悠远。城市的屋顶此起彼伏，掩在高高低低的绿树之中，看不到阳光，却能感受到灰云内部所包含的光线。突然间，阳光跃出云朵，那一座座屋顶像被一双大手抚过，霎时间明亮耀眼、清新芬芳，花朵、树叶、枝干栩栩如生，犹如神启，所有事物内部的核心在阳光的魔法下复苏，生机勃勃。

这让人困惑。我是怎么来到这个地方的？是什么样的命运，什么样的可能带我来到这个我从来没有想过的、全然陌生的，却又似乎必然和我的生命发生某种联系的地方？

无论是思想还是行为，出走、远行都是一种象征，既为了更清晰地界定你曾经“在”的地方，也是在扩张自己思想的边界，以更准确地理解那个曾经的“在”。只是，我没有想到，对我而言，有一天，“北京”也成了一个象征性的存在，成了远方的家。这多重的远离，让“梁庄”成为内核中的内核，“在”中的“在”。

我希望能真的走进它。

自非虚构写作在当代中国产生影响到现在，已经过去了一段时间。现在，作为一种文体的“非虚构写作”已经被大家熟悉，这和 2010 年前“非虚构”无人所知的状况截然相反。当年，我把“梁庄”的稿子给了时任《人民文学》主编的李敬泽老师，一点都不知道他要放在哪里发表，而放在“非虚构栏目”发表获得社会的广泛反响之后，李敬泽老师一再表达，他自己也很意外。也正是这个契机，作家、评论家、媒体、大众等几种合力一起开始了一系列几乎是补救式的创作实践和概念完善。综观这些年的争论、批评和创作倾向，会发现，大家都急于拿一个现成的概念——不管是欧美已有的还是其他学科领域的——来界定“非虚构写作”的形式、边界和内涵，评判大于讨论，确定性大于扩张性，完成性大于未完成性。这对“非虚构”这样一个在中国还过于年轻的文体而言，似乎有点过于急躁。并不是说不需要去定义概念，而是，在它的创造性还没有被充分发掘，好的文本和表达还没有真正出现时，就过于强调它的确定性和边界性，会不利于这一文体的真正发展。

我很认真地研究大家对我的批评：《中国在梁庄》里面的情感过于清浅，过于强烈，以至于遮蔽了人物自述部分。这是对的。我在《出梁庄记》中做了一些调整，但这些调整并非出自它要符合“非虚构写作”的规范，而是因为我确实觉得要保持一些距离。我对那些基于我不符合“非虚构写作”要求的批评并不认同，我认同我的写作有问题，但它的问题不在于它没符合那一要求。

其实，我很怀念我写《中国在梁庄》时的状态。完全内化的写作，我全部身心想的只是怎么样更好地传达我想要传达的，我不知道“人物自述”以那样的方式放在文本内部有没有先例，我丝毫没想到要担心这一点，我只是在努力面对“梁庄”本身，努力去呈现“梁庄”。我喜欢这样的纯粹。知识的边界、概念，都是日常所要关注的东西，当面对写作对象时，它们只是土壤，是冰山下面的那一部分。

十几年之后，我作为一位读者再来阅读《中国在梁庄》时，仍然会被其中某些情感所震动，那也是当初我的震动。我保留了这些，其实也是保留了最真挚的一部分。我想，之所以不同地域、不同背景的读者读《中国在梁庄》会受触动，可能也有这部分原因。这些是双刃剑。它们是《中国在梁庄》的缺点，但没了这一点，“梁庄”还是“梁庄”吗？可能，早已被尘封到时间内部了。

我想表达的是，在真正开始写作之时，一个写作者也许要学会做减法，别考虑批评家的评价、同行的评价，别考虑经典的同类是什么样子。你考虑的只应该是：你要怎样更好地呈现你的写作对象。你要调动你的全部精力去应对这些，而不是另外一些。

经历了十年时间，写了三本“梁庄”，如果说我完全不受名利的影响，完全没有因为某些批评和建议去改变自己的写作，那可能有点虚伪。我想要写出更好的作品，这个“好”字当然包括希望得到同行和批评家的认同，希望得到读者的认同。从负面来看，这会使我迎合一些东西，但从正面来看，它让我更加严肃地对待我所书写的生活和表达的形式，我希望它们能够留下来。我喜欢自己有这样的野心。一想到有可能二十年、三十年后还有人会去读“梁庄”，我就跃跃欲试，想立刻拿起笔，去写作，去感受梁庄里的每一个人和湍水里的每一种植物。

如大家所见，《梁庄十年》的叙事方式和角度有所变化。我在努力探寻非虚构文体的边界。一个概念的产生、发展和最后相对的固定，需要具体的文本支撑。好的文学一定要有开拓边界的能力。有批评家认为《梁庄十年》有点像小说，叙事性过强。我想要强调的是，对我而言，《梁庄十年》是非虚构文学作品，甚至，它比前两本书都更加“非虚构”。因为在这本书里，我试图关注那些低入尘埃的细节和存在，这些，在大叙事里面，往往很容易被忽略掉。它并不是在一种轻松随意的心情下进行的写作，相反，它是在经过更加细致地琢磨之后的书写。书中的叙事性并非为了讲故事，而是为了让现场更加具有多向性和复杂性。

当然，这只是其中一个层面。《梁庄十年》之所以如此日常化、细节化，最重要的一点是，我的心态变了。

写作《中国在梁庄》时，我是第一次以一种思考状态回到梁庄，第一次去凝视具体的梁庄和梁庄人。我之前也认识他们，但从来没有认真凝视过他们，这些就在我身边的亲人，我好像是第一次听他们讲自己的故事和生命中最沉重的时刻，我好像突然意识到我童年生活过的村庄正在发生着巨大的变化。在这样的心态下，《中国在梁庄》中的"事件"大于"日常"。我着重于书写梁庄人生命中的"震惊"时刻，五奶奶的孙子被淹死，堂伯的丧礼，春梅的自杀，村庄小学变为猪场，扎根在湍水里的挖沙机，等等，那些"震惊"时刻无一不携带着大的时代痕迹。我想，这是一个初次"踏入"中国乡村社会的人都会有的震惊，你会惊讶于它内部的复杂性。新生与废，传统与现代，它们以极为矛盾的方式镶嵌在古老的中国大地内部。

这是我写《中国在梁庄》和《出梁庄记》时的内心。我常常震惊于梁庄身上变形了的"时代性"，它完全破碎于梁庄古老的灰尘和泥淖之中。我也常常震惊于梁庄的"整体性"，当沿着梁庄人的足迹在中国大地上行走时，我意识到，所谓"结构性变迁"这样的词汇简直太苍白了，它让无数农民的跋涉、寻找，无数家庭的分离、想念，无数种遭遇，变为一个冰冷的集合性陈述，"个体"不见了，只有路途上背着行囊艰难行走的“群体”，他们被作为一个符号叙述。

在这样庞大的“时代”和“整体”面前，我几乎有些迷失。我把自己放进去太深了。读者也被我的情感带进去了，他们执着地问我：“那该怎么办？”他们看了两本“梁庄”，既为之感动，又非常不满。“那该怎么办？”他们大声发问。在几乎每一场公开活动上，我都会被这样大声提问。

“那该怎么办？”刚写完《出梁庄记》的那一年，我也特别纠结于这一问题。我重新回到老家，沿河行走，我加入乡村建设的团体，去跟着他们做各种活动；我回到老家，试着和政府部门打交道，看能不能做一些什么。我看到更多的难题。我看到乡村改变的艰难，看到大家的迷茫，深刻感受到自己的人微言轻。我不知道怎么办。另一方面，在文学场内，我在面临另一场战争。我深知同行和批评家的态度，“梁庄”既不是标准的非虚构作品，也不是标准的文学作品，“当社会学大于文学时，那肯定是你的作品出问题了”，一位非常优秀的非虚构写作者非常反感读者提问他书中所涉及的相关社会问题，他认为那是对他的非虚构写作审美性和艺术性的否定。他的这种态度让我意识到我处境的尴尬和某种微微的羞耻。

这真的就是一种否定吗？我问我自己。

我该如何继续书写非虚构作品？如果我还要写的话。

到今天为止，我仍然没有找到能说服我自己的答案。我只能说，让我感到庆幸的是，因为阅读“梁庄”，无数的读者想到自己的家乡，想到自己的过去，想到有这么广大的现实存在，他们在感受，也在思考。同时，也因为这样的写作，我的精神世界、思维方式在不断生成。这就够了。这难道不是文学应该具有的“内部精神”之一吗?

这当然是一种自我安慰。但也只能如此了。

我从来没有想到我要写《梁庄十年》。对一个写作者而言，这样“重复”书写是非常危险的，也极容易被诟病。太长时间浸染在一个事物中，思维很容易被局限。时间久了，就会产生固定模式，哪怕你不断提醒自己。

两本“梁庄”其实已经够了，我不是那种能够下苦功夫去做更多实地调查的作者，我还是更喜欢书房以及书房里的生活——看书，思考，写作，发呆。我的那张极易过敏的脸是我和现实世界之间最根本的障碍。

但是，事情从来不会按照你所想的去发展。这正是人生有意味的地方。这十几年间，在和家人打电话时，我自然而然地听到梁庄的一些事情，哪家娶新媳妇了，谁去世了，谁家的孩子考上了大学，等等。有时，也会有老乡打电话过来说来北京了，于是，一顿饭下来，梁庄的近期新闻清清楚楚。更多的是，每年的几次回家，我也像往常一样，先是父亲、哥哥带着我，逐渐地，姐姐们、霞子加入进来，又有梁安、丰定，越来越多的人加入，我们在村里转悠，聊天，吃饭，喝茶，看打牌，开心极了。从表面看来，梁庄的生活几乎一成不变，梁庄村头的树也一成不变，可是，身在其中，你就会敏锐地发现，村庄北边墓地里的坟已经侵占到路上了，村庄东头屹立多年、几乎成为路标的那个小房子终于彻底倒塌了，五奶奶又矮了一些，梁安胖了，霞子和前夫的关系好像又微妙起来，湍河的水量比往年夏天大了，等等，等等。

令我自己诧异的是，我始终对这些充满好奇心。我没有厌倦，没有审美疲劳，每次回梁庄，我兴致勃勃地回去，充满想念地回来。实际上，我还没有离开就已经开始想念了。每次妹妹给我打电话叙说梁庄里哪个人的故事，我立刻就想回去见到，我想和那个人一起去走亲戚串朋友，想坐在他面前，听他讲自己的事情。我想请他吃饭、喝酒，陪他高兴、悲伤，或者只是玩耍。

这是我完全未曾想到的。

我仔细想了想，也许，令我如此充满好奇的原因，是未知性，是不以你的意志为转移的时间的前行，是必然的老去和新生，是连主人公自己都不知道的未来的人生。其实，无论身处世界上哪一个角落，每个人都在这人生的舞台上完全不可逆，完全不可预料。所不同的是，因为我持续的书写，“梁庄”的舞台性变得鲜明。我想看梁庄里的每个人如何走出自己的路径，想看“三十年河东三十年河西”会把湍水带往哪个方向。

生命的变化、时空的变化从未以如此细微却又清晰的方式被显现出来，它是如此丰富，如此复杂，充满美感和幽深的意味。

也正是在这样持续的观察中，一些更为深层的存在被一点点发现。我常常说，“非虚构写作”中的现实并非就是描述一种现实，就好像有一个现实不言自喻地放在那儿，谁来写都一样。不是这样的。非虚构中的现实包含着“发现”，因为现实有着无穷无尽的内部。就像在写《梁庄十年》第二章时，我突然发现前两本书中很多女性都没有姓名。经历了漫长的十年，我才意识到这一点。甚至，在中国现代文学史上，许多女性都没有姓名，春宝娘、祥林嫂、吴妈、小尼姑，不是作家不想赋予她们名字，而是在现实生活中，她们就没有名字。“大家都叫她祥林嫂；没问她姓什么，但中人是卫家山人，既说是邻居，那大概也就姓卫了。”鲁迅在《祝福》中的这几句非常简洁又形象地勾勒出祥林嫂的“无名”状态。一百多年后的今天，它依然适用。

对我而言，单单意识到梁庄女性的“无名”状态，就花费了十年。因为这一切太日常化了，日常化到我们根本忘记了这样一个坚固的存在。这样的集体无意识，这样的观念方式，在我们的文化深处，在每个人的生活中，到底有多少，我们无从知道。下一个十年、二十年，我还会在“梁庄”有什么新的发现，我不知道，我很期待，我几乎把这种期待看作一种学术上的无穷探究。

无论如何，我喜欢这样的发现，细节的、个人性的、日常的发现。它们也许没有前两本“梁庄”那么宏大和整体，但是，它试图展现生活的另一面，“外面”和“里面”，它们合在一起，构成一个时间的、空间的和历史的梁庄。

写作三本“梁庄”，十年，或者更久，我在变老，我和梁庄的距离越来越近，也越来越远。“近”是因为它一直在你心里生长，你和它一起经历春夏秋冬，生死轮回，多少人出去打工，多少人回镇上做生意，多少人回村盖房子，多少人回来抱孙子，来来去去，每一个人的去世都是亲人的去世，每一个人的出生都是亲人的出生。村后土地种的艾草有多旺，河道的水在夏天涨出多少，你都知道，就好像它就在你身边，你就在其中。这种感觉非常奇妙。当年必然的离去成为今天更加亲密的前提。它在你心中闪闪发光，不是它有多美，而是因为，它是你的亲人，是你生命内部的某一部分。

“远”是因为随着生活轨迹的变化，我在不断远行，离梁庄越来越远，离我熟悉的生活也越来越远。

就像此刻，我身在异国的房间，看着窗外层叠递次的风景和来回旋飞的海鸟，觉得自己像是被流放到了世界的某一角落，孤悬在时间和生活之外。说到底，在内心深处，人都有一个核心，与那个核心相关的空间、时间、人是你的家和你的归属，你所有的时间感和存在感都是相对于它而言的，都是以它为中心辐射出去的。这一空间感和时间感是我们思考的前提和起源。

我刚刚放下电话。是老家的姐姐打来的。她罕见地没有使用视频通话，而是用了语音通话。这不符合她一贯的风格。姐姐欲言又止，最后说，梁庄的老屋在前两天被拆除推平了，因为政府要清除危房。等她得到消息，从县城赶回到梁庄时，家门口已经空空荡荡。在听姐姐这样说时，我的思维和情感处于奇怪的停滞状态，我平淡地说，拆了就拆了，既然是国家政策，再说，老屋早已是危房，也早就住不了人了。聊了几句家常，我们挂了电话。

我看了一会儿窗外，转过身，开始做家务，洗碗、拖地、擦窗。一滴眼泪突然掉了下来，然后，一串串眼泪往下掉。有什么东西在心脏里一下一下捶击着，我努力压抑自己，不让自己发出号啕的哭声，尽管房间里只有我一个人。

梁庄的老屋没了。这就是历史。也是现在的我自己。我在异国的城市里，想象着梁庄的空荡荡的家。我的心很疼。

# 目录

# 前言

在很长一段时间内，我对自己的工作充满了怀疑，我怀疑这种虚构的生活，与现实，与大地，与心灵没有任何关系。我甚至充满了羞耻之心，每天教书，高谈阔论，夜以继日地写着言不及义的文章，一切都似乎没有意义。在思维的最深处，总有个声音在持续地提醒自己：这不是真正的生活，不是那种能够体现人的本质意义的生活。这一生活与自己的心灵，与故乡，与那片土地，与最广阔的现实越来越远。

那片土地，即我的故乡，穰县梁庄，我在那里生活了二十年。在离开的这二十几年中，我无时无刻不在牵挂着它。它是我生命中最深沉而又最痛苦的情感，我无法不注视它，无法不关心它，尤其是，当它，及千千万万个它，越来越被看作中国的病灶，越来越成为中国的悲伤时。

从什么时候起，乡村成了我们的累赘，成了改革、发展与现代化追求的负面？什么时候起，乡村成为底层、边缘、病症的代名词？又是从什么时候起，一想起那日渐荒凉、寂寞的乡村，想起那在城市黑暗边缘忙碌，在火车站奋力挤拼的无数的农民工，就有悲怆欲哭的感觉？这一切，都是什么时候发生的，又是如何发生的？它包含着多少历史的矛盾与错误？包含着多少个生命的痛苦与呼喊？或许，这是每一个关心中国乡村的知识分子都必须面对的问题。

也因此，一直有一种冲动，真正回到乡村，回到自己的村庄，以一种整体的眼光，调查、分析、审视当代乡村在中国历史变革和文化变革中的位置，并努力展示出具有内在性的广阔的乡村现实生活图景。我希望，通过我的眼睛，村庄的过去与现在，它的变与不变，它所经历的欢乐，所遭受的痛苦，所承受的悲伤，慢慢浮出历史的地表。由此，透视当代社会变迁中乡村的情感心理、文化状况和物理形态，中国当代的政治经济改革、现代性追求与中国乡村之间以什么样的关系存在？一个村庄如何衰败、更新、离散、重组？这些变化中间有哪些与未来、现代相联系，而哪些，是一经毁灭，就永远不会再有，但对我们民族来说又非常重要的东西？

2008 年和 2009 年，利用寒暑假，我回到梁庄，中原一个偏远、贫穷的小村庄，踏踏实实地住了将近五个月。每天，我和村庄里的老人、中年人、少年一起吃饭聊天，对村里的姓氏成分、宗族关系、家族成员、房屋状态、个人去向、婚姻生育做类似于社会学和人类学的调查，我用脚步和目光丈量村庄的土地、树木、水塘与河流，寻找往日的伙伴、长辈与已经逝去的亲人。当真正走进乡村，尤其是，当你不以偶然的归乡者的距离观察，而以一个亲人的情感进入村庄时，才发现，作为一个长期离开了乡村的人，你并不了解它。它存在的复杂性，它所面临的新旧问题，它在情感上所遭遇的打击，它所蕴含的新的希望，你很难厘清，也很难理解。你必须用心倾听，把村里的人作为一个个的个体，而不是笼统的群体，才能够体会到他们的痛苦与幸福所在。他们的情感、语言、智慧是如此丰富、深刻，许多时候，即使一个以文字、思想为生的人也会震惊不已，因为这些情感、语言、智慧来自大地及大地上的生活。

海登·怀特在谈到历史学家所陈述的“事实”时认为，历史学家必须认识“事实”的“虚构性”，所谓的“事实”是由论者先验的意识形态、文化观念所决定的。那么，我的“先验的意识形态”是什么呢？苦难的乡村？已经沦陷的乡村？需要被拯救的乡村？在现代性的夹缝中丧失自我特性与生存空间的乡村？我想要抛弃我的这些先验观念（后来的调查表明，这是非常艰难的事情，你的谈话方向无一不在显示你的观念，并试图引导你的谈话对象朝着你的方向思考），以一个怀疑者，对或“左”或右的观念保持警惕，以一个重新进入故乡密码的情感者的态度进入乡村，寻找它存在的内在逻辑。当然，这仍然只是一种努力，因为你必须要进行语言的“编码”，要把许多毫无联系的、没有生机的材料变成故事，要经过隐喻才能呈现给大家。这一“隐喻”过程本身已经决定，你的叙事只能是文学的，或类似于文学，而非彻底的“真实”。

当有人问我，你到底要完成一个什么样的任务，你的观点是什么时，我顿时茫然且有些害怕起来。我的观点是什么？我努力地在脑海中搜索，乡村在今天究竟是怎样的存在？它折射出怎样的社会问题与发展问题？我并不认同很多论者的观点，认为乡村已经完全陷落，但是，它又的确是千疮百孔的。我也并不认为农民的处境已经到了最艰难的地步，但是，整个社会最大的问题又确实集中在农民及乡村那里。与此同时，政府对于农民工，对于乡村的种种政策和努力都似乎无济于事，乡村在加速衰落下去，它正朝着城市的范式飞奔而去，仿佛一个个巨大的赝品。我反对那种带有明显倾向性的话语，那种仿佛不如此激烈，就不能体现一个知识分子良知式的愤激话语，但同样，我也深知，我这种试图以相对冷静、客观的立场来呈现乡村图景的方式，也是一种温良的立场，它显示出一个思考者的早衰与某种同化。因为学术，及学术式的思辨在我们这个时代，早已被置换为与主流意识形态相妥协的存在。无论如何，我警告自己，不要陷入某种潮流或派别之中，我宁愿是一个怀疑者，以自己有限的眼睛和知识去亲历某些东西。我害怕我的判断蕴含着某种偏见，而这种偏见总是以真理的面目出现。

因此，与其说这是一部乡村调查，毋宁说是一个归乡者对故乡的再次进入，不是一个启蒙者的眼光，而是重回生命之初，重新感受大地，感受那片土地上亲人们的精神与心灵。它是一种展示，而非判断或结论。困惑、犹疑、欣喜、伤感交织在一起，因为我看到，中国现代化转型以来，乡土中国在文化、情感、生活方式与心理结构方面的变化是一个巨大的矛盾存在，难以用简单的是非对错来衡量。

或许，我所做的只能是一个文学者的纪实，只是替“故乡”，替“我故乡的亲人”立一个小传。因为，很快，我所熟悉的这一切，都将消亡。同时，故乡只是对于成人或时代而言，对于正在成长的儿童来说，我所谓的“现在”，我所谓的“丧失”正是他们的故乡。

对于中国来说，梁庄不为人所知，因为它是中国无数相似的村庄之一，并无特殊之处。但是，从梁庄出发，却可以清晰地看到中国的形象。

2010 年 10 月

第一章

# 我的故乡是梁庄

穰县位于河南省西南部南襄盆地中部偏西地区。地理坐标为北纬 32° 22′ ~32° 59′，东经 111° 37′ ~111° 20′ 之间。南北长 96 公里，东西宽 67 公里，总面积 2294.4 平方公里。吴镇梁庄村位于穰县西北部，距城区 40 公里……“山少冈多平原广”为穰县的地貌特点。地势西北高东南低，地面平均坡降在 1/800~1/1200 之间。境内有大小河流 29 条。较大河流有湍水、刁河、赵河和严陵河，分别从北部或西部入境，汇集于东南部，注入白河，流入汉水。河流之间，自然分割成扇形冲积平原，在北部、中部和东部形成大面积肥沃土地。土层深厚，土质为保水保肥性能强的潮土、黄老土和黑老土。属亚热带季风气候，受季风转换影响，寒往暑来，四季更迭分明，温暖湿润。

——《穰县县志 · 概述》

# 回到穰县

昨夜几乎没有睡觉。火车的颠簸使得才三岁两个月的儿子睡得很不踏实，稍有不舒服就把胳膊抡起来，翻几个来回。怕他摔下去，我躺在他的脚头，用两腿圈着他，但却不时被睡梦中的他给推下去。我只好坐起来，打开床头小灯，看随身带的一本小书：《遥远的房屋》，这是美国自然文学作家亨利·贝斯顿于1925年在人迹罕至的科德角海滩居住一年后写的一本散文集。作者和科德角壮丽的大海、各种各样的海鸟、变幻莫测的天气、无所不在的海难亲密相处，你可以感受到他目光所及之处的丰富、细致和深深的爱意。在这里，大自然和人类是合二为一的，“无论你本人对人类生存持何种态度，都要懂得唯有对大自然持亲近的态度才是立身之本。常常被比作舞台之壮观场景的人类生活不仅仅只是一种仪式。支撑人类生活的那些诸如尊严、美丽及诗意的古老价值观就是出自大自然的灵感。它们产生于自然世界的神秘与美丽。羞辱大地就是羞辱人类的精神。以崇敬的姿态将你的双手像举过火焰那样举过大地。对于所有热爱大自然的人，那些对她敞开心扉的人，大地都会付出她的力量，用她自身原始生活中的勃勃生机来支撑他们”。是的，只有和大自然融为一体时，生命的意义、人类生存的本质形象才显现出来。在那里，你是渺小的，也是伟大的，更是恒久的，因为人就是其中的一部分。

掀开窗帘，在朦胧的夜色和火车的疾驶中，原野急速退去，又不断涌现。掩映在树木中的房屋沉默着，隐约可听到夜晚的呼吸。我不禁对即将展开的故乡之旅充满向往。我的村庄、我的亲人、我的小河，还有小河中那刻有我青春记号的大树。我想象它也有如是壮丽的风景，能给人带来如此庄严的思考。

清晨，火车缓缓地驶向县城，看到那座桥的时候，我知道，穰县就要到了，这是我旅程的第一站。我曾经在这座桥上，看到了世界上最美的月亮。那个黄昏，天色将暗，月亮已经升上天空，是一种奇异的淡黄色，如宣纸，中间一抹轻淡的云，清雅，圆润，恰如青春的哀愁，有着难以诉说的细致。那年我十三岁，第一次进县城，第一次见到火车，县城给我留下的第一印象就是那轮月亮。但是，当我走进县城，在纵横交错的马路上寻找大姐的单位时，我开始惊慌，害怕，我也不敢问路，那些悠闲的行人身上有一种陌生的东西使我不敢走上前去。在一座楼面前，我徘徊了好长时间，我想进去问路，我隐约觉得，这应该是大姐的单位附近，或者，就是大姐的单位，但我不敢问。现在想来，城市，虽然只是一个小县城而已，所展现给一个乡村孩子的形象却是一种明确的阶层与距离。

穰县，曾经是“逐鹿中原”最重要的战场，历史上发生过许多次残酷的战争，遭受过许多严重的自然灾害，穰县人一次又一次地几近灭绝。但由于地理、气候与交通的优势，每当穰县人口出现空白时，便有移民迅速补充过来。据史料记载，秦昭襄王二十六年（公元前 281 年），即迁“不规之徒”于穰。唐开元十年（公元 722 年）迁河曲六城“残胡”五万余口于许、汝、唐、穰等州。其中，规模最大，在民间流传最广的便是明朝洪武二年（公元 1369 年），迁山西、江西、福建等省人口至穰。穰县人皆说自己祖籍是山西洪洞县人，即起源于这次移民。穰县以农业为主，素有“粮仓”之称，盛产小麦、棉花、烟草、小辣椒、花生等，是国家粮食、黄牛、外贸烟出口生产基地和棉花、芝麻生产重点县。但是，大型企业几乎为零，没有工业支柱产业，这也使得它在改革开放的浪潮中始终处于劣势。经济不发达、民风保守、观念落后是官方对穰县的基本概括。

火车终于停了下来。车窗外，我的亲人们浩浩荡荡站了一大群，父亲、大姐、二姐、三姐，还有妹妹一家，总共十几个人。车门打开，早已站在车门口的儿子却突然哭着不愿意下车，指着地面说：“脏——太脏了。”大家都大笑起来。昨夜穰县下了一场雨，车站的地面有点湿，有泥水，被雨淋湿了的瓜果皮、纸屑和垃圾裸露在地面上，苍蝇在上面忙碌着。儿子显然有点儿被吓住了。

中午，一家人到饭馆吃饭。当年的一家八口，父亲母亲，还有我们姊妹七个，如今已经衍生为二十几口的大家族。一桌根本坐不下，大大小小的孩子们在另一桌吵吵闹闹，这一桌也是高声大调，笑声不断。在外人看来，这应该是一个幸福的大家庭，最起码，从物质上而言，这个家庭终于度过了漫长的贫困岁月，可以体面地去餐馆吃一顿饭。面对这样热闹的情景，儿子有点吃惊、害怕，赖在我身上，不肯下来。在城市生活的当代孩子，几乎没有经历过这样热闹的大家族场景。

晚上，所有家庭成员照例聚集在妹妹家。父亲、姐姐和姐夫们没有如往常一样去“斗地主”，这是将近七八年来他们最热衷的娱乐，也几乎是北方小城人们共同的娱乐活动。大家聚在一起谈论村里的事情，姐姐们早年出嫁，后来又逐渐移居城里，老家也已经是“故乡”了。因此，说起村里的故事，其好奇与兴奋程度不亚于我。

大家兴奋还有一个原因，那就是，我终于可以在家里住一段时间了。从二十岁出外求学到现在，每次回家都只是短暂停留，这一次，终于可以长时间地和他们在一块儿生活。

## 迷失

出城的公路依河而建，其中一长段高出河平面十多米。坐在车里，可以看到河里的情景，挖沙机在轰鸣，一堆堆沙高耸，有大型运输卡车在来回奔忙，一派繁荣的建设图景。只是，十几年前奔流而下的河水、宽阔的河道不见了，那在河上空盘旋的水鸟更是不见踪迹。

改革开放的这三十几年，整个乡村网络最显著的变化是路。道路在不断拓宽，不断增多，四通八达，缩短了村庄之间、城镇之间的距离。在我的童年和少年时代，坐公共汽车进城至少要两个小时，还不包括等车的时间，一路颠簸，几乎能把人颠到车顶上去，头撞得生疼。人们很少坐车，一趟两块钱的车费在那时几乎相当于一家六口人一个月的生活费。在县里师范上学的时候，大多数同学都是借自行车回家，两个同学互相带着，骑六个小时左右就能够到家。每次屁股都被磨得生疼，但是，刚进入青春期的少年是不会在意这些的。沿河而行，河鸟在天空中盘旋，有时路边还有长长的沟渠，沟渠上下铺满青翠的小草和各色的小野花，随着沟渠的形状高高低低，一直延伸到蓝天深处，清新柔美。村庄掩映在路边的树木里，安静朴素，仿佛永恒。

但是，我知道，这只是我的回忆而已。永恒的村庄一旦被还原到现实中，就变得千疮百孔，就像这宽阔的高速公路。它横贯于原野之中，仿佛在向世人昭示着：现代化已经到达乡村的门口。但是，对于村庄来说，它却依然遥远，或者更加遥远。前两年，从省城回家，也许是高速公路刚刚开通，乡亲们还没有接受足够的教育，公路上有骑自行车的、走路的、开小三轮的，逆行的、横穿的都有，原野的上空不时响起刺耳的喇叭声和刹车声。我故乡的人们泰然自若地走在高速公路上，公路旁的铁丝网被剪成一个个大洞。然而，如今，路上已经没有行人了，想必他们是接受了足够的教育和教训。

他们必须回到他们的轨道和指定的位置。那一辆辆飞速驶过的汽车，与村庄的人们没有任何关系，反而更加强化了他们在这现代化社会中“他者”的身份。被占去的土地且不必说，两个曾经近在咫尺，吃饭就可以串门儿的村庄，如今却要绕几里路才能到达。乡村生态被破坏，内在机体的被损伤并不属于建设过程中决策者考虑的范围。没有人考虑村庄的感受，即使有一些可通行的涵洞口，也是按照标准的数据来的。高速公路，犹如一道巨大的伤疤，在原野的阳光下，散发出强烈的柏油味和金属味。

吴镇渐行渐近。

我们的落脚点是在镇上做生意的哥哥家。吴镇位于县城西北四十公里处，曾经为穰县“四大名镇”之一，集市非常繁荣。镇子以主街道为中心，呈十字形，朝四面辐射。少年时代，每逢集市，尤其是三月十八庙会，可以说是人山人海。我们从镇子北头往南头的学校走，几乎可以脚不沾地地被推到那边。来往的汽车更是寸步难行，把喇叭按得震天响，可是，没有人听见，更没有人朝它们看上一眼，所有人都沉浸在熙熙攘攘的热闹中。在镇子北头，是一片回民聚集地，上学的时候，每天都从他们的房屋中间穿过，看到过宰羊、出殡、念经，对他们的生活方式，我始终有一种陌生和敬畏的感觉。没有工厂，没有企业，除了必要的政府公务员和商人，镇上居民大多仍以种地为生，间或充当小商小贩，卖自家的粮食、鸡蛋、水果，以物换物。

现在，沿着新的公路，吴镇形成了新的集市中心和贸易中心，一排排崭新的房屋矗立在道路两旁，全是尖顶的、欧式的建筑，很现代，但也显得不伦不类。镇子原来的主街道被周边新兴的街道和新建的房屋包围，变得破败不堪，荒凉异常。虽然原来的房屋、商店都还在，甚至，连店主都没变，但是，由于整体方位的变化和房屋的破旧，它们的存在也给人以奇异的陌生感和错位感。我始终无法适应这一错位，每次走在路上，都有强烈的异乡异地之感。

哥哥、嫂子在镇上开一个小诊所。哥哥还顺应潮流地做一些别的生意，承包过土地，开过游戏厅，最近又和同学做“房地产”，但似乎都以失败而告终。这次回来，哥哥家的门口又堆满沙子、石子，还有钢筋，混凝土搅拌机在轰隆作响。他准备把原来买的一整幢房子分割开，一分为二，卖掉其中一部分，还掉买房时欠下的债务。

在哥哥家稍作停留，买了鞭炮、火纸，我们到村里边给爷爷、三爷上坟。这是我们每次回家后做的第一件事。经过二十几年的扩建，梁庄和镇子几乎已经连接上，哥哥的房子离村庄只有五百米左右。在少年时代，晚上夜自习从镇上放学回家是我最恐怖的经历。空寂的道路，两旁是黑黝黝的、高大的白杨树，风吹来，树叶飒飒地响，那种害怕，连后脑勺都是冰凉的。从镇上学校到村子里的这段路，是世界上最漫长的路。当然，也有美好的时候，我的青春期，正是琼瑶、金庸流行的时期，我曾经疯狂地阅读所有能找到的他们的书。于是，在夜晚的路上，在害怕与惊慌之中，常常想象有那么一个白衣少年，从远方飘然而来，俊美羞涩，深情地拉着我的手，把我送回家。

而如今，如果不是有家人，有老屋，有亲人的坟，我几乎不敢相信这是自己曾经生活了二十几年的村庄。走在路上，我总是有“迷失”的感觉，没有归属感，没有记忆感。

过世的爷爷和三爷埋在老屋的后院。说是后院，但院墙已经坍塌，里面长满半人高的荒草。清脆的鞭炮响起，在村庄的上空炸响，惊醒了沉默，也似乎接通了那边的灵魂。我们磕头，烧纸。父亲揉了一把眼睛，说：“你爷，1960 年让集中去养老院养老，去的时候好好的，能说能唱，还提着个小夜壶，去四天，躺在席上回来了。人死了，硬生生饿死了。”这是每次上坟父亲都要说的话。虽然没有见过爷爷，但经过父亲这么些年的叙述，在我脑海中，那是一个戴着瓜皮帽，因长年担豆腐挑子卖豆腐，腰已经半弯的老头。他一手抱着铺盖，一手提着小夜壶，正蹒跚着朝离村子五里地的养老院走去。

听到鞭炮声，村子一些人走出来，客气地看着我，问父亲："光正，这是几闺女？不是四闺女吧？咋胖成这样？"看着这些熟悉而陌生的面孔，从他们的脸上，我清晰地感受到岁月的刻印，才发现自己原来也有了触目惊心的变化。

后院的右边是一座刚起的二层楼房，父亲说那是张家道宽的房子。道宽，兄妹几个全部考上大学走出了村庄，只有他还留在这里。道宽不善言辞，又不会干活，当年娶了一个漂亮的四川女子做媳妇，媳妇脾气火暴，几次出走，又被追回，最后还是走了，道宽受尽了苦头，也成了全村人嘲笑的对象。

扒开及膝的杂草和灌木，来到前面的老屋，在这里，我生活了整整二十年。院子里同样长满荒草，那倒塌了半边的厨房被村人当作了临时厕所，也有家畜拱过的痕迹。正屋前面、后面屋顶都是大洞。地基已经有些倾斜。哥哥前几年收拾了一番，但是，因为没有人居住，很快又开始破败。外面的墙面上还有妹妹当年学字时写的诗，错字连篇。每年回来，我们都要再读一遍，姊妹几个笑成一团。父亲忘了拿钥匙，正屋进不去。父亲和姐姐站在屋子前面，照了一张相。道宽家的新房和我家的房子形成了触目惊心的对比。

母亲的墓地，也是村庄的公墓，在村庄后面的河坡上。远远望去，是一片苍茫雾气，开阔，安静，有一种永恒之生命与永恒之自然的感觉。每次来到这里，心头涌上的不是悲伤，却是平静与温馨，是一种回家的心情。回到生命的源头，那里有母亲，而那里也将是自己最后的归宿。烧纸、磕头、放鞭炮。我让儿子跪在地上，让他模仿我的样子也磕了三个头。我告诉儿子，这是外婆，儿子问我外婆是谁，我说，是妈妈的妈妈，就是妈妈最亲的人。我们又如往常一样，坐在坟边，闲聊一会儿家里的事。

每次一到这里，大姐总是唠叨，“要是妈还在，那该多好啊”。

是啊，“要是妈还在”，这个设想过无数次的场景，成为全家人永远的梦想和永远的痛。看着坟头的草，鞭炮的碎屑，回想母亲的一生和我们的艰难岁月，家庭的概念、亲情的意义总是在瞬间闪现出来。如果没有这些，没有故乡，没有故乡维系、展示我们逝去的岁月和曾经的生命痕迹，我们的生命，我们的奋斗、成功、失败又有什么意义呢?

## 往事

按计划，今天对父亲进行“访问”。说访问有点奇怪，父亲一直在我们身边，他的秉性、脾气、为人我们都再熟悉不过。关于他的故事，他小时候的聪明伶俐，外婆如何亲自相中他，如何提亲，他怎样去偷偷看母亲，在“文化大革命”期间的被批斗、被打，不断逃跑的故事，等等，也都有大致的了解。

但也只是大致而已。想起父亲，他的一切，还是支离破碎的感觉。那模糊遥远的岁月，还有与之相关的历史，将随着这个人的逝去而消失。看着他摇摇欲坠的身体，总有一种来不及的感觉。

“访问”父亲，还有一个原因，他是村里的活字典，今年正好满七十岁的父亲，对村庄的历史，三辈以前的人员结构、去向、性格、婚姻、情感及来龙去脉都清清楚楚，如数家珍。而新中国成立以后村庄的权力纷争与更替，父亲更是了然于胸，因为他就是参与者，所不同的是，他是以一个“破坏者”和被批斗者的形象出现的。长得很有派头，被称为有“官样儿”，同时也被称为“刺头”“事烦儿”[1]的父亲，一生没有当过一天官，却一直和当官的斗争，家庭所遭的罪也都因此而起。

梁光正，七十岁，极瘦，颧骨高耸，双颊下陷，两眼浑浊，佝偻在圈椅里，连轮廓都有些模糊了。他坐在这里，沉默不语，从他的身上，你感觉到死亡的巨大阴影在逼近。但还有一种顽强的气质从这一衰老的躯体上展现出来，那是苦难命运塑造的乐观、豁达所传达出来的。它告诉我们，眼前这个人不会轻易屈服，哪怕是死亡。

你爷（六十六岁）是六〇年春上二月十四死的，你三爷正月初七死的。你爷饿死在养老院，那时候只要是老人，不管有后没后，有家没家，都要集中在养老院，集中供养。去的时候，你爷精精神神，手里提着夜壶，背着被子，是最健康的人。结果去了四天，饿死了。

当时，我在黑坡周营修水库。随便炸，炸到哪儿是哪儿，说起来是在搞工程哩。那时候人都饿哩迷三倒四，谁也顾不得谁。回来了，发现你大伯全身浮肿，都发亮了，腿上还有一个大疮，饿得

1　事烦儿：事情多，爱找事，尤指农村爱多管闲事的人。

都哭不动了。看见这情形，我心里难过，那也顾不得哭，得先找东西吃。“六〇年都是贼，谁不偷饿死谁”，一切东西，只要不是生产队分的，就算树上的树叶都被吃光。其实，那时候哪有树叶，五八年树都放光了，农村连一棵树都没有，所有能烧的东西都拿去炼钢烧了。人们都饿哩像鬼一样，到处烧东西。

咱们梁庄的梁家人六〇年前有二百多人，六〇年饿死六七十人，几乎是挨家挨户都有人死。梁光明那时候是村里保管员，他家饿死人最多，爹妈、嫂子都饿死了。他二嫂半夜去偷麦子，被人打断了腿，他也不管，最后饿死了，侄女没人管，也饿死了。那是个无情无义的人，谁都整。批斗人时，就他最积极，打哩最狠。

六〇年二月死人最多，原来是每天人均口粮“四两”，后来变为“二两半”，根本吃不饱。后来刘少奇下命令“七大两”（十两秤），这样人才少死了很多。当时的粮食都控制在各大队的粮仓里，都放坏了，也不让吃，梁光明死死地看着。麦收之后，又死了一批老年人，因为饿哩时间长了，肠子饿细了，一吃多，就撑死了。就王家那棵歪脖槐树，还记得吧，就是每次下地干活从公路下去拐弯的那个地方，大炼钢铁时为了炼钢，留下一个大坑，后来就埋人了，堆哩全是死人。人们烧纸时，有哩哭爹，有哩哭妈，有哩哭娃。所以人们对王家那片都忌讳哩。

六二年“四清”，清理贪污的农村干部，也是走形式，没清住任何人。家里没吃没喝，我没办法，就弄些碎烟叶，挑着担子，上山去换粮食、换柴，山里人喜欢吸烟。没承想，走到另外一个县，换的推车、粮食被“大办室”没收了，当时允许拉柴，但不允许换粮食。我哭一路，两手空空，黑明搭夜回来了，你妈也没怨我。

浮夸风延续了好多年。那时候说产量高是因为种得密，说是兔子钻不到麦稞里。一听就是假话，兔子钻不到麦稞里，那这麦苗还能结出麦穗吗？开会报产量，谁第一个报整谁，大家都顺着他往上报。“没胆量，没产量。”

我从小天然地讨厌假大空，不喜欢敲钟上地磨洋工。那时候提倡深挖地，西坡挖“幸福渠”，找幸福，实际上挖个干沟。凭着臆想，一声令下，所有人都行动。标准是唯心主义。锅碗瓢都烧了，铁也叫矿石吃了，连铁的影子都没有。

不管讲什么，只要是“念古经”，父亲都会从爷进养老院开始。父亲断断续续地讲，虽然已经到了古稀之年，但记忆力却是惊人的好，对四五十年前每一年提倡的政治口号和政策指向还能够清楚地复述下来。不知不觉间已是中午，嫂子催了几次饭，父亲却沉浸在回忆之中，一说再说。

中午吃饭，做的是家乡的糊涂面，父亲不顾我们的坚决反对，执意要往里面放一勺勺的辣椒。要知道，他的胃黏膜是无法承受这些刺激的。父亲却说：“不让吃辣椒，活着还有啥意思，还不如早点死了算了。”

少年时代，家里缺菜少油，全靠辣椒下饭，冬天的时候，辣椒吃完了，无论如何努力节约，储存在沙里边的白萝卜，也吃完了。父亲就把辣椒秆弄成粉末，撒到碗里，也吃得满头大汗。村里许多人家都是这样。有时候，习俗是与贫穷相关的。

吃过午饭，父亲催着我，赶紧开始。我让他先跳开年代史，讲讲村里的姓氏结构及大致的家族历史：

要说咱们梁庄，那可算历史悠久。咱们国家，民族迁移由来已久，战乱，水淹，移民不断。梁庄三大姓：梁、韩、王。韩家是嘉庆年间形成的，从郭韩湾过来。梁家是明朝山西移民那次过来的。就是人们说的山西洪洞县大槐树下过来的。其实河南许多地方的人都是那次移民过来的，中原战乱，死人最多，所以，全是移民。

韩家人文化水平可以，知识品位比较高，韩家几大家族都很有能耐，韩立阁开封大学毕业，韩立挺信天主教，土改期间，地主恶霸富农都出在韩家。

韩立阁大学毕业之后，任国民党县兵役科科长，后来是庞桥二区区长，大致是一九四一、一九四二年，干有七八年。他回来探家时我已经记事。那人皮肤黑黑的，头长方形，有煞气，有威严，对人很恭敬。离家还有十里地，就下马，步行到家，见人就欠头问好。回村之后，韩、梁、王家挨家都拜。国民党倒台后，逃跑到北京，一九五〇年"放匪"，政府宣传是宽大处理，韩立阁一定要回来，争取重新做人的机会。再说他母亲一直在家被斗。一九五〇年秋回来，在家从事生产，年底把他逮住。五一年初开公审大会要枪毙，村里人们哭着保他，说他人好，到底还是枪毙了。

还有"挖底财"，就是逼着地主交私藏的钱，地主也到处跑着找亲戚借钱。韩立阁的爹也被杀一儆百。他妈与他婶一看没什么过头，就上吊了。穿哩整整齐齐。吃哩油旋馍。原来还有人可怜他们，一看人家死前还吃哩油旋馍，就骂起来。他叔叔早就坐班房去了。叔叔的儿子是仓库主任，也被枪毙，说话不好听，有男女关系，收粮食大斗进小斗出，有点民愤。那时候枪毙人都在镇上二初中大操场那儿，现在走到那儿还有一股子阴气。

韩立阁的弟弟韩殿军也是开封大学毕业，还没等到就任，国民党就倒台了。五七年回来，也被批斗，跑到甘肃被逮住。韩立阁的老婆被逼财[1]打拐了腿，很快就死了。儿子韩兴荣，没找来老婆。前几年死了。这一家算败了。

韩立挺，在福音堂自学医生，跟着他妈信主，信基督教，后来做到教主、长老。以前的时候，信主的非常多。八几年的时候，信主的又红火一阵子，大量发展人员，印发小册子，韩殿军刻板，他们卖。韩立挺生病瘫痪，家里没人照顾，福音堂信主的人轮流照顾。儿子在葬礼上念祭文的时候，村里人起哄，骂他儿子：老子生病了，连看一眼都不看，算啥信主家庭！

另外一大家韩建文，全家都信主，都是医院医生。韩家算得上是儒雅之家。从我记事时，全梁庄的春节对联都是韩家人写的。

韩家人脉旺，家家都是好几个儿子，但就是不团结。几个儿子之间打、闹，争小利益、上法庭，不赡养老人，正常哩很，所以，也不受尊重。

梁家一开始是两兄弟，共七个儿子，各自成家，所以梁家共七门，第五、七个兄弟人脉少，早绝了。现在梁家这几十家都是剩下这五门的后代。

相比之下，咱梁家人就没有那么多知识。有光棍儿[2]，也有老鳖一[3]哩。但是，梁家人会政治斗争，也会窝里斗。所以，土改后

1　逼财：当年农村清算地主时的一种说法。

2　光棍儿：有头有脸、耍得转、耍得开的人。

3　老鳖一：老实人，在农村总是被人捉弄、被人欺负。

梁家比较兴旺。梁家当权，三朝元老，也出过县委书记。咱们老老支书梁兴隆的坏劲儿就不用说了，当大队支书几十年，整个梁家的人，都被欺负遍了。那年，梁清立拿着刀满村追着砍他呢。那是把人家欺负急了，狗急了还要跳墙呢。

保管梁光明也是个坏货。他兄弟三个，梁光富单身汉，梁光怀被饿死，嫂子被打死，所有宅基地都归梁光明。杜家玲子，你俩小时候多好，爹妈死后，由她婶说给梁光明的一个儿子，后来玲子不愿意了，玲子家的房子就被光明家霸占去了，说是玲子欠了他家多少彩礼钱。

梁家光出那鲜点儿[1]人物，梁光基，干过县武装部长，退休后人事档案丢了，连基本工资都没有。可梁家没有一个人同情他，为啥？不养活生病的老父亲，他哥半夜把老父亲拉到县城他家院子里，他清晨起来一看，以为是谁送的粮食，结果是老父亲。看这咋办？他就去找亲戚，亲戚讽刺他说："那咋弄？你去问邮局邮寄不，把人邮寄回去？"结果，连车子都不让下，当天又把父亲送回到了村里南菜园子那儿。并告诉乡亲传话给他哥，老头在南菜园，你看着办吧。

王家就不说了，都是些歪脖儿树，不成材。梁庄人也不把他们当回事。

你说咱村里的那些小姓，有钱家、周家、张家、袁家、刘家。老钱，一辈子没说过话，没人记得他长啥样儿。他老婆花儿，相貌很差，病歪歪的。家里四个孩子，日子没法过，花儿就跟张家、周

---

1 鲜点儿：有代表性的。

家几个单身汉鬼混，给家里弄点吃的。全村人都知道。

周家那几家儿也都很有特色。周利和当过会计，周利忠小巴结，父子三人，外号“大积极”“二积极”“三积极”。周利和是个私生子，那真叫个勤快，他做的庄稼，连棵草都找不到。勤快哩狠啦也不都是好事儿，种麦冬，上肥太勤，结果，只长苗，不结籽。后来得胃癌，去安阳做手术，去之前还在晒麦，把麦晒晒装装才走。手术后还没出院就死了，村子里编顺口溜：“去哩时候活蹦乱跳，回来响支鞭炮；去哩时候能吃馍，回来抱个骨灰盒。”

周利忠的闺女春荣逃跑出嫁，半夜翻墙头跑了。梁家拐子常，别看大字不识，最会编顺口溜，在村里唱：“二月二，龙抬头，周家姑娘翻墙头。周利忠，抬起头，看看床上有人头，袄子搭在被子头，里头盖哩是枕头。撵到灵山头，相遇在桥头，结婚证一看，垂头丧气转回头。”

八几年，我和拐子常几个人去弄烟苗。到岗上歇，都在闲说话。拐子常就说：“二哥，你现在不如我，欠人家钱，老婆还有病，六七个娃儿，你啥什么时候能超过我。”那意思是笑话我，日子过不成哩。旁边有人说：“你可别说，龙爬一步，鳖移十年。”现在，拐子常还是拐子常，几个娃儿，没一个成样的，大娃倒插门，就没回来过；二娃儿出去打工也不回来，拐子常四十八岁时还又生两个小娃儿，后来一个淹死了，另一个天天出去上网，打游戏。

总结来说，咱梁庄的情形，就是那个顺口溜，“韩家人尖，王家人憨，梁家光出些二货山[1]”。

1　二货山：耿直、倔强、不懂人情世故。

天色渐渐暗下来，父亲却毫无倦意。在父亲那里，所谓村庄的整体面貌，就是一个个生动的、相互纠结的家庭故事，是一个个鲜活的生命。这是只有把血液融入这一地方，经过漫长岁月沉淀的人才有的感觉。每一个村庄都是一部历史，每个家庭都是一个独特的人生类型。当父亲讲到钱家女人花儿的时候，我忽然想起，和对待王家的态度一样，在我的童年、少年时代，也几乎没有真正意识到他们的存在，虽然钱家就住在离我们家不远的坑塘的另一边，他家的女儿和我们姊妹几乎是同龄。我们很少到她们家里去玩，她们也似乎以一种自觉状态，从来不提起自己家里的事情，也从来不邀请我们到她们家里去玩。

一个村庄就是一个生命体，一个有机的网络，每个家庭的运动看似不相关联，但却充满张力和布局。费孝通认为乡村的社会结构是一种“差序格局”，以“己”为中心，和别人建立联系，大家不是在一个平面上，而是像水的波纹一样，一圈圈推出去，愈推愈远，也愈推愈薄。因此，在一个村庄里面，大家族的人总能够通过各个层面的亲属关系推出较大的势力空间。那些小姓，或独姓，因为缺乏基本的私人联系，也很少有机会通过婚嫁这一渠道进入大姓的亲属范畴中，很难推出大的波纹，难以进入村庄的内部空间获得认同。也因此，他们的言、行、道德总是被另眼相待，正如费孝通所言，在乡土社会这个亲密社会中，他们是村庄的“陌生人”，“来历不明，形迹可疑”。钱家在梁庄就是这样的典型形象。

对于梁庄的两大姓——韩姓和梁姓而言，很显然，他们是梁庄的主人。但是，他们也有角色定位。梁姓和韩姓两百多年来一直处于明争暗斗的状态，从文化上，梁姓始终落于下风，韩姓信主的家庭特别多，又因为经济好，出外读书的人很多，在气质和修养上，甚至在相貌上，都显得超凡脱俗，但也因此在背后遭到很多诋毁。梁姓一直以来对自己家人信主很排斥不能不说没有这个原因，觉得跟着韩姓人到处跑太丢人。在政治上，梁姓一直占上风，两百多年来都是梁姓做族长、支书，掌管村里事务，直到最近十几年，才被韩家人夺了过去。梁家人虽然会政治斗争，但是，经济上却从来都不行，在改革开放时代，顺理成章地被赶下台去。

已经是夜里十一点钟了，父亲几乎说了七八个小时，连晚饭都没吃。哥哥、妹妹，还有嫂子，下午从县城回来的二姐、三姐、姐夫也坐在一旁静静地听着，只听得见我的电脑啪啪打字的声音。

全家人都在为此事思索，有一种很明显的神圣感，这让我很震动。对于他们来讲，日常生活只是一种无意识的生活，柴米油盐，吃喝玩乐，好像没什么大的追求，但一旦出现某种契机，他们很愿意去思考，也能够理解其中的意义，并试图进入这一境界之中。

只是生活很少给他们这样的机会。

## 生存镜像

哥哥已经和村里的几个人约好，明天到家里来，谈谈村里人口的流向情况及大致的经济情形。哥哥说，遍想想不起村里还有几个能说上话的人。

吃过早饭，已是十点钟。哥哥约的几个梁姓人来了。一个是村长[1]，五十来岁，是父亲前面提到的前保管的儿子，和他父亲一样，白净，比较精明。言谈之中，他也在审视我，想弄明白我到底在干什么，有什么目的。一个是做村会计的堂叔，以谨慎出名。还有另外一个，早年在外地工作，我叫大哥的，四十岁左右回到村里，再没有出去过。他很少与人打交道，颇有点神秘，不串门，有人到他家好像也不反对，有一年头发忽然全掉光，于是，常年戴着黑色的绒线帽。还有住在村子后面的另外一个中年人，是村里有名的能人。

几百年前，梁家两兄弟带着七个儿子来到这里，定居，并繁衍生息。七门中有五门人丁比较兴旺，另两门慢慢消失。到目前为止，从大家庭看，梁家几门共有五十四户，小家庭数目处于一种模糊状态。兄弟几个，结婚后，两口子都出去打工，父母在家帮忙看孩子，无所谓分家，但从经济实体来说，应该已经算个体小家庭。从这个角度算，应该有一百五十户左右，共六百四十多个人。三十五岁左右的年轻夫妇至少有两个孩子，少数是三胎。从家庭居所来看，其中两家完全离开村庄，搬到打工的城市生活（**把村里的宅基地卖了**）；一家不知所终，与村里人没有任何联系；七家在外打工，孩子也在那儿上学，家里房子封着，几年没有回来，短时期内不会回来；一家在镇上生活，但村里还有宅基地，马上要盖房；还有三家在外地做生意，隔一两年回来一次，家里的房子盖得非常好，显然是在为将来回来做准备；其余几十家都仍在村庄生活，家里的年轻人常年在外打工，留在家里的是老年人、家庭妇女和小

---

1　村长，是农民对村主任的习惯称呼。——编者注

孩。还有八九户，家庭人员从来没有出过远门，就在土地里讨生活。这一类人，在村里是最老实最被看不起的，所以，经常被大家忽略掉。

八十年代后期至九十年代初，梁庄人大规模地出去打工，早年主要集中在北京和西安。北京的多在工厂做工人、保安，或在建筑工地当小工，有一段时间聚集在北京火车站倒票；在西安的多是在火车站周围拉三轮车，都是以家族为中心，相互传带。后来，才有到青岛、广州一带去打工的。极少数在外做生意，如校油泵、在城乡接合区卖菜等等。

梁家在外打工的，有三百二十余人，最老的六十岁，在新疆当建筑工，最小的十五岁，跟着叔叔在青岛首饰厂打工。有三十多个少年，在镇上读初中、高中，基本上是寄宿在学校，星期六、星期天回家。三十多个儿童在镇上小学读书，爷爷奶奶照顾起居，每天接送。村庄的老人有百余人，基本上都五十岁以上，在家种地，养孙子孙女，还有力气的在镇上做点零活，在本地建筑队当小工，或在村里石灰砖厂干活。

这里面有隐蔽的“回归”现象。八十年代中后期最早一批出去的打工者，人到中年，四十多岁将近五十岁的样子，一部分又回到了农村，在家种地，兼顾着在镇上或周边打点短工，另外一部分还在外面打工，但显然坚持不了几年。其中少部分人不想回来，但又干不动了，只是在那里撑着。譬如我一个堂伯家的儿子，早年从部队复员回来，娶妻生子后就出门打工，是村里最早一批出去的打工者，先在北京当保安，后来到西安拉三轮，每年就只有春节回来。前些年在村里碰到他，说话打扮很有城市味儿，也喜欢显示自己的优越感，非常看不起自己从没有出过远门的老婆。他已经习惯了城市生活，哪怕在那里只是一个拉三轮的。但很显然，他终究是要回来的。

一些中年妇女农忙时组成“打工队”，给村里人帮忙种地、除草、收割，一天也能挣三十来块钱；青年夫妻则是候鸟式生活，两口子都出去打工，用打工挣的钱在家里盖房子，孩子由爷奶养着，在家上学，春节或农忙时回来。村长说，这两年春节回来的也逐渐少了，暑假、寒假时家长让孩子去他们打工的地儿，假期过完，孩子再回来上学，当然，这只限于夫妇在一个地方打工，并且有条件住在一起的。也有少部分比较能干的青年，在外打工挣到较多的钱，回来在本地做生意，卖沙，批发商品。但这只是极个别现象。梁家清保就是其中一例。他前年回来，想在镇上做太阳能生意，这是近几年农村新兴的一个家庭装备，盖新房的人家都会买，市场应该不错。但是，店开了一年，他没有赚到钱，反而把几年打工的钱赔了进去。清保准备今年再出去。

“人去楼空”是乡村日常生活的景象。大部分在城市打工的农民都在家盖有新房，并且，也是为挣到盖房的钱或为子女挣学费而奔向城市去的。他们并不以为自己能在城市扎根、养老（也许是他们根本看不到这样的可能性），他们最大的希望就是在城里打工，挣一笔钱，在家里盖栋像样的房子，然后在本地找个合适的生意做。

夫妻分离，父母与孩子分离，是一个家庭最正常的生存状态。即使夫妻两人同到一个城市打工，也很少能够同吃同住的，他们在不同的工厂、建筑工地干活，吃住在厂里或工地，连见面的机会都很少。

有少数在外面过得不错的，如村长弟弟，小名叫“坏蛋儿”，当年是村里有名的捣蛋鬼，差点被送进监狱。他在内蒙古校油泵，起步比较早，挣了不少钱，就在内蒙古买了房子，俩孩子也接出去，有四五年都没有回来了。村长说起来的口吻有点奇怪，好像不愿意提起这个人似的。等他们走之后，问起哥哥，才知道，村长曾经把俩儿子送去跟着叔叔干，结果，叔叔太抠，不给工钱。但后来村长的两个儿子也在同一城市的另外地方开了一个校油泵的点。

韩家和梁家户数和人口几乎相当，只不过，从文化质量上看，韩家人上大学的与经商的比梁家要多，整体的生活水平也比较高。村庄其他几个小姓，加起来，不过三四十户，一百多人，无论是在村庄里，还是在外的人，都不如梁家和韩家的人过得好。

梁庄一直是“人多地少”，五六十年代人均一亩半地，现在人均八分地。庄稼一年种两季，小麦一季，接着种绿豆、玉米、芝麻、烟叶等经济作物。由于地少，这些农作物的收成连糊口都不够，因此，在八十年代之前，梁庄几乎家家挣扎于贫困线上，一到春天就断粮，所谓“春荒”。改革开放以后，到城里打工为家庭打开了新的挣钱门路，不管在城里干什么活，每年都能拿回家一些钱，供人情世故开销和日常开支。因为种地要交税，还要在麦忙秋收时回来，许多家庭干脆把地租给同村的人，条件就是租户替自己交税，每年再给自己两百斤麦子。这也为留在村庄里面的家庭多提供了一项营生，即租地，麦季收入只够交税和给户主的那一部分，秋天那一季算是获利。到九十年代，村庄缺吃少穿的现象已经非常少见，但是，真正能够轻松盖新房，过得比较滋润的，还是村干部、村庄里的能人、少数经商的或者有吃商品粮的家庭。据村长讲，这两年因为国家免税，有许多人家又把多年不种的地要回去，种点麦子、玉米等，自己并不回来，托亲戚代种代收，工钱照给。但是，也有人家不愿意把种了多年的地再还回去，为此还产生了纠纷。但是，这并不是出于费孝通所言的土地是农民的根性。农民与土地之间的情感联系越来越淡，剩下的只有利益关系。

村庄里的新房越来越多，一把把锁无一例外地生锈着；与此同时，人也越来越少，晃动在小路、田头、屋檐下的只是一些衰弱的老人。整个村庄被房前屋后的荒草、废墟统治，显示着它内在的荒凉、颓败与疲惫。就内部结构而言，村庄不再是一个有机的生命体，或者，它的生命，如果它曾经有过的话，已经到了老年，正在逐渐失去生命力与活力。

梁庄炊烟

承载着过去岁月的老屋

村中废墟

## 第二章

# 蓬勃的『废墟』村庄

1990年始，穰县开展以“加强农村基础设施建设”为重点的村庄建设，以点带面，整体推进，村庄建设发展迅速。在道路建设方面，群众按照“想要富，先修路”的思路，投入大量人力物力。1997年，打通所有村庄的主次干道和进户道。2000年，全县1008个自然村打通主次干道3094条，全长27万米，实现了村村通汽车。随着农民对改善住房条件的要求日益提高，建设局村镇办自1995年始，在各乡镇推广农村建房通用图纸12种3200套，实施村镇规划，建起排房，修通了村内道路。群众住房结构由过去的土木结构变为砖混结构，不少农户盖起了楼房，部分农户还建起了商业用沿街门店房。至2006年，穰县共修建乡村水泥（油）路1493.36公里，578个建制行政村实现了“村村通”。

——《穰县县志·村镇建设》

# 废墟

我拿着老屋的钥匙，和父亲准备再次回去“寻宝”。这是每年少有的几次打开老屋的时刻，奇怪的是，每次都能发现一些宝贵的东西：一张旧相片、小学的作业本；有一次居然找到了上初中一年级时的小日记本，我已经完全忘记了它的存在；或一本破旧的连环画，那是上小学时父亲出去做生意回来带给我们的，但后来却因为我们过于着迷而被父亲扔到堂屋的顶棚上。

从梁庄到吴镇学校的道路，我走了整整五年。沿着村里坑塘边的道路走出村子，上公路，公路入口处是梁光栓家盖的一个小土坯房，极小极小，也没见用过，却成了梁庄村最显在的标志；经过吴镇北头回民区，沿路有茶馆、羊肉店、小百货店；拐进镇上许家那条小道，进镇子里面，路边有一个站起来就能看见人的厕所。在其中一个小路口，有一大片半人高的刺玫花，每年夏天，它都开出粉白的花，香得刺鼻，很美。然后，就是吴镇的主街道，新华书店、供销社、五金店、乡政府，紧接着，就是乡中心小学和初中了。这条路一共有两公里多，我每天都要来回走六趟。

和父亲从吴镇里面沿路走来，一直分不清东南西北。父亲说，那是镇子南头，这是镇子北头，那是街上许家，我很茫然，虚飘飘的，脚仿佛悬在半空中，怎么也不踏实。

从老公路来到新公路的交叉口，父亲说，这算到咱村了，这沿新公路的房子都是咱梁庄盖的。一排排崭新的房屋，有两层小楼，有平房。屋前都是水泥浇铸的大院子，高门楼，卷闸门，非常气派，中间间或夹杂着一些旧的房屋。父亲给我一一介绍，这是光亭家的，那是梁光东家的，“坏蛋儿”家的，“亭子”家的……父亲说这些都是新宅基地，他们留在村里的那些老宅基地要么是便宜卖给别的人家，要么干脆不要了。

通向老屋的路几乎被杂草封住，我们蹒跚而过，竟有几次被草根绊倒。打开老屋的门，灰尘扑簌簌地往下掉。站在堂屋的中间，看着一件件熟悉而陌生的物品，百感交集。靠后墙，是一个泥糊的长条几，上面摆放着许多东西，中间放着毛主席像，配在两旁的是挂在墙上的对联，两边是放有家庭照片的镜框。条几下面是一个个小格子，里面可以放各种物品。条几前面是一张方方正正的大桌子，春节时摆放供品，平时会放一些杂物，也是我们写作业的地方。北方农村家庭大多有这两样东西。在大桌子的正上方，便是父亲用竹子和硬纸糊的顶棚，为的是防止房屋梁上掉灰尘，上面扔着至今仍让我们心痛的连环画书。

我在条几和大桌子上仔细翻拣，又在条几下的格子里摸了又摸，没有找到任何东西。难道老屋已经找不到任何回忆的凭证了？我不甘心，又拿棍子用力捣顶棚，也没有连环画书掉下来，反倒是成堆的灰尘“簌簌”地往下掉，里面夹杂着无数的老鼠屎粒。东屋和西屋的屋顶上有两个大洞，地面有两个常年滴水而成的大坑。东屋靠后墙的角落里，还放着那张大床，床的木头已经变成黑色，落满了泥和灰尘，从下面露出一角破旧的棉絮。这是父亲母亲结婚时的床。床头放着一个木箱子，那是母亲的陪嫁，也是当年全家唯一上锁的地方。在这箱子里面，曾经放着家里最贵重的东西，包括煮熟的鸡蛋。就是在这个箱子里，我摸到过一个鸡蛋，忍不住偷偷掰开来吃，吃一小块儿，到院子里看一下。那时，家里人都陪着母亲坐在院子里晒太阳。许多年之后，大姐告诉我，我一从里屋出来，大家就看到我嘴巴上沾的蛋清，我再进屋，都知道我干什么去了。这样几进几出的，所有人都在憋着笑。西屋是放粮食的仓储，也是长大后我们姊妹住的房间。后来哥哥结婚，我们又重新回到东屋，西屋成了哥哥的婚房，那夜晚的“吱呀”声现在想起来了还有点儿心跳。北方乡村的房屋并不隔音，三间房屋之间，没有封闭，只是一个高高的隔断墙，墙上挂着各种农具。

代表着老屋历史终结的还并不是房屋，而是院子里的老枣树。它与我们的记忆，与故乡的时间、空间和季节一起存在，与家里的每一个人、每一个场景都一起存在。每年枣子上市的季节，不论在何地，我都会去买枣吃，并且告诉卖枣的人或一起买枣的人，我家院子也有一棵能结出这样果子的老枣树。每年暑假，正是枣花盛开、青枣初结的时候，我们睡在枣树下，吃在枣树下，玩在枣树下，母亲也被抬出来，躺在枣树下。到八月中下旬，一树半青半红的枣子，吸引了无数顽皮少年，时不时有瓦片土块落到院子里，“噌”地窜出一个人影，捡几个枣子，又迅速窜了回去。那时，我和妹妹总是和一班孩子斗智斗勇。九月中下旬，选一个中午，村里人睡午觉的时候，哥哥会和他的几个好哥儿们上树，拿着棍子打，或爬到最高的树枝上，拼命地摇。那“哗啦啦”枣子落地蹦跳的声音，那满筐红色的、饱满的枣子，让人无限喜悦、满足和幸福。

不知从什么时候开始，老枣树慢慢衰老，最后连枣子也不结了。现在，正是夏天，老枣树一大半的身躯干枯着，只有极少的稀疏、泛黄的叶子证明它的生命还在。我们都走了，枣树的繁茂，它那白色小花、青色小枣，那泛着诱人光泽、圆润饱满的红枣，给谁看，又给谁吃呢？

望着院子前方大片的断壁残垣，这都是谁家的？第一次以有意识的眼光去观察村庄，惊讶地发现，以我家为起点，往前看，竟是一大片连绵的废墟。在我的童年、少年时代，这里是村庄的中心，在光亭叔家门前那棵大树下，有一个大平台，夏天，每到中午吃饭的时候，这里就挤满了人，男人、女人一边说笑，传着闲言碎语，一边拿着盆子一样的海碗吃面条。晚上，这里更是歇凉的中心，总是到半夜时分，还有人在摇着蒲扇有一句没一句地聊天。现在，荒草和灌木覆盖了这一切。到处是巨大的断墙和残破的瓦砾，断墙角落是倒塌了一半的锅灶，上面还有落满灰尘与泥垢的锅盖、铁铲等等，这些仿佛昭示着曾经有过的生机与烟火。有的房屋干脆连屋顶都没有了，只剩下几面墙撑着一个框架。

都是谁家的？树木与杂草遮掩着废墟，充满凄凉与破败之感，仿佛一个巨大的坟墓。正对着我们家前面的是拐子常家。拐子常，一个好吃懒做的人，父亲和村里的人常常讲他，一家人吃面条，拐子常总是把筷子在锅里一搅，面条全挑到自己碗里，老婆和一群孩子就只有喝汤。他家的房子一直是泥坯墙，一到下大雨的时候，那黄泥水就哗哗地流到我家的院子里。现在，这房子只剩倒塌的一摞摞黄坯和一面墙壁了。再往前边，是拐子常的弟弟，这一家，家破人亡，女主人早年离家出走，男主人因偷树怕被逮住坐监狱而自杀，两个孩子也不知所终，房子早就倒塌了。

再往前面走，是一个已经呈四十五度角倾斜的房屋，屋前是一个已经破损的抽水井，房屋门上居然还贴着新的对联。这家的厨房倒塌了一半，里面的灶台还在，只不过，灶台上落满长年累积的泥尘，只剩下两个黑洞眼，是原来放大锅和后锅的地方。厨房后面，是一大堆散乱着的红红绿绿的垃圾。这是谁家？我想不起来。父亲说，这是光亭的老屋；当年，他就是在这屋里娶的媳妇，并生了第一个孩子。他和老婆打架的时候，我们这些小孩子就会跑到他屋里去看，一个黝黑的、干净至极的农家房屋。

再往前，连父亲也似乎有些踌躇了，他必须得四处回顾，定定方位，才能说出是哪家的房子。我数了数，这一片绵延着的倒塌房屋和院子有十五间，还没有算我们家这个摇摇欲坠的房屋。也就是说，有至少十五家离开他们原来的生活场地、原来的聚集场地，开始了另外的生活。我和父亲在村庄里走了一圈，至少有四处这样的大片废墟，估计共有六十户。

这些废墟，和公路两旁高大、现代的建筑，是一个村庄吗？在煌煌的烈日之下，在知了不间断的噪鸣声中，我似乎有些迷惑了。我所回忆的村庄，和现实的村庄，虽然地理位置没变，但其精神的存在依据却变了。蓬勃的中国新时代，正是在这样的废墟中，建构它的新躯体和新形象。

毫无疑问，村庄的内部结构已经坍塌，那是以一个家族为中心的聚集地。这些废墟，都是梁姓的几门，早年的时候，基本上是按照一个圆心，随着家族人口的增加，逐步扩大。宅基地的划分，也是依据家族的远近、人口的多少来进行分配。一个梁姓，既是一个宗族、血缘场域，也是一个生活、文化场域。大年初一的时候，每家都会做一锅大烩菜，依照辈分的高低，依次相互交换，最后，每一家锅里都是一整个姓氏的饭。然后，大年第一天的早饭才开始吃。这一习俗是什么时候开始，为什么如此，老一辈也说不出一个所以然来。然而，有一个意思是肯定的，即，要让这一大家族团结一心，不分你我。有许多吵架不说话的同族人，如果愿意和解的话，这也是最好的、不尴尬的和解时刻。

现在，这一村落文化已经变了。以姓氏为中心的村庄，变为以经济为中心的聚集地。有能力的沿路而居，不分姓氏，形成新的生活场，新的聚集群落。这些人家无疑是村庄的新贵，代表着财富、权力和面子，因为这里的地并不是谁想买就可以买的。没有能力的，或勉强住在破烂的房子里，进行各种缝补式的修缮，或购买那些搬走的家庭的房子，这些房子一般还不错，是原来村里的好房子。这些都打乱了原来的依家族而居的模式。我家左侧张家道宽的房子所在地，原来是我一个堂伯的宅基地。张家这样的单姓，在每一个村庄里都有，不知道什么原因，流落到这样一个村庄，能够扎根下来并被接受已是非常不容易的，他们被分配的往往是村子位置里比较差的宅基地。像张家，他们的老宅位于老坑塘旁边，极不规则、非常潮湿的一片地，是整个村庄位置最不好的地方。而现在，他们只需买那些移居人家的宅基地盖房就可以了。

村落结构的变化，背后是中国传统文化结构的变化。农耕文化的结构方式在逐渐消亡，取而代之的是一种混杂的状态，农业文明与工业文明在中国的乡村进行着博弈，它们力量的悬殊是显而易见的。村庄，不再具有文化上的凝聚力，它只是一盘散沙，偶尔流落在一起，也会很快分开，不具有实际的文化功能。

我不想怀旧，但又怀念于一个村庄的人就像一家人的感觉，虽然有争吵，有痛苦，有各种人情的麻烦；我不想认同现在的存在模式，但新的聚集地，不正是新一代孩子成长的地方？在将来，不就是他们的故乡吗？或许，这正是他们的文化，他们的世界的起点。但是，他们又是在怎样的“故乡”中长大呢？寂寞、荒凉、矛盾，没有生命力、没有情感，这就是“故乡”的基本形态。

第一代打工者还愿意在村庄盖房子，因为那是他的家，在这里，显示自己的财富是确定自我价值的象征。但是，第二代呢？更年轻一代的乡村青年对乡村的感情非常淡薄，他们在家乡待的时间很短，往往初中毕业或没毕业就出去打工，对未来的渴望更为开放，也正因为此，他们的命运与处境更为尴尬。他们又将在哪里扎根呢？十几岁就离开家乡，在城市打工，但他们没有城市户口，没有多少社会保障，城市不是自己的家；而乡村，对于他们来说，也是一个遥远的、没有情感的事物，也没有归属感。新一代农民工这种双重的精神失落所产生的社会问题已经显现出来，它该怎样弥补、改变，将是一个巨大的社会课题。

## 平地掘三丈

如果你走过北方村庄，对这散落于平原之中的村庄细细观察的话，你会发现，许多村庄都有废弃的砖窑，砖窑四周是许多深深浅浅的大坑，它们在村庄周边，或田地的周边。不用说，这肯定是七十年代中后期开始建造的砖厂，是改革开放、中国经济重又复苏的标志之一。

梁庄砖厂背靠村庄，前靠河坡。八十年代初期，村里许多人都在这砖厂干活，从早晨到晚上八九点钟，挣得一家大小的日常支出和孩子的学费。

小时候，我们一群孩子，为抄近路去河里洗澡，从砖厂中间的大砖窑旁穿过去，常常会陷入隐蔽的土堆和草丛的深坑里面。砖厂是一个神秘得让我们害怕的地方。我曾经做过噩梦，现在还隐约记得，砖厂成为一个城堡，门紧闭着，吊着索桥，想要冲进去，必须得经过无数的机关和陷阱。

梁庄砖厂到底挖了多少土，挖得有多深，你只要看砖厂旁边那根电线杆就明白了。那根电线杆的底座，从底座第一道土到它裸露出来的根部约有三丈深，四面的土全被挖走，电线杆成了一个孤零零的旗杆。从电线杆的位置往前看，是离地平线三丈深的整齐的凹陷地，一眼望去，非常平坦，足足有上百亩。对面凹陷地的边缘有一个废弃的机井，圆形井身的一边也深深地裸露着，和电线杆遥遥相对。父亲说，连上砖厂，这儿原来共有两三百亩地，典型的黑老土，地肥得不得了。五六月份麦黄梢时，那真叫个漂亮。现在这地，已经没法种了，因为没有任何营养了。

环绕着砖厂的是无数不均匀的大坑，它们或在树林旁边，或在房屋后面，或紧靠河坡。因为挖得太靠近，有些树已经歪斜了，盘曲的根部裸露着。而高高的河坡，它曾经像城墙一样挡住了汹涌而来的河水，如今已经被削得几乎和地平线一样低了。

我们在机井那儿查看的时候，老贵叔从远处看见了，赶紧往这边跑，一看是我和我父亲，笑了，说："我还以为是谁又来调查呢。"老贵叔的腿有点瘸，风湿病好多年，皮鞋的后跟已经快被踢掉了，沾着些泥，身上还穿着薄夹袄，夹袄脏得发亮。和父亲一样，老贵叔也是梁庄有名的"刺儿头"，脾气火暴，看不惯歪风邪气，看见当官的骂当官的，村里有啥不道德的事他也会跑去骂一通，他的辈分高，谁也没办法。他和谁都合不来，所以，当年承包砖厂的时候也没有人帮他。我让他讲讲关于砖厂的事情。站在那个机井旁边，老贵叔一手举着烟，一脚踏在那机井的水泥座上，开始了他的讲述：

这个砖厂是啥，典型是老百姓遭殃，当官的牟利。

一九七五年夏天开始，建轮窑。地是村里的，乡里建设，占耕地二百零二亩。利润全给乡里。合同上写着每年一亩地免四十块钱，免两百斤公粮。从来没有兑现过。也不知道村里到底要到了没有，反正老百姓从来没有见过。年年都有人为这事去闹。八五年周贵天半承包经营，乡政府投资，他交利润，干有三年。咱梁庄人挤对他干不成，因为公社过去承诺的一直没兑现。俺们队里那年交公粮差九千多斤，都不交了。为啥？目标是为砖厂合同这么些年没有兑现，我趁机把村长梁书定整下来。

大队部欠你老五爷（老贵叔的父亲，曾经是村干部）的工资，到你老五爷不干，一直不给。当时正打麦，我见书定时说："你爹干的时候不给，你干的时候可应该给了吧，你们能欠我们几辈人?!"他傲慢得不得了。我骂他："日你妈，你娃子能吧，你喝哩还是老百姓哩血，你等着吧，我非给你告下来。"我就告到乡里，乡里成立一个专案组专门来调查砖厂的事。他跑到乡里给专案组说，梁庄麻烦事多，可不敢去。专案组一听觉得有事，就来了。结果是书定被整下来，为这事，他恨死我了。

我是八八、八九、九〇年干的。八九年的时候，就干不成了，跟大队干部弄不到一块，老来查我，想等着我送礼，我就是不送，到最后都不送。头一年承包费四万。后来我亲兄弟也整我，真是四面楚歌，走到死胡同了。看不住，我兄弟背着我卖砖给当官的，我出去一趟，回来砖就少了，问我那个四弟，说 ××× 拉走了，回头给钱。给他妈那个脚，要都要不回来。有一天，我拿着账本去找 ×××，当着他的面算账，让他给钱，把他给气得像吹猪[1]哩。估计也是从来没人敢这样。当个小官，就把自己当回事了。那算啥人!

后来王西挺承包三年，也是赔钱。他也背时了。那几年雨也多，砖根本晒不成。咱们邻村承包窑的，最后想不开，跳井死了。后来，宋承信接手干到九五年，他发了。那时候形势好了，盖房子的多了。那可是好日子，公路上来回拉砖的，在村南头煤建拉煤的，人多哩很，咱们村里有庆家还开了一个小吃店，办干店，也都

1　吹猪：非常生气。

发财了。

后来，地弄哩深了，你看，就是这样子（老贵叔用手指着机井），井底变成地面了。原来，这井根本看不见，井盖还低于地面好多。看见那头那个电线杆了吗？下面底座上的土堆就是原始高度，挖有几丈深。

中间停有两年。窑停了之后，公社给村里三万多块钱，说是退地还耕，钱也不知道到哪儿去了。耕，还能耕吗？已经挖到地下面了，土都没有营养了，再说，哪儿有土把这儿填平？现在建设这么快，到处都在买土卖土。后来韩家河娃又干两年，主要就是靠卖土赚钱，现在这坑恁深与他那几年狠命挖有很大关系。

二〇〇二年，村里人才开始找河娃的事，我一直出头到底，一告到底。先找公社书记，头一回还很利索，说："你先回去，我派人调查。"第二回找，我说还没解决，他说我再问问。第三回找，他叫我滚。我说你是书记，你叫老百姓滚?! 我在公社院里大骂，我说："× 书记，你给我出来，你把在屋里的话再说一遍，你敢不敢再说！"他也不敢出来。我又到县土地局去找，局长说马上去调查。

来倒来了，日他妈，告一回，来一回，来了好多趟，哪一次都是吃吃喝喝，看看问问，说一堆废话，拍拍屁股走了，就是没结果。砖厂一直都没停。我跑去找土地局长说："你们别来了，来了就是混饭吃，你看俺们村的饭好吃是不是？"他装糊涂说："你们那砖厂已经叫停了，还没有停吗？"我说："× 局长，我要是胡跑哩，你把我关起来。"我告的时候，把土地法研究了好多遍，知道占耕地、挖土不对，我去的时候，怀里就揣着土地法。我说："×

局长，我这儿有土地法，要不我把它拿出来念念，看到底对住哪一条。”他说：“你别念，我都知道。”

到二〇〇四年的时候，砖厂才彻底停下来，不是上面查得严，也不是韩家河娃发善心，是实在没啥可挖了。这一百多亩地长短是彻底毁了。现在，人们也不用土砖了，用的是石灰砖，从河里挖沙，用石子弄成混凝砖。村里地是不挖了，改挖河了。你也看见了，河成啥样了。

说起当年告状的事，父亲和老贵叔眉飞色舞，比比画画，很是兴奋，当年，就是他们俩在那儿跑上跑下，四处策划告状，不知道有多少人恨他们。在村子里，他们是典型的“另类”，没事瞎折腾，自己的日子也没过好，只知道管闲事。

父亲看见我不屑的神情，骂道：“你别小看你老子，俺们干的可是有利于子孙的好事。你看这大坑，这百十亩凹陷地，这隐患可大着哩，梁庄这几年是没发大水，一发大水可是不得了。你还记得你小时候，河里一发大水，就淹到村里，麦秸垛都漂起来。”

是的，是的，我当然记得，暴雨来临，村里一片汪洋，每家都在疏通水道，但水仍四处漫溢，根本无处疏通。很多人家只有在门口挡些沙袋。有一年夏天，家里的厨房后半角塌了，只好这一半淋着雨，在另一半烧水做饭。可是哪有柴呢？村头麦场里的麦秸垛都漂流着，很难过去，即使冒着踏进坑塘的危险，侥幸到了那里，掏得了的也是半干半湿的麦秸。于是，那一段时间，几乎每家都是狼烟滚滚。

父亲说，那时候这砖厂已经开始祸害了，现在敢再发一次大水？可是不得了，原来的河坡已经给挖没了，顺着这凹陷地，水顺顺溜溜地把整个村给淹透了，没有退的地方。谁管这些事？你看现在的当官哩，说是来村里调查，全是走过场。所以老百姓不待见他们，走到谁面前都给他扭个脊梁。

老贵叔往地上狠狠吐了口唾沫，说："那年，村里不让宋承信挖窑，宋承信开大会的时候说，'我宋承信给你们带来多少幸福?!'我心想，日你妈，你把俺们地挖挖，弄几个憨娃儿给你干活，你说给俺们带来幸福？你捉俺们这老鳖一哩！他们不懂，我还懂一些呢，非把你给告下来不可。"

## 黑色淤流

坑塘，就是散落于村庄内外的水塘，北方农村口语叫"坑"，书面语叫"坑塘"。

在梁庄，大大小小有六个坑塘。小学前边有一个大坑塘，中间有一条窄窄、弯曲的小路把它隔开，这是童年时代我们上小学的必经之路。一到夏天，暴雨过后，这条路便成为魔鬼小道，坑塘的水往往会涨过小路，只留下断断续续的残面。几个小伙伴手拉手，打着赤脚，走着走着，就会听见"扑通扑通"落水的声音。好在坑塘边的坡很缓，水也并不深，都能顺利爬上来。如果遇到连绵的阴雨天气，那就糟糕了，村里到处都是泥泞，猪粪鸡屎被泡得到处流，一些碎石头、碎砖块什么的不知从哪儿钻出来，硌得脚生疼。从家里出发到学校那段三百米的路，不知要踩到多少粪便，看着脚趾缝里挤出来的黑色或黄色的，散发着湿臭味的粪便，那浑身的汗毛都要竖起来。

虽然如此，小学前的坑塘仍然有我美好的回忆，坑塘里种满莲藕，一到夏天，青青的荷叶铺满整个坑塘，间或有粉红色的花高高地冒出来，随风摇曳，然后，慢慢变成莲蓬，里面的莲子圆圆的、鼓鼓的。等不及成熟的时候，趁大人不注意，我们几个小伙伴会手拉手，连成一串，蹚进水里，去摘那最近的。那莲子，咬一口，满嘴的清香。

还有就是那个有着青石桥的坑塘。青石桥把一个大的坑塘分为两个，左边进到村庄里面，就是我家那一片，右边往外延伸到公路旁，在它旁边，有一条较宽的土路，也从村子的另一边通向公路。土路往上，就是梁家的自留地，每家约有几分地，种些辣椒、茄子、萝卜等蔬菜自给。路和自留地中间有一棵野生的大桑葚树，每到春末夏初，紫红的桑葚结满一树，我们女生用土块、棍子打，桑葚落了下来，砸进土里，浸满了灰尘，根本无法吃。那些男孩儿却“噌噌”地爬上去，摘满一兜，一溜烟就跑。

左边的那个是全村最大的坑塘，几乎和小学前的坑塘连在一起，中间就隔着一条大路，这是村庄的主路。或者，它们原本就是一起的，有了村庄，有了路，才使得它们彼此隔离。坑塘的前后，相隔着两个大打麦场。靠村子里边的打麦场，既是打麦子、晒庄稼的地方，也是平时村里娱乐的地方。红白喜事放电影的，唱戏的，送葬报庙跪哭的，都在这个打麦场里进行。尤其是放电影的时候，那是全村人的节日，虽然电影通常是因为葬礼才有的。在那一刻，死亡与新生，哭泣与喜悦都是真实的，即使是刚才还在为葬礼的恸哭而情不自禁地流泪，因死亡而害怕，到了电影场上，那神秘的未知世界马上吸走了全部的悲伤与害怕。我们这些小孩儿下午一两点就搬着小凳子占位，相互换着回家吃饭。夜幕降临，白色的电影幕布拉开，神秘、尊严、光华立即笼罩着整个打麦场。电影开始了，全场安静，只有放映机“沙沙”的转动声和幕布上的奇异世界，所有的人都痴迷地看着。

夏天来临，我们去田地割麦子，拾麦子。傍晚的时候，一群小伙伴就在坑塘里浮水，大人和小孩，男人和女人各自自然分区。在坑塘里游泳，我们称为“浮水”，但当跑到河里，就称为“洗澡”或“游泳”。约定俗成，东边是男的，西边是女的，偶有坏小子，在水里乱窜，经常被一群女人打得抱头鼠窜。

那时候，有鸭在上面游来游去，有鱼在水中游动，有人在洗衣服，还有鳝鱼在泥里钻来钻去，但水却并不脏。在浅的地方，甚至能看到下面的石块和黄泥的颜色。听大人说，这坑塘下面都有泉眼，因此，才有自净功能。下雨涨水后，我们在坑塘里摸“螺壳”，一种大的贝壳类水中生物，打开后，中间有一块很大的肉，炒一炒很好吃。

还有一个坑塘位于韩家和梁家连接的地方，也是中间一条路把坑塘左右分开，路的地平面几乎和水面一样高，每到下雨之后，两个坑塘就成为一个整体了。它在村庄的内部，我家往右走过去，再走三家，梁光升家、梁万虎家、赵嫂家，就到了坑塘边。赵嫂家门口有一大块平地，也是这一片的饭场，吃饭的时候，大家都端着碗，聚在这里，谈天说地，打情骂俏。在模糊的记忆中，是汉玲嫂子和清军妈的对话。虽然并不明白她们在说什么，但从她们掩着嘴笑、红着脸的神情，也隐约明白，她们说的是那种话，因此，也总是快快逃走，这是小女孩儿的一种本能。这么多年来，我一直有一种震惊，清军妈是木讷、老实的人，在家也不怎么说话，出去更是那种畏缩、害怕的农村妇女，但是，当她们说着夫妻间的笑话，那飞扬的、羞涩的、暧昧的神情，有一种女人的美，有说不出的情趣。然而，有谁看到，又理解了她的情趣呢？即使那个有着某种震惊的女孩子，也是这么多年后才突然有些明白。

必须承认，当有回忆加入的时候，当岁月、时间一起来塑造我的回忆时，我有“溢美”的嫌疑。但是，如果你看到今天我的村庄的坑塘，你就明白，这种“溢美”是因为它今天的“死亡”。彻底的“死亡”，毫无拯救的可能。

梁庄小学门前的坑塘已经只有一小洼死水了，那些黑色的藻类植物上面爬满苍蝇，它曾经的深度，那淤泥里的莲藕（也许当年的干净正是它的作用），那荷花、莲蓬，都已经消失，变为地基、房屋。

打麦场及打麦场上的坑塘，都不见了。我们曾在那打麦场上翻筋斗，看电影，躲在麦秸堆里看小说，任凭双方家长喊得声嘶力竭也不回应。一座座崭新的房屋伸进了坑塘里面，也不知填进了多少泥土。而昔日浮水游泳的宽阔水面已经只剩下一个可怜的小三角水域。

还有那旁边长着高大桑葚树的坑塘，如果你在这个村庄长大，怀着美好的记忆来寻找你童年生活的影子，看到这个坑塘，你会流泪的。那是一片黑色的淤流，静止的、死亡的、腐败的淤流，没有任何生机。一棵枯树倒在水面上，树干是黑色的，那水面上的树叶，不知道是何时落上的，铺满了整个坑塘，也是黑色的，彼此粘连，固定在水面上，没有任何流动。上面扔着塑料瓶、易拉罐、小孩的衣服，还有各种生活垃圾。你不能走近它，它的臭味会刺激得人睁不开眼睛。

黑色的淤流，黑色的死亡，黑色的气味，让人莫名地害怕。而在它的周边，前边、左边、后边，是一座座新房。我的族人在这里打水、呼吸、吃饭，经历着人生的悲欢离合。

韩家那连成一片、曾经有鸭子飞过水面、在一个少年心中留下最初的美的痕迹的坑塘，现在，只剩下一个污水坑和潮湿的、滋生着苍蝇和虫蚁的浅浅的泥地。那曾经的深处，也变为地基，上面矗立着房屋。那传说中的坑塘的泉眼呢？自动消失了，还是被地面上的房屋给牢牢地封住了？

这就是我的村庄。我故乡的人们就在这样的环境中生活，他们挣了一点钱，盖起了楼房，过起了幸福生活，然而，又是在怎样的黑色淤流之上建立所谓的幸福生活呢？

但是，我又能指责谁呢？指责“我故乡的人们”，如此破坏环境，如此不注重生态平衡，如此不重视自己的生存质量？似乎有些矫情。他们看到的是，他们的房屋在越来越好，哪怕他们不得不夫妻、父子、母女常年分离；他们不再需要忍饥挨饿过日子。他们可以在春节时回到村里，坐在新房子里，招待着亲朋好友，这仅有的几天，可以使他们忽略掉那一年的分离、艰辛与眼泪，也的确是他们的幸福所在。他们不知道他们是否应该还有别的路，历史他老人家规定了他们的生存之路，他们以为这就是全部。他们忍受，并努力从中寻找幸福的感觉。

我又能说什么呢？当面对我的族人亲切的、和善的笑脸，当倾听他们的艰难人生和悲欢离合时，你又怎能告诉他们，这已死的、肮脏的坑塘，也应该是他们生活的一部分？

## 河岸

黎明，行走在寂静的村庄里，走过小路，走进树林，穿过长长的河岸，那各种鸟儿缠结在一起的鸣叫，繁复、高亢，仿佛给人以最细微的震颤和愉悦。站在河坡的上端，朝雾茫茫，暖红色的太阳正在缓慢升起，没有霞光万丈的灿烂，在河水雾露的蒸腾中，一切都温润、宽广、柔和。逐渐地，河坡里出现了三三两两的白羊，黝黑、笨重的牛群。堤上蹲着大人，小孩奔跑着，时而发出清脆的笑声。钓鱼的人几乎赤裸的身体，泥塑般一动不动。河流弯弯曲曲，流水深沉而平缓。平原上，浓密的、高高低低的庄稼健康、清新，绿得有些苍茫。晴空下，往远处望，那绿色的原野覆着一层淡淡的雾。一切都充满令人欣悦的生命力，一种阔大的自然之美所产生的愉悦。

有谁在林间的小道、河岸的沙滩上、铺满青草的河坡中，静静聆听这刚刚开始的一天，这将要逝去的一天，这逐渐失去灵性的清晨、中午、傍晚？人声渐息，鸟儿远去，自然的灵魂随之远离了我们。这些曾欢快地迎接太阳升起、黎明将至的精灵沉寂了，只有偶尔几声应答，凄楚、孤独、惶恐，似乎只是为了证明彼此的存在才发出的声音。

童年时代的夏天，整个村庄的人都是早早吃完晚饭，大人小孩，走路，或骑着自行车陆续从家里出发。黄昏的时候，河边已经人声鼎沸。人们在河里洗澡，在河边的树荫下谈天说地，谈情说爱，在细软洁白的沙滩上仰躺着，享受着星空与大地。

从我们村庄后面长长的河坡走下去，是大片大片浓密的树林。林子里有养鹿场，有一个小湖洼，湖上还有成双成对的野鸭。一下雨，整个河坡青翠、深绿。少年时代，这条河陪伴我度过了孤单而又悲伤的初恋。我逃学，一个人，在河边游荡，采那树林里一片片紫色的紫汀花；下雨天，我不打伞，赤脚走在河坡的草地上，踩那小水洼里青青的草，洁净透彻的水、细细柔软的草，让人心疼；我躺在那秋天变为金黄的蚂蚁草上，宽厚，踏实；我在草地上翻滚，呼吸，静默，望着西天火红的云彩，我想象那是一匹马，带我奔向遥远的地方。

那春天鹅黄色的柳树，那清澈见底的河水，那树林深处的可爱小鹿，那成双的野鸭，那细白平缓的沙滩，一切都充满着无以言说的微妙的美。我对美的感受，对自然的向往，对蓝天白云的向往与渴望，是在这河边形成的。

然而，有一天，这一切，突然消失了。似乎一夜之间，河坡里的密树消失了，我年少混沌的眼睛没有觉察到它们不间断地被砍伐，直到那绿色的河坡成为空旷的荒野。那林中的小鹿、湖洼、野鸭、芦苇荡，不知什么时候，都消失了。河水越来越少，有许多地方只剩下干涸的河底。河水黑亮亮的，像汽油，像常年擦拭却从来没洗过的抹布的颜色，在河岸宽阔、河水深静的地方，从远处看，这黑色的流动，倒是显得颇为庄重、沉稳。整个河道上散发着一种可怕的臭味儿，是夏天化工厂旁边流出的废水，经过高温蒸发后的那种刺鼻的工业味儿，是某种坏了的发酵物，甜丝丝的又带着血腥的味道。这些气味使所有走近的人禁不住头晕、窒息、呕吐。河面上漂浮着各种白色、黑色、杂色的泡沫。在那漩涡回流的地方，用打火机轻轻点燃泡沫，“呼”的一下，火就沿着岸边的泡沫蔓延开去，能延续百余米，非常壮观。它突然释放出来的味道，足以把人熏倒。

从八十年代到现在，在中国的大地上，你能找出几条没有被污染过的河流？我们只有跋山涉水，到无人区，才能找到一片能够倒映蓝天的、清澈的水，而一旦被人发现，那一片水，离它的“死亡”之日也不远了。

我家乡的那条河，只是无数被污染的大江大河中的一条，它叫“湍水”。它绵延几百公里，贯穿了穰县大部分乡镇和村庄。郦道元《水经注》中这样记载“湍水”：

湍水又南，菊水注之，水出西北石涧山芳菊溪，亦言出析谷，盖溪涧之异名也。源旁悉生菊草，潭涧滋液，极成甘美。云此谷之水土，餐挹长年，司空王畅、太傅袁隗、太尉胡广，并汲饮此水，以自绥养。是以君子留心，甘其臭尚矣。菊水东南流入于湍。湍水又迳其县东南，历冠军县西，北有楚堨，高下相承八重，周十里，方塘蓄水，泽润不穷。湍水又迳冠军县故城东，县，本穰县之卢阳乡、宛之临駣聚……湍水又迳穰县为六门陂。汉孝元之世，南阳太守邵信臣以建昭五年断湍水，立穰西石堨。

清代学者杨守敬在《水经注疏》中记载：

《续汉志》郦县《注》引《荆州记》，县北八里有菊水，其源旁悉芳菊，水极甘馨。中有三十家，不复穿井，仰饮此水，上寿百二十，中寿百余，七十、八十者犹以为夭。汉司空王畅、太傅袁隗为南阳太守，令县月送三十余石。饮食澡浴悉用之。太尉胡广久患风羸，南归，恒汲饮此水，疾遂瘳。此菊茎短葩大，食之甘美，异于余菊。

想象着几百年前的湍水，它流过我的家乡。在那河岸两旁，生长着如奇葩般的菊花，味美异常，滋润着河水。河水因此甘甜，土壤因此肥沃，人亦因此而长寿，而健康，而君子。那该是怎样的桃源世界与桃源生活?

## 河的终结

路过县城北边的橡胶坝，那里围站了许多人。还以为是当地人开发的什么娱乐项目，却马上听说，是淹死了一个青年。中午最热的时候，三个年轻人来游泳，其中一个年轻人一下去就不见了。我去的时候，消防队已经在水里捞了六七个小时。河岸的两边有人在断断续续地哭。

岸边的人七嘴八舌地议论着，这几年这个地方每年都会淹死四五个人，多是些年轻人。去年淹死两个高中生，高考完，从外地来这里走亲戚，只有十七岁。前些年，这一河段聚集了大量的挖沙厂，在这一段的河底留下很多很深的沙窝。现在，这里已经被挖沙厂遗弃，因为已经挖到黄泥层，没有沙了。

在和旁边两位五六十岁的老人攀谈时，我问道，有没有人想到应该追究挖沙厂的责任，或找河道管理部门问问。这两位看起来是退休干部的老年人想了想，说：“倒也是，可是人家都不在这儿了，再说，河底的事儿，谁能说得清？”没有人去追究挖沙厂的责任，多是说：“这有啥办法，你找谁，谁会负责？”任凭哭得伤心欲绝、天昏地暗，也没有动一下去追究的念头。而围观的人通常的议论也是：“这娃们不懂事，明知道这里有漩涡，还要往水里跳。”

暴雨渐小，天已将黑，河边的哭声突然大了起来，女性的声音，如裂帛般撕裂阴暗的天空。肯定是落水的人找到了。我也跟着人流，踩着泥泞，往河边跑，第一次充当了这样的围观者。

人已被捞了上来，一名女性家属紧紧抱着，一边用手捏青年鼻子里不停冒出来的白沫，一边撕心裂肺地哭着。青年瘦长，眼睛紧闭着，脸部、身体的颜色已经发青，从眉眼来看，是一个相当帅气的小伙子。男性亲属不顾人们的阻拦，拼命地按压青年的胸部，做人工呼吸，发现无望之后，哭了一会儿，又去做，仿佛是为了安慰自己内心的伤痛。河那边的家属汇合过来了，又是一阵撕心裂肺的哭声，有软弱的围观者也悄悄地擦着泛红的眼睛。

不知道为什么，从小就被称为“尿泡眼”，并且至今为止一听到哭声就忍不住流泪的我，却没有眼泪。有些麻木，有些疼痛，也有说不出的苦恼，仿佛有一层迷雾遮住了我通往乡村的道路。

回到哥哥家里，和哥哥的几个朋友说起橡胶坝淹死人的事儿，大家说了好多例子。每年，就家乡这一段河流，都有数十起淹死人的事件发生。家长屡次威吓孩子不许去河里洗澡，但是有一条河，又是在炎热的夏天，怎么可能管住一群小孩不受水的诱惑呢？四个少年，都是十一二岁的样子，趁着爷奶睡午觉，偷偷溜到河里去洗澡，结果，四个孩子，两个没了。另外两个孩子回来也不敢说，过了一天，才告诉家长，其中一个小孩连尸体都没找着。王家去年还淹死一个大人。带着小孩儿去河里洗澡，大人脱光衣服，跳进河里，“哧溜”一声，人便不见了。小孩在水边哭，大家才知道淹死人了。

沿着河道，我们慢慢行走，我想了解河里挖沙和河道的情况。不管怎样，有河流的地方，哪怕是千疮百孔，总是美的。河坡新栽的杨树已经长到了碗口粗的样子，一片郁郁葱葱的新绿，这是新县委书记来之后发展的杨树经济，能不能赚钱还不知道，但确实是改善了生态。洁白的路，蜿蜒起伏，在树林中延伸，紧临着河道，是一丛丛巨大的芦苇，一个个挖沙遗留下来的大型不规则沙窝，大部分浸满了水，和河流两岸白色的鹅卵石、沙滩映衬在一起，沿着路绵延下去，竟有意外的风情。当然，这里的沙、水都物有其主，被大小的沙厂老板分治割据。夏天来临，水位上涨，这些沙窝就形成无数的大漩涡，或者是表面很平静的深流。人一下水，通常都是被深水激死，或者被漩涡卷走。

挖沙机横在水里，吊机悬在空中，黝黑，有立体感，从远处看，甚至是不错的风景。机器旁边是一堆堆巨大的沙子，拉沙的卡车“隆隆”地来去，一派繁忙景象。宽阔的河道被挖掘出许多杂乱的小支流，河水也随意漫流着。有些地方清浅无水，有些地方水流却非常急。

大约五里的路程，约略数了数，竟有将近二十台挖沙机，平均一里地就有四台，有些地方更集中。儿子和他的小表哥早就按捺不住，撒腿就往河里冲，被大家齐声制止了。我快步冲过去，把他俩拖离水边，命令他们只许远远观望。我为自己反应的迅速感到庆幸，但同时，却更加感到悲哀。平静的河流暗藏凶险，随时都可以吞噬人的生命。虽然天空干净，有鸟飞过，清流缓缓，但洗澡，在河边玩耍，却成为不可能的事情。

这样大规模的采沙对河流的影响到底有多大？为此，我找到了县水利局的副局长，他给我讲了一番意味深长的话：

采沙对当地的建筑业有贡献，现在国家在大力搞建设，哪一个建筑项目，民用的、公用的，不需要沙子、混凝土？烧砖也需要，土，国家不让挖了，只有烧石灰砖，必须得挖沙挖石子。这些从哪里来？只有河里产这些东西。采沙对河的生态会有影响，但影响不大。采沙户每年换证，对采沙的范围、宽度、深度、方式都核定过的，不影响河水的走势，而且采沙场也不是什么时候想挖就挖的。譬如，水利法规定，主汛期就不允许采沙。汛期采沙船一定要上岸，不得采沙。但是，这屡禁不止。政府要采取果断措施。不上岸不靠岸，带着机械手，去切割他的船，弄一个，吓唬吓唬就好了。

采沙是水下作业，很难把握，你说只允许采一米五至两米深，都会往深处采，只能现场估计，不很准确。另外，水流来流去，自己也在不断变化，河道本身就高低不平，你不可能在每一家挖沙场开工之前都量一量，也量不出来。

而且，从客观上讲，河水深很难确定是因为采沙造成的，在水下，操作系数很难，没法管。既然采沙，肯定有所影响，只是大小问题。如果挖得深些，有可能形成潭，河底高低不平，人走着走着，忽然有个潭，一个大漩涡，下去肯定不见了。

反过来说，你就是不挖沙，不管它，河水也在演变，水力的冲刷，都会改变水下的情况。俗话说，三十年河东，三十年河西。如果仅仅归结到过度开采上也是不合理的。再说，原来没有大量采沙的时候，河里不也常淹死人吗？

你看河里的水质好像稍好了些，清了许多，但是上游的造纸厂又要开工了。这个造纸厂是邻县的支柱产业，它停了，县里少了许多税收。所以，一直是开开停停。这是典型的地方保护主义。你也没办法，每个县都是这样。那些治污设备也进了，根本不用。设备运行费用太高了。上面检查了，开几天，排污达标了；走了，又停了，检查团心里也像明镜似的，看透不说透。

实际上，这几年环保力度在加大，咱们县化肥厂不也停了吗？也是因为排污的问题。上面对环保要求越来越高。水污染防治法，主体是环保局、水利局配合。排污口的设置需要水利部门安排，根据污水量的大小，还要保护水源地。现在体制改革，按功能管，大部委，统一化，一体化，从整体看是好的，方便了许多，减少了职能重叠和交叉。

但是，河水污染并不意味着地下水的污染，地表水和地下水并不一定就直接联系。农村地下水污染问题并不严重。但咱们这里是含氟量比较高的地区，原有的地下水形成过程中含氟量比较高，容易黑牙根，骨质疏松。有几个地方的地下水含砷、含氟多，还是高盐。我们县前年普查，一百五十万人中有五十三万人是氟齿。

这几年县里开展农村饮水安全项目。去年解决了三万五千人的农村饮水安全问题。打井比较深，地下两百多米，在村里办自来水厂，把管道拉到各家各户。城里的水都加氯，但是到两百米就不需要加氯。

我管水，但是我也只能让孩子站在岸边。我们局里有一个同志的小孩，十六岁，就是前几年被淹死的。现在农村家长，包括城里家长绝对不让小孩去河里洗澡。像原来，洗澡是每天晚上的乐事。城区这一河段人口比较密集，一直到铁路桥那地方，水也比较深。每隔一段，我们就放一个警示牌，但是没用。小孩子不听话，一到夏天就往河边跑。

在访问的过程中，觉得自己似乎是在小题大做，所有的问题都被轻轻化解掉，因为对于所有人来说，这都不是问题，或者说，这是发展过程中必然存在的问题，因此，出现些事情也不值得大惊小怪。席间吃饭的水利干部也只是谈自己的看法，在具体做工作时，也许非常敬业，至于挖沙与生态，它们与我们的生存质量和生命本身之间的关系，并不属于他们的思考范围。何况，这也是没办法的事，你的确无法测量挖沙者到底挖得有多深，你也不可能让挖沙者停止挖沙，因为这是合法经营，行业更是需求量很大。

河流，一个国家的生态命脉，一个民族未来的保障，但是，在过去十几年中，我们却把它提前终结了。我们生活在干涸、散发着臭味、充满诡异气息的河岸两旁，怀着一种绝望、暗淡和说不出的恐惧。如果这一切再不改变，大灾难要来了。或者，其实已经来了。

平地掘三丈

被改了的河道

河道中的挖沙机

村中坑塘

# 第三章

# 救救孩子

近年来，农村留守青少年的犯罪案件数及犯罪人数呈双上升趋势。2007 年共审理青少年犯罪案件 53 件 81 人，其中农村留守青少年犯罪案件 15 件 18 人；2008 年共审理青少年犯罪案件 59 件 83 人，其中农村留守青少年犯罪案件 27 件 35 人；2009 年共审理青少年犯罪案件 69 件 133 人，其中农村留守青少年犯罪案件 38 件 53 人。

——《穰县人民法院少年审判庭新闻资料》

## 王家少年

2006年1月23日，县公安局到镇上高中，把正在上课的王家少年带走了。就是他，杀害并强奸了村庄里的八十二岁刘老太。此时，距刘老太被害已经将近两年，距公安局驻村调查案件也已经有九个月。那九个月，村里的气氛紧张、恐怖，其中几个重点排查对象，村里的老单身汉钱家豁子、梁家光义因反复被查问而吓得神经错乱，疯掉了。王家少年，每天早晨从家里去上学，晚上回来睡觉，未发现任何异常举动。据当时上课的老师讲，被抓的时候，王家少年非常平静，没有说话，也没有反抗，还把桌子上的文具、书收拾整齐，好像早就等着这一天似的。

梁庄的人们得知这个消息后，都震惊了，他们不相信自己的耳朵。咋可能是这个小鳖娃儿?！白白净净的小伙子，不多说话，看着挺面善的，也不像村庄其他孩子一样逃学上网打游戏，他的学习成绩一直不错，大家都还想着，王家终于要出个大学生了。

王家，在梁庄第一次成为被关注的对象。而这一案件的曲折审判过程和之后其他人的被卷入更是在梁庄掀起了一场轩然大波。

2004 年 4 月 2 日，梁家建昆婶像往常一样，早晨六点多起来做饭，和两个孙子吃完后，把剩下的饭焐在炉子上，骑三轮车送孙子到镇上小学上学，到嫁到镇上的女儿家站一会儿。回到村里，她去叫老母亲吃饭。建昆婶是从另一个县嫁过来的，她的母亲刘老太就她一个女儿，老了，成了五保户，女儿就把母亲接过来，住在我们村。老太太极其要强，不愿意住女儿家里面，说是怕外孙媳妇嫌弃，怕闺女夹在中间难受，就一个人住在一个路边小屋，那是建昆婶看菜园时建的。

建昆婶急匆匆地骑着三轮车，想着饭还在锅上，怕煳了，到路口，就喊着“妈，妈，吃饭了”，没人应，她想着是不是老太太一个人先回去了，就骑到家里，家里门也锁着。建昆婶又回到小屋，门还是锁着，但感觉不对头，鸡还在屋里叫，人要是出去了，鸡肯定会放出来的。建昆婶赶紧找人撞门。门一打开，人们被里面的景象吓呆了，老太太身子斜躺在床上，脚耷拉在地上，下身赤裸着，朝着门，地上、床上、身上，到处都是血，头旁边有块石头，再一看，头上被砸了一个大窟窿，鸡还在旁边啄来啄去觅食。

公安局来调查之后，确定为强奸杀人案件，在老太太身上提取了精液，在房间的其他地方，还发现了带血的锄头、碎了的骨头碴儿等等。梁庄村像炸开的锅，2004 年，梁庄村的人个个义愤填膺，人人都想抓住那个伤天害理的强奸犯。

没多久，公安局宣布这是一起偶发性案件，应该是过路人所为。但是，乡村的夜晚，又临着公路，怎么能查出是谁路过村庄？最后，案件成了无头案，不了了之。建昆婶到镇上派出所告状，到县公安局告状，公安局也不说不管，只是证据不足，难以破案。2005 年，省公安厅要求“命案必破”，建昆婶又一次去告状。很快，县公安局派了几个人过来，住在村长家里，并把调查重点集中到村里。梁庄村的男人们陷入了恐慌之中。起初，重点排查对象是村里几个老单身汉，他们年轻时候也常有不轨行为，站在公路边调笑、骚扰过往的女子、裸露生殖器等等。他们一遍遍被叫去，不久，钱家豁子、梁家光义就神经了，一个光着屁股在村里、镇上到处跑，一个把自己关在家里，看见人就吓得浑身发抖。

后来，范围扩大，开始排查所有十六岁以上男子，每个人都抽血，做 DNA（脱氧核糖核酸）检验，看与从刘老太体内提取出来的精液是否匹配。直到王家一个老人的 DNA 出来，公安局才把目光集中到王家人身上。因为，在调查村庄人时，几乎没有人把王家人列入嫌疑对象，他们在村庄里实在是太微不足道了。

王家少年被抓了。他的供词也很快传到了村庄里面。那天晚上，从学校上完晚自习回来，王家少年又打开电视机、DVD 机，从哥哥的抽屉里翻出一盘黄碟来看。哥哥结婚在家的一段时间买了许多影碟，他知道其中有一些是黄色的。看完之后他就睡觉了，半夜一点钟起床小便后，到刘老太所住小屋，先用砖头、锄头将其杀害，然后实施强奸。

我回村庄的时候，案件已经进行了几个来回，王家少年还被关押在看守所。法院一审已经判王家少年为死刑，王家哥哥和父母回来上诉，认为王家少年在实施犯罪行为时还未满十八岁，不应当被判为死刑。他们找了钱家人、周家人和张家接生婆做证。于是，案件重审，在村庄又调查取证，遂判王家少年为死缓。建昆婶认为王家哥哥是在花钱疏通关系，而那些证人做的也是伪证，于是，重又上诉。

而王家少年本人，却似乎被遗忘了。王家少年，在我心中，成了一个很大的谜。我很好奇，是什么原因使得一个少年去做如此残忍的事情？如此安静，如此淡然，难道真的是本性如此？

怀着这样的心情，我去王家，找王家少年的一个本家婶婶了解情况。王家，和梁家隔着一条公路，也是我们下地干活的必经之路，然而，却非常陌生，即使小时候玩耍，也很少跟他们的小孩在一起。我不知道小孩是如何有这种区分的，完全是一种无意识的接受与认同。

王家婶一听我是来问王家少年的事，非常警惕，显然，王家婶不愿意讲他的事情。我们坐下来拉家常，问王家人的生活状况，慢慢知道，原先曾经二十几户的王家人，经过二十几年的变迁，现在只剩下十来户，搬走的搬走，绝户的绝户。王家少年的事一出，王家稍微大一点的男丁，都出门打工了，哪怕出去搬砖块，也不愿意待在村里，怕人看不起。

坐了好长时间，王家婶才开口，要说这娃，很早就有毛病，很少说话，就是一个闷葫芦。从童年时起，王家少年几乎就是一个人生活。1993 年，王家少年四五岁的时候，父母到新疆种地，兄弟俩跟着奶奶生活。1995 年，奶奶去世，他们又被托付到婶婶家。哥哥初中辍学后一直在外面跑，据说加入了黑社会，中间几次回村都是因为逃避抓捕。后来，在外地做网吧生意，生意还不错。

王家少年性格内向，从不和同龄人玩。学习倒是一直不错，考上了吴镇第一初中。上了初中后，王家少年就一个人生活，在学校食堂吃饭，晚上回来住哥哥家。哥哥在 2000 年回来结婚，自己盖的新房，里面有全套家具家电。他被抓时，已经上高三，是学校培养的尖子生。安静，沉稳，从来没有惹是生非的倾向。

从王家出来，不知道为什么，我有些莫名的心痛，从王家婶的言谈中，从和王家少年高中老师的交谈中，看不出王家少年任何犯罪的兆头，相反，这是一个略微内向、温文有礼、有上进心的孩子。说实在的，起初听到这一事件时，我本能地对王家孩子有一种同情的心态，那么年轻，正值青春初期，这样的事情又是在怎样压抑和冲动的情况下做的呀。但又的确是他，以残忍的手段杀害一位耄耋老人。我在村庄里转悠，那一座座崭新的房子，巨大的废墟，那肮脏的坑塘，还有水里的鸭子，飘浮的垃圾，组合成怪异的景象，让人有种说不出的难受。

找见建昆婶时，天已经微暗了。她正朝小学方向去，一看见我们，就踅回来，让我们到她家里坐，说："我正说过完年就上北京找你去，我要到北京告状，我不信我告不赢。"

建昆婶，皮肤微黑，生有三男一女。从小到大，我对她就有莫名的亲切感，因她每次看到我，都会充满情感地瞅着我，感叹，要是她那个闺女活着，就像我这么大了。她年轻时候，和我母亲极好，我母亲生我之后一个月，她也生了一个女儿，在五岁时候拉肚子拉死了。

建昆婶现在住在大儿子万中家里，带俩孙子上学，万中一家在深圳打工。万中家的新房就盖在打麦场上，非常气派。一个严严实实的大铁门，两层高的楼房。进到屋里却是另一番光景。墙壁刷的石灰大块地脱落，就像一个个大疮疤。屋里空荡荡的，一个长椅，上面放着几个破布套，一个落地扇，落满灰尘，好像从来都没有启用过。左边里屋是一张大床，放几床被子，这是建昆婶平时睡觉的地方。右边是一个楼梯，通向二楼。坐在屋里，有一种莫名的凄凉和冷气。建昆婶倒上茶，又拿出几个已经发皱的小橘子，热切地让着叫我们吃。然后，她坐下来，给我们讲她的事儿。

就是这个事没有了（liǎo），我死都死不下去。我给那个检察长说，你要是胡判，我就从这楼上跳下去，我都六十五了，我还往哪儿活，我也活够了。我死在这儿，你这检察院也不会安生。

你知道你大外婆死得有多惨，谁见谁都哭，骂是谁恁狠心。这个案子拖了一年多，一直查不出来。后来，还是查那个啥DNA才查出来。

街上来人给我说，是王家娃。当时，我听了心一凉，恁小个娃儿，平时也不说话，咋会去害人。你说，他是不是害人？多毒、多狠呐。梁庄村那几个月都不安生，村里人都吓得迷三倒四，这小鳖娃儿像没事人一样，每天还去上学。

刚开始他妈在村里找许多假证，找当年的接生婆，又找自家门上人，合伙证明说小鳖娃儿当时不满十八岁。还找到周家国胜，让他做假证。开完庭出来，我把国胜挤在墙角，我骂他："周国胜，你鳖娃儿背良心，你孙儿儿媳妇都叫车撞死了，你还背良心，你不得好死。你们得人家啥东西了，去做这背良心的假证。"后来听说王家娃他妈送了他们两条烟、一条裤子。

后来在街上碰到国胜老婆，我拦住她，又骂她："你们要做假证，你们出门开车车翻，娃儿叫车撞死。”我连说带骂，说她一个多小时。村里人都背地里骂他们，都说前几年孙儿儿媳妇叫车撞死是活该。人心不正，就是这结果。

我和王双天老婆又吵一架，他们也做假证。按他们王家排行，算一下就知道小鳖娃儿杀我妈那天已经满十八岁。我说：“你们闺女在北京无缘无故死了，连尸体都找不着，你还做假证。你是王家人，你不知道小鳖娃儿排行老几，多大岁数？你们大瞪两眼说瞎话，会遭雷劈！”

2007年11月27日已经判了，12月还不让拿（判决书）。我去了地区检察院，我打电话给那个检察长，他不接，我打手机，也不接，我在检察院门口一直等到11点多，他才接电话，进去，他有点生气的样子，把判决书盖个章子，然后我又按指印。我不识字，我让他帮我念念。

市中级人民法院一个法官以私人身份给我打电话，说：“你看，这是个小鳖娃儿，我妈信佛，我受她影响，得饶人处且饶人，你非要让他死，多可惜。”我说：“你心真软，你可不能坐这个位子，他年轻该活，我妈八十多了就该死？”

我知道，这些人，都是收王家钱了。出事之前王家大娃儿在外地开网吧，赚住大钱了。王家大娃儿在家也是光偷人家，那年判十个月，一出来就出去打工了。在外地，也是在派出所几出几进。一家根儿都不正。

法院开庭五次，王家娃儿见我就下跪，想让我同情他。我看都不看他。

我就不信没处说理。邪不压正，要是判不下来，我就在法院跳楼叫他们看。

说到要跳楼，建昆婶非常冷静，一直颤抖的声音也坚定起来。她又进屋拿来判决书让我看。我翻了翻，看到里面有王家少年的一段供词：

今年春上的一天晚上，我在学校上罢晚自习回家睡觉，睡前看了黄色录像。不知道睡到啥时间，我起来跑到刘老婆儿睡的那个屋里，从东边把门弄开进到屋里，摸到一把锄头。听到老婆儿的呼吸声，我就用锄头砸了好几下，怕老婆儿不死，就跑到外边鸡笼边拿一块石头，进屋照老婆儿头那个位置砸有四五下，然后把老婆儿穿的衣服全部脱掉，用手把老婆儿的脖子掐掐。我把裤子脱到腿窝处，爬到老婆儿身上……把门安上时，我摸到门后挂的锁，又把门锁上。

如此冰冷，又如此残忍。我不知道这是法院的转述，还是王家少年本人的陈述，但这冰冷的描述恰恰把一些情感因素剥离开来，譬如王家少年在实施杀人过程中的害怕、软弱、慌乱等等。从本质上讲，这就是一起毫无人性的杀人案。我无话可说。我自己也很迷惑，我不知道我是抱着什么目的来调查这件事情。

在村庄的这些天里，只要说起王家少年杀刘老太的事情，大家都激动无比，对王家人去花钱跑关系改年龄，也异常愤怒。在问起五奶奶这件事时，五奶奶“呸”地往地上吐了一口痰，说：“要是我是他妈，就直接让公安局把他枪毙了，要他干啥，太坏了，太残忍了。”言语非常激愤，和父亲、老支书的语气一模一样。这很超出我的预想。我原想会有人同情这个十八岁的少年，虽然手段残忍，但毕竟刚刚成年，也挺让人可惜。我很微弱地提及，他也挺可怜的，一个人在家，没人管，但是，话刚开头，就被五奶奶和父亲挡了回来:“有那么多小孩都是这样，也没见得出什么事?！坏成这样的人，还不枪毙，这社会成啥样了？”我才意识到，对这个少年的看法，大家基本上是一种道德态度，道德败坏、手段恶劣，不可能让人原谅。

道德感在乡村深深地埋藏着，他们对王家少年的极端态度显示了乡村对原始古朴道德的尊重，因为这个人与他们善良的本性不相符合，与乡村基本的运行方式也不相符合。因此，当我又试图说中国的死刑好像太多、太随意，而在国外，有些地方并没有死刑，或有些国家已经废除死刑时，他们很惊异。在他们的观念里面，对于那么残忍的行为，只有死刑才能达到惩罚的目的。

没有人提到父母的缺失、爱的缺失、寂寞的生活对王家少年的潜在影响，这些原因在乡村，是极其幼稚且站不住脚的。而乡村，又有多少处于这样状态中的少年啊！谁能保证他们的心理健康呢?

在言谈之中，建昆婶很容易就把角度转换到道德上。杀人偿命固然是法，但在深层思维，对这件事的判断仍然是从道德角度出发的。譬如在讲到做假证的几个人时，建昆婶很自然地讲述了这几家的其他遭遇，以此印证道德败坏所带来的后果，是一种报应；另一方面，也将此作为支撑判断他们错误的理由。在听到这里的时候，我有一种非常紧张的感觉，仿佛一种最古老的东西仍然存留在乡村的大地上——原始正义。它隐藏在日常生活与所谓法律时事背后，是不间断的。人们依据这些来进行基本的判断。善有善报，恶有恶报；不是不报，时候未到。

我不禁怀疑起我自己来，也许，只是因为王家少年杀害的是八十二岁的老太，她行将就木，不值得搭上一条年轻的生命，所以我才本能地同情。如果他杀害的是一个十几岁的青春少女，我的心态也许会是另外一种。在根本上，我也是轻视生命的。

通过重重关系，终于获得见王家少年的机会。我很紧张，有很多的疑问想问他。铁栅门打开，一个少年从门里走出来，戴着手铐，单薄、瘦弱，他看了我一眼，那眼神里面似乎没什么感情。他坐到对面的凳子上，又看了我一眼，但很快低下头去。那是怎样的眼神呢？害羞？寂寞？绝望？我说不清楚，但可以肯定的是，站在我面前的这个少年——或者，已经是青年了，却仍然是一张少年的脸，连胡子都没有——还是一个孩子，一个单纯、善良、内向的孩子。甚至，还有些教养。

我忽然无法张口，眼泪模糊了我的双眼。回到村庄那么久，听了那么多悲痛的故事，我都没有哭出来。可是，在面对一个杀人犯时，我一下子崩溃了。看着他，一切的原因都不是原因，而所有不是原因的因素又导致了最终的悲剧。我无法想象他挥动着锄头、石头杀人的场景，那样的残忍和眼前这个少年完全不符合。

我又能问些什么呢？一切的询问都是苍白的，谁能弄清楚，那一个个寂寞的夜晚在少年心里郁结下怎样的阴暗？谁又能明白，那一天天没有爱的日子汇集成怎样的呐喊？而又有谁去关注一个少年最初的性冲动？我该以什么样的情绪去面对他呢？我不清楚。我很迷惑。同情？愤怒？心痛？当面对这样一个罪犯时，这些都是太过简单的词语。

2009 年 4 月，终审判决书下来了：王家少年因故意杀人罪被判处死刑，剥夺政治权利终身。

## 芝婶

做村会计的堂叔前几天就和父亲约好，今天到他家吃饭。我对堂叔很感兴趣。上次一起吃饭，感觉他城府很深，说到关键处，尤其是村里的经济现状时，总是及时岔开话题，绝不发表意见。即使父亲逼问，也是含含糊糊。

到堂叔家，清道哥已经坐在那里，还有一个人，不认识，堂叔也没有介绍。凉菜已经摆在桌上，另一边的牌桌已经支好。看来话是说不成了。果然，父亲刚刚进门，清道哥就大声叫道："二叔，你咋恁晚，就几步路，还得请几次，快快，速战速决。"镇上有人开车把热菜往这里送（当然也是记账），堂叔给我解释说，平时他绝不随便去食堂吃，也是偶尔才这样子。父亲和清道哥都不以为然的样子。清道哥不喝酒，说是昨晚喝多了，喝透墒[1]了。父亲和堂叔都说，喝多了，才要再喝呢，喝一点透透。左劝右劝，清道哥喝得脸红扑扑的。问村里"村村通"[2]公路的情况，据父亲说，"村村

1 透墒：浇地完全浇透了，用来形容喝酒喝多了。

2 "村村通"工程是政府出资为各村修建水泥路，县里出一部分资，村民集一部分，省里给一部分，据说要争取实现 90% 的通达率。这对北方乡村来说，是一个很大的举措。北方村庄内部的路大部分都是土路，狭窄、弯曲，一下雨，到处都是泥泞，人、车（拉车）、牲畜几乎无法行走。

通”公路的主路已经卖给河里挖沙的（是通往河的唯一大路）了，卖了十七万，已经快被新支书败光了。具体情况，会计应该是最清楚的。但是，堂叔说来说去，却没有说出个所以然，说“都是这样子，也没什么好说的，花钱地方太多，要得多了自己也忘了”之类的话。总之，还是含糊其词。

吃过饭，牌局开始。我到院子里和堂叔老婆芝婶闲谈。她的小孙子，和我儿子差不多一般大，两个小孩早已好上，在门口的沙堆上玩沙子。村会计的家要比老支书家豪华得多，刚盖好不到两年。和支书家一样，也是把坑塘填了，在上面盖的房子。从公路上看，是一个一层平房，只是因为地基垫得高而显得高大，但是，到房子后面，就别有洞天。后面也是正门，前面所看到的高高的地基其实是楼房的一层，但仍在地平线上，因为公路整体比两边高。院子里铺满水泥，非常干净。

堂叔家已经可以看到都市设施的影子。三间房子是请镇上专门做室内装修的人设计的。要知道，“室内装修”这个词语在前几年的农村是根本没有的，近两年刚刚兴起。有吊灯、立墙、电视柜、书柜，都是一色的，颇有点欧洲风格。但是，细看之下，所用的材质却是劣等的，做工也较为粗劣。更为重要的是，在这现代化的房子里面，所装载的仍然是小凳子、破竹椅、19英寸的旧电视，和这一群地道的仍然是七八十年代穿着的老农民。一切都显得有些不伦不类，与房间中的某些过于精致的设计一起，制造出了滑稽和错位的风格。

楼梯间的下面是卫生间，蹲式，有自来水可以冲洗，但是，里面却脏污不堪，白色的瓷砖和便池已经变成黑色。角落放着一个装废纸的便篓，纸早已溢满出来，扔在地上。洗手池也布满黑色的污垢，上面镜子的座架上还搭着一块毛巾，放着一块小香皂，毛巾的颜色已经分辨不出。卫生间的外形是城市的，但是其使用的思维却仍然是乡村式的。北方乡村对厕所这一生活的重要设备，确实是忽略的。

芝婶说这座房子估计花了十几万，跟他们老两口没关系，都是儿子在外校油泵挣的钱。问起房子的设计和样式，芝婶有点轻蔑地微微笑了，说："都是按照儿子儿媳的眼光设计的，我就看不出什么好来，闲花钱，一点也不实用。二层的三间是大通间，将来儿子儿媳回来看能做个什么生意。总不能一辈子在外面吧。"最后这句话是乡村里最常听见的一句话。

芝婶，乡村里面难得的面容光润、皮肤白皙的妇女，看起来很有富贵相，和堂叔一样，说话谨慎。倚在大门口，盯着孙儿，一会儿呵斥他一声，一边跟我闲谈。经过好几次的交往，芝婶的戒心少了很多，也愿意和我多说话。我问孙子啥时候跟着她，儿子在哪儿打工，没想到却引来下面一番话。

孙儿啥时候留在家？不到十个月的时候，儿子在新疆校油泵需要人，就把媳妇叫了去。我和他爷开始带到现在。一年也就春节回来住十几天。有一年夏天，让我们去住，妈呀，那是啥地儿，热哩人没处钻，地方又小，就那一大间房，根本没法住。娃儿也受不了，住不到一个月回来了。今年又生了一个孙女，媳妇打哩算盘可美，想把大的带走，小的再留给我，让我养，我说啥也不干。大哩好不容易四岁了，都有感情了，现在你再把他带走，那不行。再说，我也老了，这两年腰疼，疼起来了，直都直不起来，还得到镇上去按摩，那十个月的小孩子可不是好带的。春节走时，媳妇是生着气走的。我也不管。后来，这孙娃儿想他妈了，我说把他送到新疆，又贵贱[1]不去。说急了，说："奶你再说，我就跳坑[2]。"他爹在电话里一听，伤心了，说赶紧把娃儿送去，可是我不愿去，去了咋办，没地住，热哩要死，还得侍候一家子人。我可是受不了。他爷老说我惯他，说就你有个孙儿，到哪儿都领上。我知道娇惯的害处，但抑制不了。孙娃儿再也不提他爹妈，他爹来电话，喊死，都不到跟前来。我知道，娃是伤心了。可这又有啥门儿，农村不都是这样。

咱们这村里几乎家家都是这样，全是留守儿童和留守老人，五六十岁、六七十岁的人都在养孙儿。老头老太太领着孙娃，吃喝拉撒不说，有哩儿子、媳妇还不给寄钱，还得自己下地干活。有的领五六个孙娃、孙女，里孙儿、外孙儿，日子都过不成。三个娃儿留六个孙儿，比着留。谁不留谁吃亏。有的家里，儿子也说，你别种这七八亩地，我给钱，这五六个娃儿都够你受了，俺们在外头挣钱容易，谁叫你弄这二亩地。可给钱时，谁都想少给。爹妈都不在家，不光是爷奶的负担，对娃们的学习影响那真是大得很。

那早晨，我刚起床，一个老太太过来，收拾得还怪干净，说是车胎没气了，想借气筒。问她为啥恁早，说是上姑娘那儿，叫闺女帮她收庄稼。娃儿们都出去打工了，屋里撇下五个孙儿。我说：

1　贵贱：怎么说，无论如何。

2　坑：北方村庄里面的水塘。

“都恁些小孩，你又老了，还种地干啥？”她说：“那不行啊，娃儿们从来没寄过钱。”我说：“像这种情况你还管他干啥，把娃儿给他们，自己过算了。”说是这样说，谁也不会这样干，你不养人家小孩子，将来老了谁管你?!

还有，老两口照顾四个里孙外孙，热天到河里洗澡，四个娃儿全淹死了，老两口最后服毒死了。你说这社会，啥风气，到啥地步了。

现在的娃儿们也学坏了，精得不得了。科子家小孩儿老打游戏，上网，星期六、星期天在镇上租来动画片连续剧，在家能看一整天，连饭都不吃。奶奶说他，不听；告诉他爹妈，爹妈在电话里批评了儿子。你知道那娃儿有多坏，过几天，爹妈又打电话，他给爹妈告状，说奶奶不管他，出去“斗地主”，不给他做饭，还不给他钱。你看，孩子反过来告奶奶一状。奶奶气得在村里骂，说以后再也不管这小鳖娃儿。不是不管了，根本管不住。你说，六七十岁的老两口又当爹妈，又当老师、校长，能当好吗？村里上小学、初中的孩子，没几个学习好的，在校不好好学，回家没人管。一放假就跑到爹妈打工的地方去，住到那儿，也是啥也不学，光看电视，爹妈光知道稀罕。

现在虽然出门打工致富，但是小孩教育成问题。农村的素质教育更低，年轻娃儿们都出门跑，不管自己娃们，爷奶只能管吃饱穿暖，不会教育，那数学题谁啥门儿[1]。再好的社会都有一定的弊病。这就是一个弊病。

---

1　啥门儿：也没有办法。

当芝婶说到自己五岁的孙子要“跳坑”的时候，我非常震惊。一个五岁的孩子，竟然以自杀的方式来拒绝心灵的疤痕被揭开，这里面该蕴藏多少痛苦呢？在这样一种矛盾、撕裂及缺失下成长起来的孩子，怎么能健康、快乐、幸福？

芝婶提到“留守儿童”一词，我才知道，原来“留守”一词在乡村已经很流行、很普遍，以至于已经成为一个普通老人所使用的词语，这也意味着他们已经默认了这一历史存在和处境。芝婶始终一脸平静，甚至还带着一点嘲讽的意味。我问她有没有觉得心里难过，她说：“难过，咋不难过，那有啥门儿，大家都这样。”我反复启发父子分离、家庭割裂、情感伤害所带给孩子的那种痛苦和悲剧感（这一启发甚至有点卑鄙），芝婶总是重复一句话，那有啥门儿，大家都是这样子。很显然，芝婶没有这种体会，因为这种处境太普遍太正常，是一种极其自然、日常的状态，何来悲剧之感？所谓的悲剧与痛苦只是我们这些“参观者”和“访问者”的感受。面对这种已经日常状态的分离，他们又该怎么办？天天痛哭、难过？那生活，又该如何度过？

但是，当看到芝婶注视孙子的眼神时，那疼惜、怜爱的眼神，你又会有一种明显的感觉，芝婶绝不是没有意识，她只是把这种疼痛、这种伤害感深深埋藏起来。她没有抱住孙子整天哭，也没有对哭泣的儿子过分表示安慰，因为在乡村生活中，她们必须用坚硬来对抗软弱。

## 五奶奶

跟着公路走，几乎是所有村庄的特点。似乎要找到某种商机，但暂时还没有，因为从现实情况看，并没有几家在做生意。有乡亲在门口坐着乘凉，看见父亲，都热情地打招呼，而看见我，却仍然陌生而警惕的样子，其实，这也是一种乡村的矜持。对于他们来说，我已经是另一世界的人了。

在地头蹲着的是光武叔家的儿子，比我大十几岁，相貌没变，但身体及神情都萎缩很多，成了最典型的农民。在家门口打牌，看见父亲起来打招呼的是义衡哥和其他几个本家哥、嫂、婶娘，变化不大，但似乎又很大，岁月似乎在他们灵魂上慢慢刻下痕迹，脸上是年复一年的神情。从院子里出来，看见我们又迅速进去的是周家媳妇，白净圆肥。她丈夫坐了几年牢，出狱没多久就病死，都想着她要改嫁，结果却一直守着。听父亲说她去年招了一个女婿，仍然占着路边的宅基地，村里人也没话说，因为人家守寡那么些年。

有着爽朗笑声、肥胖、慈祥、“地母”一般的五奶奶，我好多年没见她。前些年，她一直住在河边的一个茅草屋。我曾经去找过她，但河边有许多孤独的茅草屋，有许多孤独的老人身影，就是没有五奶奶。父亲说，五奶奶已经搬回来了，住在小儿子光亮家里，就是光亮的儿子在河里淹死了。当时，光亮两口子在外打工，五奶奶在家照顾孩子。

光亮叔的新房子盖在路边。还没有进得院门，就听到五奶奶的笑声。看见我，五奶奶很吃惊，直感叹：“爷呀，这是清（我的小名）吗？咋变成这样了？”我看见五奶奶，也吃了一惊，原想着，她肯定是白发苍苍、衰老悲伤的样子，没想到，五奶奶很精神，和我记忆中的印象一样，神情开朗，只是好像个头矮了很多。

整个院子是四方形，前院就是三间新平房，中间那间算是大门，通向院子和后面正屋。院子里面是石灰地和混砖地，左侧是厨房，右侧垒了一个猪圈和小鸡窝。后面正屋还是旧房子。五奶奶说后面本来也是要建新房的，但是光亮叔没有那么多钱，光是盖前面的平房就花了七八万，还借了三四万。五奶奶从厨房拿来两个大碗倒茶，问我要不要茶叶，我说不要，父亲说要，五奶奶就找出一个小盒子，倒出来一些碎末。这还是二十年前的习惯，那时候，村庄的人们去小店称茶叶，都是只称碎末，因为便宜。

五奶奶，六十七岁。头发全白，梳得很仔细，服帖在头上，脸上皮肤紫黑色，但很光滑，和白发衬在一起，反而更年轻。声音很大，爱笑，也爱说笑话，幽默，特别擅长自我解嘲，是农村那种能干又明事理的老人。我们说话的时候，她七八岁的孙女儿坐在旁边，一刻也不闲，嘴里还说着什么，好像要极力让人注意到她，看着让人心烦意乱，五奶奶制止了几次，没什么效果，就任由她去了。

你大叔一家都在北京打工，你大叔和黑娃在一个工地上，你大婶在那儿闲着，黑娃就是你大叔的老大，你大叔的女子在广州打工。啥叫行啥叫不行，只是混个吃喝。你大婶说是血压高，干不了活，才四十几岁，就不干活，还是人家会享福。你说，成天坐着血压能不高？干干活不就不高了！

家里房子盖哩可好，出门左边，那个两层楼，就是你大叔盖的，一年也不回来一次。说是奥运不让干活，想回来，回来干啥，三个人来回路费快千把块钱，得多长时间挣？

你光亭二叔没出门，在咱河东那边烧砖窑，给人家干活，算是有点收入，你光亭二婶也闲着，就在村里打个小牌，人家闲着，都享福。他们娃儿二十岁了，前两天刚从青岛回来。

你光亮叔在青岛韩国人开的一个首饰厂打工，主要是镀金镀银，都是假的。在这里镀完，再拿回韩国卖，有哩也在中国卖，价钱翻倍。全是糊弄人哩。管哩严，回家、请假都要扣钱，你光亮叔去年回来盖房子请俩月假，一年的奖金都没了。有没有危险？啥危险，也没听说，都在那儿干，也没见出啥事儿。你说有粉尘、金属毒，谁证明？小柱到死也没说明是啥原因。你光亮叔也是小柱介绍去的，干了八年，一直在那个厂里，才去的时候，钱少；天数多了，工龄长了，一个月一两千。

你光亮叔大娃儿，就是淹死那个，死了两年，你丽婶也不怀孕，就在别人家抱了这个女子（五奶奶指了指旁边的小女孩），费事哩很。这等了这些年，大前年，才又生了个双胞胎，高兴是高兴，可咋养？他们俩上班顾不住小孩子，双胞胎中那个男娃儿自己养着，你丽婶儿现在在那儿闲着，专门照顾那个小鳖娃，那个小闺女她姨先养着，估计马上就不给养了，人家自己也要有孙子了。我身边这个女子户口上在她二伯那儿，又给双胞胎上户口，办那个准生证也花了两千块。

这闺女是在青岛要哩（小女孩在旁边骂了一句话：要你个头不要），全是罪孽哩，一点点长大，都是我养的。唉啊，可麻烦死了。把屎把尿的苦就不说，上学更麻烦，咱们村里的小学早就没有了。还在镇上上学，来回接送，原来你桂平姑家住在街上，晌午女娃儿在那儿吃饭。你姑现在出门打工了，只剩下老公公老两口，人家老两口一天两顿饭，咱咋好意思去吃。这九月份开学，晌午也得我接送。街上车来来往往，也不安全，不像原先一样，自己跑回来。早晨、晌午、晚上都得接送，来回六趟，一趟都有二里地。人都够死了[1]，受不了。接送完了回来还得做饭，做完饭吃完送走，回来还没歇一会儿，就又得去。

现在看着是上学不交学费了，实际事儿也多死了。说是不交学费，学校生着法儿也没少要钱。

你说赡养费，啥赡养费，也没人去说，仨儿子，谁有了谁给一点。去年你光亮叔盖这房子，欠人家三四万。到今年一分钱都没给我，还替他养闺女，你找谁说去？都是你其他几个叔给一点。年下你姑给俩钱。你二叔给哩多些，他就一个娃儿，也没啥负担。

一年说是不花钱，人情世故不说，春上，俺俩不美花了二百多块钱，身体一般也没事，说不美就不美了。我这个腿，老是麻、凉，六十七了，也不行了（小女孩在旁边跑来跳去，五奶奶有点受不了烦，嚷了她几句）。

你五爷到这十月都死八年了，六十岁死的。喝酒胃喝坏了，做胃镜，胃都烂了。再说都不行，非喝。那时候，开菜园，去卖菜时喝，卖完了也喝，菜一下子开给人家也喝。为啥恁快死了？菜卖完了，不晌午，到茶馆喝茶，泡多浓的茶，茶叶都有半碗。出那个茶馆，走一路喝一路酒，在沿路代销点喝，那鳖娃儿散酒，都不知道从哪儿弄来的，清是给胃喝坏了。不是，咋死恁快？发现两三月，就不行了。

就是在那个时间，你光亮叔们那个娃儿死。死哩时候，十一

1 够死了：很烦，烦得不行了。

岁，要是活着，现在二十岁了。哎呀，那真算费手哩，猴头子日脑[1]，管不住。死之后你丽婶回来也没找事，在那儿人们也说过她，她知道她那娃儿费手，在家气哩用三角带打，打的时候哭两腔，不打了又笑了。那天放学了，人家都回来了，他不回来。在哪儿呢？在张家顺着坑边走过来，找泥鳅、青蛙，就在坑边玩。

晚饭前，他跟清立的娃儿一块下河，我在屋里做饭。不一会儿，前面宝宝来说："我哥掉河里没见了。"你二婶慌里慌张跑过来说："离娃儿不远处还有人在挖沙，人家看见了。你二叔们、梁家人都已经去了。"我顺着砖瓦厂走下去，边走边哭，这咋给你丽婶交代呀，走哩近路，全是斜坡、土坑，腿在野草稞里蹚过去，刺扎在身上一点儿都不知道疼，感觉浑身没一点劲，发软，摔了不知道几个跟头。跑到河边，看见一群人在水里摸。后来，光秀用脚探住了，用劲挑起来，娃儿肚子里没一点水，脸上就沾一点黄泥，是在漩涡里激死了。我现在还记得他刚从河里捞出来的脸。煞白煞白，发青，眼闭着，可安静，好像在水里也没有挣过，肯定是一下子就死了。我一屁股坐在沙里，咋着也起不来。小鳖娃儿，说没就没了。抱着娃的身子，我哭啊，你说可咋办？老天爷，把我的命给孩子吧，我这老不死的活着干啥？

从那以后，我就住到河边那个茅草庵里去了，累哩很，心里难受，像空了一块，上不来气儿。我一天到晚地想，要是我早点做饭，他放学回来就能吃上，他就不会去河里了。怨我，非要在地里多干会儿活，结果耽误娃儿吃饭了。他是有些气我呢。小鳖娃儿，

1　猴头子日脑：非常调皮。

活着的时候费手，一天到晚不知道得打他几回，说他几回，不听话哩很；真没了，又想哩不行。那时候还不是怕你丽婶回来吵我，主要是没法给人家交代，孙儿给你了，你养哩啥？人养没了。你光亮叔别看平时打他那娃儿舍得下狠手，可稀罕哩很。

说是挖沙引起的。也是，人们都挖细沙，沙底挖哩很深，到处都是漩涡。这几年死了好多人。说是这样说，你找谁说理去？说了也没人管，谁能证明是人家挖出来的漩涡淹死你哩娃儿？

你光亮叔还想着把小闺女抱回来让我养，我是不行，管不了了。才两周岁。光管这个大女子，我都累得浑身疼。根本不行。

家里一个个都是不省事。前几天黑娃突然回来了，说是看病。在外面打工，有病了都回来看，在北京，谁能看得起？就是晚上老出汗，小便勤，县里中医院说厉害哩很，是淋病，还得手术。他一听，怕了。我也不知道他在那儿干啥了。后来，到你哥诊所，一看没事，输几瓶水好了。还是找自己人不表[1]你。

五奶奶屋里人来人往，谈话不断被打断，说到孙儿死的时候，五奶奶的神情变得有点飘忽，语气也开始低沉下去，她停顿了下来，似乎又想起当时的场景。我想象着，五奶奶疯一样地往河里跑，她的腿发软，她浑身冒汗，她的手上、腿上都是刺，可还是跑不到，似乎永远也跑不过去。谁能知道，她有多恐惧、多害怕？她养了那么多年的孙子，比养自己的儿子精心多了，她伶牙俐齿的儿媳妇，该会怎样数落她？她最宠爱的小儿子又该怎样伤心？这么多

1 不表：不骗人。

年过去了，这个伤疤仍然没有结住，唯有在这一点，五奶奶还不能用自嘲来使自己解脱。正在这时，隔壁的一个婶子过来，说是丽婶儿的姨打来电话，要把光亮的小女儿送过来，人家马上要生孙子了，怕自己儿媳妇不高兴。五奶奶听了，直叹气说："还是躲不过去，说是不给他养，可眼看他过不去，你能看着不管，好坏自己还能动弹。"

顺着砖厂的路，我往河的方向慢慢走，这也是五奶奶当年往河边奔跑的路。这条路，她永远也走不完，那顿饭，她永远也没能做完，因为，她的孙子，那个十一岁的捣蛋大王再也不能捣蛋了。我忽然想起了童年时代的一首歌谣，我们放学回家，边走边唱：

小板凳歪歪，
我在地里割大麦。
刮个风，
好凉快，
下个雨，
跑回来，
奶奶，奶奶门开开，
外头回来个小乖乖。

## 梁庄小学

从老屋的门口，沿着昔日上学的老路，我又一次朝着梁庄小学走去。小学是围墙围起的一个四方大院子，前面是操场，院子中间是一个旗杆。上小学时，我们每天早晚都站在院子里升降旗。院子后面那一排两层的红色砖楼房是学校的教学楼，上下各五间房。我童年的大部分时光是在这里度过的。早晨六点的时候，学校上早课的铃声就响彻梁庄村的上空，小伙伴们相互喊着、等着，在黎明的微暗中朝学校走去，开始一天的学校生活。我相信，大部分村民也是依着这铃声估算时间，安排一天的生活。

梁庄小学已经关闭将近十年了。院子里面的空旷处早已被开垦成一片茂盛的菜地，正中央的旗杆只剩下一个水泥的底座，后面的楼房还在那里。可能是听到我们说话，看大门的兴哥从大门靠左的小院子里出来，一看到我们，很高兴。他从里面把锁打开，一边嘟囔着说："门可不敢开，常常有牲口进来拱菜地，扒门。"

走近去看教学楼，才发现，它其实已经破旧不堪了。教室的门几乎已经腐朽，推一下，灰尘哗哗地往下掉，透过残缺的玻璃，可以看到教室里面更为让人伤神的"风景"。楼下几间里面多是堆些破旧的家具，床、沙发、木椅、小凳子，锅碗瓢盆扔得到处都是，还有散乱的不知何年何月的作业本。这应该是老师的宿舍，也许想着还要回来，东西并没有收拾干净。房间里面是一些残破的学生课桌椅，歪斜着倒在地面上。其中有一间房屋，却是有一张床，里面还有煤炉，近期住过人的样子。兴哥说："这是一个梁家婶子住的，和儿媳妇生气，没地方去，在这里住有半年。"

顺着已经没有扶栏的楼梯，我们上了二楼，一个个房间里面关着家兔、鸡仔等小家畜，地上扔着啃烂的南瓜、脏的水盆、干草等。这些应该是兴哥养的。站在二楼的栏杆旁，往村庄里面看，才发现，学校是整个村庄最高的地方。站在这里，可以看到村庄里面错落的房屋，能够看到黄昏里的炊烟。我想，当年选址的时候，也许有统领村庄的意思吧。这所学校，经历过怎样的繁荣与兴盛，又是如何被抛出历史之外？我决定找当年曾经在小学教书的万明哥谈谈，他是学校的元老，了解梁庄小学的全部历史。

梁万明，瘦小，五十多岁，戴着一个老头帽，衣服仍是八十年代的样式，灰蓝色，好像很久没有清洗了。天已经黑下来，万明嫂子打开灯，惨白色的灯光使得偌大的客厅变得阴冷，有点鬼影幢幢的感觉。两岁左右的孙子在门里门外跑着，黑红色的脸，是乡村冬天冻肿了的样子。女儿穿得相对时尚，一看就知道是长期在外打工。她一会儿去看看厨房，一会儿又坐下，文静而又有些害羞地不时望着我。毕竟曾经做过十几年的教师，万明哥说话咬文嚼字，非常慢，有自己的看法，常有惊人之语出来。

咱们村那学校，当年发展可真不容易。一九六七年，刚开始是借个民房，开复式班，文教局派来的老师。说明梁庄有学校了。到第二年，生产队集体盖了两间土坯房，后来周祖太回来教学，加了一间，还有一个做饭的，就是祖太他妈。然后又在西边接了三间。一排房，梁庄小学的雏形完成了。“文化大革命”的时候就一排房，我记哩可清，大队部批斗你爹的时候就在那排房前面，领导训话，天天接最高指示，群众集会都在这儿。

我今年五十五周岁，七八年我初中毕业，上两年农业大学，就到学校教书。我去的时候已经是三排房，规模最大的时候是九十年代以前，一年级至七年级，六七个公办老师，有两百个学生。

八一年接你嫂子，那时候国家开始补助，农村教育建房（校舍）补助，现在那个楼就是那年盖的。国家拨一点，村里筹一点儿，村民出资出人工。咱们梁庄小学是整个乡里第一个盖起来的，当时教育组还送个碑，上面写着“梁庄村全体干群兴学纪念碑”。这些我都记哩清，那时候全村建校可真是一条心，没有谁偷奸耍滑，在上学学文化这件事上，大家都不含糊。春上开始盖，家家都出工，天还冷哩狠，都干哩可得劲，说说笑笑，心里高兴。你们上学的时候是梁庄村最兴旺的时候。当时学龄儿童入学率百分之百，那时候考试评比，吴镇中心小学第一，梁庄就是第二，光道、韩平战、韩立阁，老师有一二十个，哪个都是响当当的，在乡里都出名。

梁庄学风还是很旺的。八十年代中期，哪怕是个傻子，只要还能走路，都把他叫到学校。咱们梁家来娃儿不上学，老师们到家里去叫几次。那时候咱们县是全国的状元县，高考全国第一。真是厉害。看看现在都成啥样了。

九二年我不教了，被清退了。那时候分计划内民办和计划外民办，说是给我补个指标，算计划内。谁知道教办室主任就是按送礼圈的，我被圈到外面了。九二年国家对民办老师收编，不再扩编了。我也没有机会了，只好不干了。

现在梁庄小学已经有十来年没学生。学校自动关门，一部分家长带走了，一部分不够班，当时说的是留下一、二、三年级，其他的到镇上去。后来乡教办公室不再派老师了，学校也就散了。前几年，校长把旗杆都弄倒卖了，是个不锈钢的，估计能卖个一百多块钱。后来，校长干脆不来了，就你兴哥住在那儿看门。

从大道理上说是人口流动和计划生育综合造成的。真正来说，是村长、支书一伙儿把它弄倒了。上级派四个老师，老师来了，应该有补助。老师工资偏低，村里要给补助，再找一个做饭的。梁庄以前再穷，对老师的补助从来没有少过。现在，说是没这笔开支，村支书不给了。老师来干一年半年，都跑了。要是村里积极，去乡里交涉，到镇上说说，或者去教育局要老师，估计也行。老师嘛，到哪儿不是教书？咱梁庄也不是乡里最偏僻的地方。还有，就是说服家长让孩子回来上学，其实哪个家长愿意让孩子跑恁远？村长根本不愿意操这心。当然，不去说有个好处，每年还有个教育统筹费，学校没有了，统筹费还有，钱就到他们自己口袋里了。

现在算算咱们村的学龄儿童，开个一、二、三年级，根本没问题。没人操这心。去年有村民把校舍承包了，养了一茬猪，白天在院里放着，晚上赶到教室里。不知那校门口墙上的标语咋变成了“梁庄猪场，教书育人”？这都是那坏娃们胡写的。后来，教育局说，不雅观，不让养了。

现在人们思想消极了，各吃各哩，村里中青年都出去打工了，没有人管这些事了。学校旺的时候，咱们村里大学生是递增的，那时候梁庄多厉害，出了多少大学生。八十年代，梁庄村的家长个个想让小孩上大学，梁庄上高等院校的占人口比例不少。

现在小孩子上学，希望也不大。最近十来年娃们明显对求学信心不足，这是国家大学生制度改革造成的，上大学光收费不分配，上完了也没地方去。原来小孩不去上学，家长都是拿着棍子满村打，现在孩子不去上学也不用被棍子打了。上几年大学至少得花四五万块，还不如去打工。就说考上学，也毕业了，谁还有十万块再去跑分配？

但是，说到底，家长还是有一种心思，只要小孩愿意上学，哪怕卖房卖血，总认为有文化、有知识好，家长的第一愿望还是求知。你不敢想，算算现在的失学率，比八十年代那时候要高得多。现代化是现代化了，教育程度反而下降了。初中以后辍学率非常高，学生是百分百不想上，也上不进去，升学最大的障碍是网络游戏。家长在外打工，都是爷爷奶奶管，哪儿管得住。

唉，你说路过小学啥心情？心里都不美，就是没有小孩的单身汉看见心里都不美。再想恢复，恢复不了了，桌椅板凳被拿跑了，学校不像学校，家长也不会再愿意送回来了。现在，村里大人每天去镇上接送学生，人都快够死了，农民又不是上下班，正在锄地，锄扔了都得去接。梁庄估计有几十家子。六点起来做饭，七点多骑个三轮车或自行车送去上学，中午再接送，下午再接送。活都干不了。有钱人家送到封闭式学校。可那封闭学校是啥？我都打听过了，教学质量差得要不得，成绩都是瞎编的，到考试的时候，老师把题写到黑板上讲一遍，学生还不会做。

留守儿童的毛病在于隔代管教，溺爱多。随着生活的富有，孩儿父母都留有生活费，小花钱儿[1]也把小学生的习惯弄坏。你义衡哥前几天回来了，专为儿子的事，儿子都上高中了，天天逃学，上网、打游戏，要么就是在家里看碟。爷爷奶奶气哩浑身抖，他反过来骂爷爷奶奶。个个家里放有一二百张碟，大人要是不在家，小孩能看上一天碟。

1 小花钱儿：零用钱。

即使只是一个已经离职许多年的小学民办老师，你也能感觉到，在他的言语之中，他最担心的不是小学本身的消亡，而是这个村庄文化氛围的消失，一种向上的精神的消失——虽然他并没有清楚地表述出来。也许村庄的真正破败并不在那些内部的废墟，这学校的破败、荒凉才让人感觉到了这村庄的真正腐朽与行将消散。

让一所学校消失很容易，也很正常，因为有许多实际的理由，人口减少、费用增多、家长嫌差，等等。但是，如果从一个民族的精神凝聚力和文化传承角度来看，它又不仅是一所小学去留的问题。对于梁庄村而言，随着小学的破败，一种颓废、失落与涣散也慢慢弥漫在人们心中。在许多时候，它是无形的，但最终却以有形的东西向我们展示它强大的破坏力。

如万明哥所讲，当初梁庄小学最兴旺时，全村村民都有一股子精神头儿，在地里干活心里也有劲。上学钟声一响，村民的一种敬仰、尊重之心油然而生。而现在，都各奔自己的小日子过去了，挣钱第一，虽然也为孩子的学习生气、焦虑，但是，却不会产生根本的心痛。乡村的文化氛围越来越淡薄，没有昔日那种文化之乡的感觉。家长虽然还希望孩子上学，并且，出去打工除了想在家盖栋像样的房子之外，更主要的就是为了孩子能接受更好的教育。但是，在经济观念、金钱意识的冲击下，在家长缺失的情况下，孩子根本不愿意上学，就等着早早退学，以便出去打工。至于怎么打工，能打什么样的工，好像并不是他们所想的。更何况，现在上大学，并不能够保证将来就一定有出路。

光生叔的孩子秀清，考上地区的大学，三本，四年，学行政管理专业。每年约有一万块钱的学费和生活费。光生叔和老婆，还有秀清的妹妹，一家人出去打工供他上学。但是，毕业之后，秀清却找不到工作，考过几次公务员，都无疾而终。秀清，单薄的、戴着眼镜的、落落寡欢的秀清，在城里租房子住了几年，不愿意回村里。终于在今年，跟着村里的其他青年出去打工了。说起这件事，大家都摇头叹息，光生叔家现在还住着村里最破的房子，闺女也已经二十五岁，至今没说婆家。还有几个大专院校毕业的孩子，只有一个凭着自己的专业找到了工作，其他，都只是在公司做低级员工。他们的身份是什么呢？农民？农民工？好像有点不太合适。说是城市工作人员？白领？又完全不对。他们处于这样的模糊地带，不愿意回农村，但城市又没有真正收容他们，因为他们并没有收入足够多的工作。他们不需要记住自己的身份，他们只能在城市的边缘挣扎。

梁庄的初中适龄学生极少数跟随父母在外上学。父母给钱，在校吃住；还有一些住在老师办的学习班里。在县城，包括镇上，有许多这样的学习班，家长交一学期的钱，一千多块钱，除上课在学校外，孩子们吃住在老师家里或租的房子里，老师既负责学生的日常生活，同时，也辅导学生的学习。但是，这样的班效果并不好，我自己的外甥曾经住过这样的学习班，拿起课本问他问题，他全以“不知道”回答。当问起哪家的孩子学习不错时，老人都是一声长叹，女孩子还算好些，男孩子个个上网、打游戏、逃学，成绩从来都没有拿回来让家长看过。一般上到初二初三，在暑假到父母那里玩，就不回来了。

有三十几个小学生，在镇上小学读书，没有寄宿，也没有食堂，中午短短两个小时，还得家长接送回村吃饭。如果你在早晨六点多钟、正午十二点或下午四五点路过梁庄村，你会发现一道非常奇怪的风景——一群老太太老头骑着三轮车，急匆匆，但却小心翼翼地往镇上小学赶。他们是去接小孩放学。

更让人担忧的是，“读书无用论”越来越被认同。在我的少年时代，常常是因为贫穷无法上学，没有家长不愿小孩儿上学的，而现在，则是家长看不到上学的希望，在焦虑一阵之后，通常对孩子持一种放任的态度。在这种情况下，教师也失去教学的动力。我一个教初中的表嫂，当年以教学有方而闻名全镇，家长千方百计地把孩子送到她的班里。现在，她整天沉浸于打麻将。她说，那些孩子极少真正想上学的，逃学、旷课，都是家常便饭。老师也没有心思教学。很多家长也只是把学校当作临时托管所，孩子在学校待着、不到社会上惹事就行，等大一点，就出去打工了。这种现象并不仅仅是因为农民的功利、孩子的无知、教师师德的下降。整个社会弥漫着一种失望与厌学的情绪，它自然地会影响生活在其中的每一个人。

我还从来不知道梁庄小学有那样一块石碑，更不知道学校当初兴建时的盛况。重又回到学校，我让兴哥找找石碑在哪里。兴哥当即就说他知道。在猪槽的下面，有一块长方形的石头，就是石碑。我们把上面的猪槽搬开，用刷子刷了好长时间，上面的字才显现出来，一排竖体字，“梁庄村全体干群兴学纪念碑”，下面的落款是“教办室、梁庄村全体村民，一九八一年秋”。想象着当年全村人在一块儿盖房的场景，人们都在说什么，怀着一种什么样的心情，怎样的骄傲，对未来怎样的希望，对孩子怎样的期望，垒起那一砖一瓦？今天，这样集体的动力，这样一致的心态，还存在吗？

曾经有一段时间，有邻村的人突发奇想，想租梁庄小学的地方办猪场，没想到村支书也同意了。支书的意思闲着也是闲着，不如创点收。于是，那人在学校院子里盖了几排猪圈，把一、二层的空教室也作为猪圈。每天拉猪、放猪，有来往的喧闹人声、猪的哼哼声、杀猪的嚎叫、赶猪的呵斥声。一时间，梁庄小学变得非常热闹。有好事者把学校大门口的标语“梁庄小学，教书育人”中的“小学”抹掉，改为“猪场”。于是，梁庄小学大门口的标语变为“梁庄猪场，教书育人”。

黄昏中的梁庄，是如此寂静。回首那已在薄暮中的学校，望着那八个朱红的大字，我有些走神、发呆。什么时候，“小学”沦为了“猪场”，育人变成了“养猪”？如果一所小学的消失是一种必然，那么，有什么办法，能够重新把这已经涣散的村庄精神再凝聚起来？能够重新找回那激动过人心的对教育、文化的崇高感与求知的信心？

梁庄小学

小学生守则下的猪

小学教室里的兔子

# 第四章 离乡青年

1991 年 9 月，穰县成立劳务输出开发公司。1993 年，县开发公司成立劳务市场，29 个乡镇办均成立劳务站。1996 年 12 月，县劳务输出开发公司更名为第二职业介绍所。至 2000 年，共进行岗前和转岗培训 1.8 万人次，输出城乡行业青年和富余劳动力 219.6 万人次，创经济效益 11.44 亿元。

——《穰县县志 · 大事记》

## 毅志

毅志是我哥哥。身材微胖，皮肤黝黑，脖子上挂着一个小佛，据说是和嫂子吵架后，为了寻回爱情，专门去山上一个寺庙请的。哥哥高中毕业，曾经是文学青年。在高中时代，有十几个铁哥们，都是浪漫、纯情的文学爱好者，个个都有曲折美丽的爱情故事。暑假来临时，一群哥们经常到各家去玩，也成群结队去找彼此的女朋友。哥哥一直有写日记的习惯，也有写情书的爱好，在出门打工时也和现在的嫂子来回通信几十封，虽然嫂子只是小学五年级的文化程度，但哥哥总算找到一个情感的抒发地。我到家那天，嫂子正在收拾一大堆废纸，问是什么，嫂子说是哥哥买的，说是要练毛笔字，花一百块钱买了好多废报纸；结果，买来都有半年了，一个字也没有写。嫂子又收拾了两大袋，准备再当废品卖出去。说起这事，嫂子又笑起来："你哥，还在楼上弄个书房哩，不让我给你说，怕惹你笑。"我们上楼去，果然是一间大书房，专门定制的书柜、书桌、椅子。

哥哥从书房的角落拖出一个大包，说全是以前的日记与信。边讲边翻日记，边笑：“那时间很诗情画意，现在瞅你哥的文笔也还行。”我让他讲讲他的爱情史和打工史。

你说鹃子啊，至少是小学五年级都开始操心了，觉得人家长哩美哩很。我给你说个正经话，我小学那可经常是全乡第一名，初中也不错，高中学习咋恁不好，全是因为这件事，成天想着咋啊咋啊的。上五年级的时候，她们家里订的《解放军文艺》，她爹是高中老师。我去她家，她不在，我就在那儿看《解放军文艺》，我记哩清，天略微有点冷，我正在看呢，时间长了，眼有点看不清，鹃子款款而至，喊一声“毅志”，我抬头一看，觉得简直就是仙女，就回了一声“鹃子”。当时是一种很美好的感情。高二单相思，有一次为了看鹃子，从二楼咕咕噜噜滚下来，自己给自己脸扇扇。后来和她弟弟好，也是不纯洁目的，是为接近他姐。高二快结束时，我写了一封长长的情书，估计有二十几页，偷偷给她，结果，鹃子在上面批了两个字：“迟到”！我伤心欲绝，第二天，就去剃了个光头。意味着要重新开始，结果还是学不进去。后来，鹃子一家随他爸办了农转非，知道不可能，也就不再想了。

第二年，因为家里的事，更是学不进，就寻思着不上学了。秋天的时候，把家里收哩苞谷卖了，卖了一百多块钱。我从城里走，大姐不让去，我就偷偷跑，坐车到西安转到新疆找大伯，想着跑哩远远的，在那儿混一家人算了。一去就后悔了，那儿严寒的天气，我受不了。住有一二十天，大伯也不亲热，情感非常木讷，然后，让大姐寄了二百块钱，又回来了。当时快把大姐给气死了，恨铁不成钢。

八九年十月十五回来，心里想着还去上学，给班主任说的时候，他说，别再说了，你那学习，根本不行，你还是就业吧。日他妈，咱这性格也是孤傲哩不行，就业就就业，于是，便就业了。先是在城里表哥的建筑队里干，一天五块钱，白天干十个小时，在大姐那儿做饭，黑了还喜欢去看个电影，写个日记。建筑队干有四五个月，帮小工，扔砖。第一天上班，往下扔灰桶时，给师傅头上打个血窟窿。那时饭量真大，一块钱六个小蒸馍，一顿都吃完了，根本攒不住钱。当时，有一个少年时代要好的女同学已经考上大学，给我写了封情书，我也没有回，觉得不合适，咱都成农民了，不能害人家。另外，咱对她也确实没有爱情的想法。

三姐说："你得学个手艺。"那时候，咱们这兴农闲时出去到甘肃、陕西一带包沙发、做椅子。就背着做沙发的皮子、弹簧，跟着三姐夫去延安宜川县。第一次去的好像是阁楼乡。那里的人们一天吃两顿饭，出力气的人才吃三顿饭。俺们去吃三顿饭。先住在旅社，下去找活。找到活就吃住在主人家里。那时间还在写日记，后来不知道扔哪儿了。刚开始在东阁楼一家干，那家在那片儿也是能人，他妈很好，招待哩好得很。一干开，就十里八乡传开，亲戚邻居都让干。生意还不错。那段时间比较高兴，咱也算还很浪漫，那里有山，也不是特别大，上山跑哩特别快，干完活没事了还跑到山上看景抒情。干有一个多月，三姐夫说："毅志啊毅志，来一个多月连个木头都锯不齐，还是个高中毕业生，你还能干啥？"这话真伤我心。活干不好吧，后来和人玩摔跤，手指弄坏了，胳膊也弄断了，在旅社又闲住了二十几天，吃闲饭。手上有脓，找个刮胡子刀片，没有麻药，两个人按着，硬是割开，那真是疼哩不得了。一到换药时间，疼哩狠哪。医生那妹子长得好看，姐夫哥说笑："你去换药还得给那姑娘说话，说哩美了说不定能领回来。"

回来是咋回来哩？当地派出所说俺们干私活，到处撵，在那家住着，半夜起来跑，天都冷了，在山坡上烧柴取暖。就想着回来，料也做得差不多了。那个乡的旅社钱也没结，在那镇上还欠有饭钱，共有两百多块钱吧，都没给人家结。现在想起来，心里还不太美气。

后来，我和爹在城里卖菜，卖凉皮。爹说赶紧结婚，心就静了。大姐也想我赶紧结婚算了。有个叫秀玉的，也相中我这个小伙。我虽然没啥感觉，但人家长哩也还行。第一次见面后，十来天就催着结婚。后来，和秀玉一块儿进城，在路上说笑哩，秀玉说："就你这个样，还想找个啥样的？"我一气之下，一个人骑快走了。还看不起老子，不成算了。

然后才有春子，这你都知道。到姐家帮忙盖房子，春子那时候也天真无邪的样子，也爱看书，争气要强，长哩又很漂亮。我俩谈得来。

后来上北京打工，为啥去？屋里催着结婚，但是，我们俩都不想结，屋里穷哩很，我跟春子说："我先去，行了，再接你去。"九一年我先去北京，在朝阳区和平里大街樱花园温泉苗圃干活，后来带班，全盛时期带九个人，才开始去一个月二百六十元，后来涨到三百二十元，自己做饭，烧煤气不要钱。我让春子也到北京，在海淀区干活，从我那儿到她那儿，光单程得俩多钟头。刚开始感情好哩很，后来，她干活那儿有个男孩，他俩好上了，也是热火朝天。我给她说："春子，我必须得把你带回去。"我当时还抱着一种幻想，想着家里劝劝，还行。那天，我把她带到她家去，也喝了一点酒，没忍住，耍了酒疯。春子妈说："没结婚你都恶成这样，结婚了该咋样？"

后来，又到北京后，我直直喝了一个月酒，割手腕，自残。与春子当时谈的那个朋友和我又成了朋友，那个小伙还真不错。我跟他说："我走的时候，吓住她了，你看怎样都行。"对方说："你们在一块儿都三四年了还这样，说不定将来对我是啥样了。"那个娃长得也不错，个子高高的，浑实实的，也是春子喜欢的类型。现在想来，春子可能也是没见过世面，猛一下到大都市，有点迷，把握不住。说句实话，春子对我伤害真大，没想到她变那么快，毕竟在一起都三四年了。现在见她，还是有点生气。

九四年正月初二坐车，初三回来。那时候心情也坏，没挣住钱，去那几年只往家里寄了两千块钱。回来之后，又开始说人[1]。舅们、亲戚们介绍了好多，都是大姐领着见的，走一路批评我一路。说几个不成。正月十二早晨，我去舅家走亲戚，刚到，爹就赶来了，说东娃老婆家那有个闺女好哩很，你回去见见。

到东娃家，搭眼一看，这个女子长哩真清秀，见这么些，就这个女子还真不错。我倒个茶，说，会喝茶不，你嫂子说，茶我还不会喝，对两句[2]，觉得不错。我和你嫂子是在九四年正月十二

1 说人：相亲。

2 对两句：双方对话几个回合，暗含着较量或考察之意。

见哩面（嫂子在旁边笑着插言，一见面就觉得这个娃儿模样太不好了，黑里盉[1]，眼睛恁小，就说话还行，怪文气），也算是一见钟情。我的爱情史到你嫂子这儿算到头了。

九四年三月份又到北京。在北京不是闲嘛，咱们这里在北京倒票的多，咱也跟着人家倒两把票。一般的倒票都是硬插队，“哐哐”一扇，一骂，从气势上震倒对方，加到人家前面，然后，出来，让买票者加三十五十。有一次，插到一个外地公安局的前面，也不怕，你外地公安局的，能在这儿执法？我也打过人，与春子分手之后，也有自暴自弃的想法，想着气。到后来发展成啥，假若有十来个人买票，说好帮着买，等人家钱给了之后，卷着钱就走了。北京站每天都很挤，排成长龙，对方根本看不住，挤几个队之后，拿着钱就跑了。但是，我绝对没干过这种事，还是给人家说好，老老实实地排队。后来，被便衣逮着。便衣一看我的身份证，是穰县的，就说你也不是好东西，就把我关进去。那时候咱们县年轻人在北京站贩票很出名，也是臭名远扬。先送到站前派出所，一进去就看见有个娃被指铐铐在楼梯上，脚尖勉强挨着地，那难受样儿就别提了。那时候，派出所打人打哩可狠，都是咱亲眼所见。叫蹲在那里，又去抓别人，有人想上厕所，警察拿着橡胶棒，“腾、腾”一人一下子。我进去也是，先用橡胶棒在我身上抡几下子，我说，我真不是倒票哩，一看是穰县被拉进来了。后来没狠打，被关进了一个小屋。一个十来平方米大的小屋关有四五十个人，坐不下，都是挤着站着，一进屋就有人说踩住他了，我也恶哩不得了。但是，屋

1　黑里盉：脸非常黑。

里有老大，就过来把我揍了一顿。有人笑话我，我骂：“日你姐，想死哩。”下午就被送到昌平收容所。一进收容所，就被关得久的小盲流打了一顿。

在昌平关了两天两夜，第三天点名往安阳遣送。有人闲哩没事找这些人取乐，说：“你，过来过来！”说着，就给这个人扇两嘴巴子。我悄悄骂，日你姐，这算没地儿说理了。被听见了，这个人问谁，谁说哩，我逞英雄说：“我！”他说：“过来！”往我头上抡了七八皮带，又狠狠踹我几大脚。叫我站军姿。挺胸，打一嘴巴子，抬头，再打一嘴巴子，再抬头。站有两个小时。打哩我满脸是血。

送到安阳收容遣送站，也是进去就打，号里面的人也相互打。在路上，我们几个老乡商量好，进去先打，不然肯定只能睡马桶旁。在北京站钱已经被人掏完了，到地方收容站后，我们四个进去就打，把里面的人身上净净，掏东西。把他们撵到马桶边，我们在门边。

第二天，收容站宣布，有钱的话，可以赎人，没钱就到砖瓦厂干活。我们被拉到安阳市区东边砖瓦厂干活，实际上是收容站把我们卖到砖瓦厂，一人一百块钱，就不管了。我一看，妈呀，这地方可不敢久待，会要人命的。灰大哩很，砖厂上面那片天都是灰颜色的，有几个人拿着棍子，盯着干活的人，谁走得慢了，上去就打。那住的地方，只是几个石棉瓦棚，不累死也会冻死。俺们几个就操心着逃跑，早晨吃完饭，下午就开始干活，在一个深土坑里挖土，一边很高，另一边有人看着。中间叫喝茶，我也伪装积极，去拎茶。说哩好好的，一块跑哩，那两人先跑了。看管把俺们剩下的这两人用锨、棍子狠狠地打了一顿。这看俺们更严了。睡觉是咋睡？你睡觉时把你衣服一脱，就剩下个裤头，然后看管抱着衣服睡到另一边。我半夜别小窗户上的钢筋，但是没别开。第二早起，天刚闪亮，看我们的人把衣服一扔，让大家穿。我夜里已经偷了件衣服，也不知是谁的，穿哩好好地躺在被窝里。他把门一开，去开另一个门，我顺着门就跑。灶上有人看见，喊“有人跑了，有人跑了”。我拎着火铁棍子，想着有人追上，非打死他不可。

路上叫当地人拦着，我给人们作揖，说大哥们，我在这儿已经干半年了，实在受不了，不跑就得死。那片人早已看不惯这砖瓦厂的黑心劲儿，就说，赶快跑，赶快跑。追我的人看追不上，就不追了。我跑哩鞋都烂了，心里清是[1]害怕，那逮住可不得了。跑到一个村里，有一个公交车，身上没一分钱，到火车站一块钱，我说身上没钱，刚从砖瓦厂跑出来，啥也没有。人们一听，是从砖瓦厂出来的，都特别同情我，就没要钱。后来，那个砖瓦厂出事了，把人打死在里面，被曝光后，这个收容站差点都被取缔了。那些人真是坏透了，没一点良心。

到车站，又混上火车，那时候混票有一手，出北京就碰到哥们，到酒仙桥郭婶们那儿，吃哩很香，倒头就睡。结果吃太多了，第二天还拉肚子。后来想着还觉得有意思，但当时真是害怕，逮住了打死你都有可能，因为根本没人知道。

九四年年初与你嫂子见面，又在北京干到十月份。就回来了，一方面干够了，另一方面也想结婚，那年已经二十四了。打工一直

1 清是：真的，特别。

没挣来钱，回来还向别人借两百块钱做路费。

回来就张罗着结婚。开始在卫校学医。不再出门了。日记也不写了。

这些日记你都拿去，看哪些能用上。这也是一个农村文学青年的命运。可别笑话你哥的文笔。

附毅志日记几则：

1994–3–10（农历正月二十九），阴

岁月淹流。

朱颜渐逝，象征着衰老的皱纹越来越多地爬上自己的额头，在无声无息中度过了自己的二十四岁生日，生命的年轮，已经转两个圆圈。

一九九四。

我的本命年！

一双无神的眼，一颗疲惫的心，一个毫无成就的人。

李仙家云：人生如梦。从无知到有知，从小学到初中，从初中到高中，再到社会，一切都恍若昨天，而昨天的许多事，却又有恍若云烟的感觉。

命是什么？

命是无奈，命是机遇，命是缘分，命是聪明人不得不糊涂时的最好托词，命是自我解嘲。

命即是无。

1994–3–15，冷晴

婚姻问题

题记：公元一九九四年农历正月十二日，风和日丽，毅志、青冬一行赴邻县张庄，见豆豆，旋于正月二十四订终身，毅志欣喜不已，作文以记之。

浮生若梦。

大年初一晚买火车票，初二下午二时坐车，初三下午四时至家中，一身的风尘，一脸的憔悴！

一个游子归家了。

不仅仅是因为身心的疲惫。他忽然感觉到自己的苍老，感觉到了凄凉，感觉到了自己的无奈，感觉到了时光的无情，感觉到了自己的二十四周岁。

好像一夜之间他的青春、他的朝气都没有了。

初六日晨，父早起赴城，和大姐共商我事。初八、初九、初十直到十二，我便相亲，相亲，相亲，直相得我花容失色，信心俱失，越发觉得自己的苍白。

至十二日晨，我还没有起床，正盘算着何时起程，被老父一顿责骂，心中颇觉失意。

孰料十二那天天气出奇的好。一切都出奇的顺利。而所见的白姓姑娘出奇的美丽。

在寂寞和焦灼中度过几个不眠之夜，十七日，我再赴张庄，一切皆定。二十日，白老先生来，二十四日，豆豆和其姨妈来，于是便订婚。

人生本无定数。缘分。

1994–4–11　阴

北京欢迎你？

新年的钟声余音绕耳，除夕的温馨尚未散尽，四邻八乡的青年们便打起背包，偕朋带友。北上的北上，南下的南下，一时间各大火车站人涌如潮，火车超负荷运载。每每晚点而滞留在火车站等车的人们毫无减少的趋势，犹如淘沙一样，永远没有完结。

春风满面的我再次踏上了北上的火车，充满了美好的幻想。马路两边随处可见“北京欢迎你”的巨幅标语，和着沁人的春意扑你而来，使你感到我们这古老的都市是那样热情，那样好客，那样欢迎你！

2 月 13 日到京，14 日和红党在一饭馆小饮，颇多迷离。孰料上午的一时疏忽，让派出所的先生们给请到了公安（局），旋于下午送至昌平收容所。

昌平收容所距北京（市中心）约有四五十里的路程。面积约有一万多平方米，四周全是高墙，高墙之上更有电网横于其上，给这个乳白色的建筑群平添了几丝不协调的威严。而收容所中间男号与女号之间的高高的岗楼，一种威压不由自主地从你的内心涌起，使你连出气儿都有点儿不是假装的小心翼翼。

一路公安押送，煞是庄重。一进收容所的二门，一个小盲流劈胸给我一脚，正好踹在肝部，毫无防备的我疼得龇牙咧嘴，几乎气都上不来，我毫不思索地怒骂：“我操你妈，你想死呀！”那小盲流作势又要打，看我一副凶神恶煞的样子，便又骂了一句，接着就搜身，搜完身以后便如赶鸭子一样，放之于院内。

收容所共有两层楼，上层关的是一些上访告状的，或凶神恶煞的。下面一层关的是盲流及票贩子，以盲流居多。另有老弱病残的，专门安排在东头和西边的两个号子。吃饭的时候，病人优待，可以吃上白馒头或稀面条，而大多数盲流们便是排队吃饭。开饭的时候几个盲流提着棍子维持秩序。用的是坑坑洼洼的小铝盆，一拨人吃完以后，由几个专管收盆子的小盲流捡过去，涮也不涮，让下一拨人接着吃。拿到铝盆的人，用力一甩将铝盆上面的剩菜甩掉，然后再去打菜。如此这般，直到三四百号人全吃完，打菜和分窝窝头的哑巴一摇三晃地推着饭车走了。于是，这顿饭也算是吃罢了。

中午十点多吃顿饭，既是早餐，又是午饭，下午四点多再吃一顿，一天也就算过去了。

天渐渐暗了下来。几个值班的盲流拿着棍子将一群群人赶到号子内，一个挨一个紧侧着身子躺在冰冷的水泥地上，既没有被子，甚至铺点儿稻草也没有，满屋子塞得满满的，盲流们怀着各种各样的心情躺下去。不一会儿，便一个个都打起了鼾声，尽管天寒地冷，尽管嘴边啃着别人的脚丫子。

1994-4-14，星期四，晴

昏睡了两天，才从逃跑的惊慌中摆脱。

中午到小张那儿去。听小张说后面的土城公园在拍电影，遂同去。只见公园的西侧一群男男女女正在忙活，一个摄影机正高高地抬着镜头。走近一看，竟然有京城笑星梁天。小个，小鼻子，小眼睛，小四方脸，说话慢声细语，站在人群中，一副极其平常的模样。可一到拍戏的时候，这梁天却一副不平常的模样。

目不转睛地看着梁天的一举一动，心中有个念头，应该拿个本子让梁天签个名字，也好过一会儿影迷的瘾！可看看自己的打扮，实在是没有这个勇气。只有深藏于心头。

1994—4—15，星期五，晴

昨天看欧阳山的《三家巷》。今天看张贤亮的《男人的一半是女人》。欧阳的《三家巷》明显有《钢铁是怎样炼成的》的影子，特别是周炳及陈文婷以及周金的形象，而对周炳的描绘又有明显的唯美主义倾向。无意间看到一本浩然的《金光大道》，很乐观，但是，现在呢？什么金光大道，道路是越走越窄，在家，挨饿受穷；出门，被人瞧不起，我们这样的乡村青年走进一个死胡同了。

贤亮君的《男人的一半是女人》，现在看来完全是一种受病态心理支配而写出的一部作品，描写了一个病态的社会。这本书曾经因为对性的描写而引起非议。和贾平凹君的《废都》比起来，只能是小巫中的小巫了。

1994—4—17，星期日，晴

却上心头，无计。

如置身于一个真空的袋子内，与世隔绝。路上来来往往的人，都和自己素不相识。在这个城市里，我简直像一个蚂蚁，没有人关注，被随意践踏、蔑视。没有人知道你的存在，没有人知道你还有亲人，还是一个有着爱情、思念，有着悲欢离合的人！

——这就是我的感受，一个离家别乡的打工者的感受。

明明有亲人，有朋友，有爱人，明明只有一天一夜的路程，却感觉是千里之遥，不仅仅是距离的遥远。今年再在北京干一年，以后无论如何再也不来这个鬼地方，过这种“非人”的生活。

## 菊秀

听说我从北京回来，在襄樊生活的菊秀，兴奋得直叫，当天下午就带着儿子回来了。菊秀，我少年时代的三个好朋友之一。另外一个好朋友是霞子，我俩一同考上师范，她现在在镇上小学教书。我们三个大人、三个小孩，都窝在霞子家，在地上打了个通铺。

菊秀家八十年代后期就离开了梁庄。他哥上完初中之后，到湖北襄樊的河南棚区讨生活，慢慢扎下根，把菊秀的父母、弟妹都接过去。只有菊秀死活不走，那时，我们正在读初中，菊秀不想做生意，不想打工，想考学，想过自己理想中的生活，就一个人在家里住。于是，菊秀的家成了我们的聚会地。我们在她家写作业、聊天、写日记、闹别扭，说各种傻话。夏天的晚上，我们坐在院子里，看月亮，各自写文，然后，拿出来互相阅读；我们在河里洗澡、散步，怀着少女柔软的心去欣赏那沙滩、河水、草地。到了初三，冬天的时候，我们几个又去找校长，希望校长把学校的一个废旧仓库腾出来让我们住。还真的成功了，菊秀那个时候发挥了她的执着性格，校长不答应就不走。我们三个挤在一张床上，为争我这个小火炉，她和霞子还闹起了别扭。那时候，我可是她们最宠最爱的人。

在我和霞子都考上师范之后，菊秀又上了两个初三，还是没有考上。在这期间，菊秀的父母一直催着她到襄樊那边，因为做生意缺人手，而菊秀的学习，似乎并没有希望考上什么学校。

我就是想过你这种生活，可就是过不成。我也常常反省自己，我的不成功多少与我性格有关。我要是没恁傻，没恁单纯，就不会走到今天这一步。

你俩考上师范，我又上了两回初三，还是没考上，那几年艰难，我妈他们摆小摊供我，我不服气，我就想考上学，结果，还是不行。你知道家里有多怨我。下学之后，就到父母生活的地方。开始跟父母一起摆摊，非常不适应，总觉得还得有点理想。别的没啥学头，就开始学裁缝，想着将来当设计师，开大的服装店，也算是高雅的职业。

我给我妈说好，学上一年裁缝，不行就老老实实回来摆摊当小贩。我做学徒的那家裁缝店很远，每天来回要跑十来里地。师傅不断地给我们派活，做好多活，光做裤子，每天都要做二十条，我们两个徒弟比着做。最早回来夜里十二点，一般都是一点钟。我一个人骑着自行车，每天上那个大坡，是最难的。车子推不上去，推着推着睡着了，好多次都是如此，然后一惊过来了，咋还没到家，你想那有多困啊。日复一日，不管刮风下雨都是如此。有一天，就是走上坡的时候，不能骑，必须走，有个流氓过来捂我的嘴，我拼命拿脚蹬他，可能是蹬住他那部位了，他才松手逃跑。从那以后，我就想假若有个男孩，天天接送我，我一定嫁给他。那是我当时最真实的想法。

学了一年以后，师傅总是有所保留，我就偷偷学。另外一个姑娘学了一年半还没学会。我自己偷偷看，回家剪了两条裤子，还不错，也算出师了。就想着出来开门面店，一两百块钱都是东拼西凑，又跟我妈、我哥求情，让他们支援。我妈也没办法，其实那时我哥他们在开汤锅，屠宰场也已经能赚钱了，他们想让我也干。我说啥也不干，那种生活太庸俗，跟我心中的理想不一致。

我哥后来给了我六百块钱。拿着六百块钱我心里沉甸甸的。拿着钱买了缝纫机和边机。就去进布匹，边加工边进货。我先给亲戚们做，中间也有做错衣服的，有客户去吵，但那时候都特别耐心，给人家解释。1990 年学，1992 年开始自己做，1992 年和 1993 年是最艰难的时候。家里看不赚钱，也不支持。没有本钱，我去贷款，认识一个女子，说是帮助贷款，后来又不借了。我特别苦恼，一个人喝了半斤酒，心里非常难受，想着啥时间能出来。我这一辈子就喝了一次醉酒，觉得很无奈很无助。别人给我介绍男朋友，我都没有愿意。那时候只要有五千块钱，就可以另有一番天地，但就是没钱。

后来就碰到了老三，我家那口子。这是错上加错。咱们这号人，喜欢浪漫，老三那时候年轻，白白净净，也喜欢吹个笛子，看个书什么的，看着特别文气，我就很喜欢，开始和他谈恋爱。那时候还在做衣服，每天忙到半夜，但真是很开心。还每天早晨坚持锻炼，到坝上高歌。为这，我妈老是骂我。裁缝店一直没有扩展起来，再辛苦也挣不了多少钱。

襄樊橘子多，后来就跟着一些老乡进橘子，从当地联系，然后往全国各地拉，主要往开封、河北等地。那也是相当辛苦的。买的时候，当地老百姓容易把坏东西弄进去，去卖的时候一定要好东西，价格一直提不高。在这过程中，也很辛苦，再加上路上的辛苦，有时候一天吃一顿饭，把胃都饿坏了。但也没赚多少钱，有时候一车还赔两三万元。拉了两三年橘子，也没赚多少钱。

从那时候开始对老三不满意，没有一点创业精神，不愿受苦，有事喊都喊不到前面来，死不出头，我哥他们给他安排个活也干不好。我俩总吵架，我哥就说我，这可是当初你选的，会拉会唱，会耍花枪，就是不会干活。其实，我心里也明白，老三就是不会和人抢，拉不下个脸，我也是一样，所以挣不来钱。可总得生活呀。

2000 年左右，跟我哥一块到河北做砖厂，帮着找工人，在车站上用自己的方式打动人让他跟着我走，要懂点心理，在几分钟内把对方说动，也是很不容易。在石家庄租一间小房子，每天必须出去，有时候刮好大风，还出去，在候车室、火车站出站口等。

我是想着帮助这些人，我们介绍的地方都是听说是好厂、能发下来工资才送的，但也挡不住厂家的坏。这中间非常艰难。每天早晨五点多起床，看那些打工的人，然后说动他们，云贵川的人比较多些。一切的开支都要从这些中介费中来，所以不可能不收费。中间公安局也抓我们，到处躲，还和其他中介争客源，打得头破血流，真不知道那日子是咋过来的。有时候，一个人坐在火车站，坐着坐着就想哭，我竭力追求好生活，最后咋成这样了？看一些报道，说民工在砖厂干活不给钱，还有被逼死的，我就很难受，好像那些人都是我送去的，是我把他们送到了火坑。走路连头都抬不起来。

这样做了三四年，我总想着这种生活不是长久之法。认识一个女的，就又开始做服装生意。我们 2005 年开始，也该倒霉，刚好服装生意开始走下坡路，我把石家庄赚的钱又投了进去，没有足够的客户，生意做得不是很成功。就又不干了。

回到襄樊。我哥的生意做起来了，需要人，就让老三跟着他跑运输。你看，到最后，还得依靠我哥。

目前我家的情况是，还剩一个橘园，值四五万，别人欠的有三四万，就剩这么多。我开个茶馆，其实就是麻将馆，我每天烧茶不说，人凑不够手的时候，还要陪着打，还要垫钱，我现在也是老手了，一天不打都有点手痒。赚钱也难，打麻将的人都是熟人、亲戚，当时先不给，挣钱时再给你。也有最后不给你的。

现在想想，世界上最坏的东西就是理想，不是想保持这点理想，我能过得这么差？我能嫁给老三这样的窝囊废？要是嫁给我哥那样的人就好了。现在我最崇拜的人就是我哥，当初觉得我哥太粗暴，没文化，现在看，还是人家干起来了，不嫌脏不嫌累，啥事都敢担当。老三可不粗暴，没一点本事。但是，说到底，老三人也不错，比较平凡，属于保守形式，应该是上班那种类型，不敢冒险。我们俩之间的矛盾就是思想不对路，原来谈恋爱的时候还经常谈心，谈理想，现在，还谈啥，说不上三句话，就开始吵架。他也不沟通，我也觉得与他说话就好像对牛弹琴。

开裁缝店的时候还有理想，再苦再难，都觉得能坚持下去，活得也充实，总觉得快乐。现在生活再富足，也不快乐。也有点自卑，毕竟你们还是实现了自己（的理想）。我自己呢？啥也没有，日子过得也不好。

我晚上做梦，还经常梦到咱们上学那时候，考试，题不会做，紧张得要死，但是，心里还是高兴哩不得了，因为又回到学校，又上学了。醒了之后，特别难过。还有那条乡间小路，咱们三个人，坐在夕阳下、小河边，散步，发呆。这梦都做了无数次，也不知道是恋旧，还是怎么回事。这两天和你们在一起玩，感觉又回到少年时代，心里特别特别高兴，很单纯，有很多感触，特别是又回到咱们学校，我对学校有浓重的感情。如果我考上学，最起码精神上比较充实。

我现在的真正想法是把孩子教育成才，也算部分地实现了自己的梦想，但感觉孩子也是朽木一个。他的性格又受他爸爸的影响，比较压抑。他爸就是打他。再一个我们的环境也不好，家就是茶馆、牌场，也受影响。

我打算买个房子。房子一定得弄，孩子需要个地方，原来没有想过这个问题。房子弄起来，明年到我们家去玩。

唉，有时候真觉得前途茫然，觉得没有目标，但是我一定要找到目标。我的理想生活就是物质生活与精神生活结合在一起，就像你现在的生活，是比较让人满意的生活。

说到帮砖厂拉人那一段生活，菊秀的脸通红，泪都要出来了。她为这段生活而羞愧，这也是她干不下去的原因。

从某一层面看，确实是“理想”害了她，如果她和她的兄弟一样，只上到小学；如果她没有保持着那可笑的理想和尊严；如果她能够舍下这些，放下身段，去和哥哥妹妹们一样去拼抢，去找一个能在社会上闯荡的男朋友的话，那么，她今天的生活也不至于这样艰难。可是，难道说保持这样一种情怀就有错吗？是什么使菊秀好像在过一种错位的生活？母亲的蔑视、哥哥的嘲笑，并不是没有道理，她太不务实，尤其是在异乡异地，这样一种虚幻情感使她的一切选择都显得不切实际。

生活没有给她实现理想的机会，于是，她的理想、她的浪漫都变成了缺点，成了阻碍她更好生活的绊脚石。从言谈举止之中，可以明显地感觉到菊秀的自卑，她的易怒，她的辩解。在扫过我的刹那眼神中，我看到了饱受屈辱生活的菊秀的苦痛。我无能为力。相比菊秀而言，我的生活多么顺利，甚至有些苍白无力。我求学，求学，最后，获得一份工作，过着安稳的生活，我可以实现我的理想，写作，思考，过一种有深度的生活。而这些，正是菊秀向往的，她在少年时代就确定下来的理想。可是，当生活把她抛到另外一个轨道上时，她一点机会都没有。

我知道菊秀还隐瞒了其他更为复杂的、黑暗的经历，但是，就我们三个而言，还是菊秀保持着某种单纯的品性。她对人事、对许多关系似乎还不是很明白，有某种明显的幼稚在里面。在听她讲述的过程中，我和霞子那不时交换的眼光，那洞透的、怜悯的神情，是有一个共同的感觉：菊秀，她的心灵还停留在十八岁，那个充满理想，然而又幼稚，总是把事情搞砸的少女。

我们在霞子家住了三天。那几天一直是晚上下雨，白天放晴。清晨起来，空气凉爽、湿润，清新怡人，我们带着一群孩子，到河坡里散步，仿佛重又回到了童年时代。沿着河里纵横的小路，一直走到村庄的后面，从墓园那里上去。看到母亲的坟，我挥了挥手，说："妈，我走了。再见啊。"心中有种奇怪的温暖与感动，涌在胸口，要溢出来，就好像母亲还活着，我只是平常出门，给她道别一样。要是每天都这样多好。要是曾经有过这样的时刻该多好。

我们重新走上当年默望夕阳的田间小路，重又回到村庄，去寻找昔日的踪迹。菊秀还是那个天真烂漫的菊秀，非常雀跃。但是，一和她十二岁的儿子说话，她就变得哆嗦、急躁、伤感，可以看出，菊秀是把未完成的理想寄托到她儿子身上了，但是，儿子却又恰恰对学习不感兴趣。碰到韩家的人，霞子一个个给我俩介绍，都只是似曾相识。又沿着上学的老路走了一遍，却似乎没有多少感觉。最后，所有人都催着找一个饭店，赶紧打开空调。在饭店坐下后，一班人说说笑笑，而那条路，依然被遗忘了。这是它必然的命运，就像菊秀。

## 春梅

2008 年的夏天，似乎特别的热。正是中午时分，和哥哥闲聊了一会儿，我到楼上房间去整理这些天的录音。这是一项非常繁重的工作，耗时长，且效果不佳。有时候，是好多人在场，他们的声音很大，把主被采访人的声音完全压了下去。而且，没有一次是按照事先规划好的主题进行的。但也饶有趣味，总有新的、意想不到的东西被发掘出来。

嫂子忽然跑上来说："快下来看看，春梅服毒了。"然后，又旋风一样跑了下去。

我摘下耳机，听到哥哥的前院已经一片嘈杂声，有哭声，也有人在大声叫着："春梅，春梅，你醒醒，醒醒！"我赶紧下去，看到哥哥正拿着工具，往躺在架子车上的女人嘴巴里灌东西。这应该是在灌肠了。

春梅已经处于昏迷状态，表情非常痛苦，在拍打声中，眼皮不时地翻动几下，好像在回应着大家。一番抢救过后，春梅似乎清醒了一点，她睁开眼睛，四处搜寻，蓦地紧紧抓着了婆婆的手，嘶哑着嗓子说：“我不想死，我想活，我不想死呀，你救活我，我一定好好哩。”她断断续续地说着，又昏迷了过去，这中间她一直抓着婆婆的手，仿佛在抓着一根救命稻草。在短暂的清醒时刻，她还用含混的声音挣扎着吐出字眼：“要是这次好了，我给你做双鞋。”

一个小时后，春梅腿脚抽搐几下，一动不动了。哥哥查了查脉搏，摇摇头说，不行了。

我默默地退了出来。在随后的几天，寂静的梁庄村忽然变得热闹而嘈杂。村子东头，春梅家，第一次成为村庄的中心，人们围在门边，或站在坑塘旁，议论着这件事。梁家几个长辈聚在堂叔家里，商量好久，最后派出一个有些威望的中年人去通报春梅的娘家，还要商量下葬的事情，因为春梅的丈夫在外地打工，来回得两三天时间，而夏天高温，尸体难以存放。春梅娘家爹妈、哥及本家来了二十几口，哭着，骂着，拿着棍子、锄头、锨把，把春梅屋里和她婆婆屋里的锅碗瓢盆都摔碎了，又上去撕扯堂叔与堂婶。他们不让下葬，一定要等着春梅丈夫回来，给个说法。于是，又派人去叫堂哥。我的这位堂哥，小名叫根儿，初中毕业，是村里少有的在煤矿挖煤的打工者，他没有手机，也没有留矿区电话，每到农忙、春节，自己就回来了。当事情出来后，大家才突然发现根本无法联系到他，又赶紧派一个同门的年轻人坐火车去找堂哥。在春梅娘家哥的“押送”下，堂叔去买来最好的棺材，又买来大量冰块，放在棺材四周，以压除日渐浓重的臭味。

春梅，个子高高的，属于村里比较漂亮的小媳妇，圆脸上的大眼睛总是流露着好奇和警惕的目光。她在村里并不受欢迎，太要强，又不会来事儿，和村里大部分妇女都有过矛盾，平时路上见了，还要彼此挖上几眼。春梅死了，对她们的震动最大，一群群地围在一起，议论着什么。奇怪的是，当我想过去插一两句话的时候，她们马上停住了议论，警惕地看着我，并迅速转移了话题，那暧昧的神情似乎昭示着这里面还有其他我所不知道的东西。这些年轻的媳妇，和我并不熟，在我离开村庄的时候，她们还没有来这个村庄。后来，听哥说，春梅与一个堂嫂走得比较近，也是春梅在村里唯一的朋友。在哥哥的引见下，我和那个堂嫂，一个颇有些见解与现代意味的高中毕业生，进行了一番交谈，也大致了解了春梅自杀的缘由。

我只给你说这些，你可千万不能告诉别人。这几天，我心里不美哩很，可难受，说起来，春梅的死也怨我，与我有关。

春梅和根儿结婚不到一个月，根儿就出门打工了。按说春梅也可以去，可是她晕车，坐到县城都吐哩死去活来，她说啥也不出门，不敢坐火车，后来，生下她那小闺女，也就不想着出门了。别看春梅脾气暴，跟她婆子妈[1]、跟村里人经常吵架，她和根儿的感情可好着呢，没见过他们吵架。根儿回来了，经常骑着自行车，前面带着闺女，后面坐着春梅，去镇上赶集，回春梅娘家走亲戚。有时候把闺女留给婆子妈，两人到城里去玩，也是骑自行车，你带我，我带你，亲哩很。

春梅虽说知识少，有点笨，可是人真叫个勤快、干净，一天

1　婆子妈：婆婆。

到晚，手脚不停，就两间小房子，收拾得可干净，床上、桌上，连个灰粒儿都没有。下地干活，舍得出力气，家里养有鸡、鸭、猪，有段时间还养兔子，忙哩不行。她最大的愿望就是盖像焕嫂子家那样的大房子，不和婆子妈憋在一个院里。

事儿出在今年春上。春节的时候，根儿没回来，在那边给村里老支书打个电话，说矿上需要有人看矿，一天双工资，他就不回来了。春梅也没跟上接电话，心里就一直生着暗气。你不知道，根儿上次回来是去年春节的时候，中间割麦也没回来，这再不回来，到夏天割麦子就是一年半没回来了。春梅心里不痛快，在家里打闺女，骂牲口，不给人好脸子。有时，关着门，大半天不出来。在农村，哪有大白天关着门的习惯？婆子妈看不惯，说她离了男人就不能活。春梅也不省心，说她婆子妈："你可不想男人，天天晚上出去跑。"把她婆子妈气得直噎气。实际上，她婆子妈是信主，也是跑哩不落家。你说，大过年的，别人都团聚，小两口一块儿走亲戚，她就剩自己，也怪可怜的。

过完年，春梅来我这儿玩，说起这件事，一开始也是扭扭捏捏，啥也不说，后来说开了，一连声地骂根儿，我听出来了，她是想根儿想哩很。我就给春梅出主意，给根儿写封信，说自己生病了，要他赶紧回来。春梅刚开始还不好意思，说写啥信哩，他们从来没有写过信。根儿上到初三，还能写字看报，春梅是几乎不识字的，咋写呀。我说，你不会写，我替你写。咱好坏是个高中生，也是好浪漫，你哥在南方当海员，我们俩经常写信，还相互寄照片，感觉挺好的。每次来信，心里美哩不得了，再累也高兴。春梅知道我们经常通信，早就羡慕。最后她答应了。我就以春梅的名义给根儿写了封信，还加了些抒情话。写完给春梅念念，她听了，还直骂我，说谁想他了？但也不说让我再改，我就把信写好、封好，把地址写好，春梅拿到镇上邮局寄走了。

这下可坏事儿了，从寄出去第二天，春梅就开始天天等信，在村口等，有时还到邮局等，一看见邮递员来，就前后跟着，怕别人看出来，还非得拉上我。我告诉她，信来回走得二十多天，她不听，等了一个多月，还是没有信。我就想着，是不是信寄错地址了？按说不会啊，是按根儿寄钱回来的地址寄的。春梅有事没事就往我这儿跑，来了就问，咋回事，咋回事？我说，干脆，再写封信，上次有可能投错了。就又写了一封信，我还让春梅拿张相片夹进信里，让根儿见信回来。现在想想，我有点太急了，那时候应该先劝劝春梅，我这等于是火上浇油，把春梅领到死胡同里了。

这一等又是二十多天，根儿还是没回信，更别说人了。春梅也不来问我了，我去看她，她也懒得理我，成天坐在家里，关着门，辣椒也不摘了，地也不拾掇了，婆子妈说她几句，她也不像以前一样一句不饶。我心里着急啊，就偷偷又给根儿写了封信，还找老支书，让他查根儿打过来的电话记录，老支书的电话就没有来电显示。我上网去找，根本找不到根儿打工的那家矿。你说这咋办？

我和春梅去镇上赶集，原来上街，每一次春梅不是在卖衣服的地方跟人家吵，就是在卖鞋、卖苹果的地方吵，热闹哩很，现在倒好，人一声不吭，眼睛直直的，见啥买啥，温顺哩很。我看她的脸，红得不像样子，摸她的手，潮热得很。有一段时间，忽然又狂躁哩不行，见人就吵，把她老公公、婆子妈、闺女吵哩门都摸不着，都不知道是为啥哩。

她婆子妈说她是得了“花痴”，想男人想疯了。两人吵架，她婆子妈当着村里人的面，这样骂春梅，春梅脸挂不住，干脆钻到屋里不出来。还真有点像，最后这俩月，春梅连活都干不成，神志不清，有好几次去地里干活，把闺女落在地里，自己回来了，也不烧火做饭。见了村里的男人就跑，好像谁要抓住她一样，看着都不正常。村里也开始有人拿眼看春梅，背过去还议论，我也气哩不行，谁问我了，我都给呛回去。可有啥办法，根儿联系不上。也没往坏处想，联系不上也正常。平常没是没非，谁跟家里联系？到时候，自己回来就是了。

想着熬到割麦时，根儿可该回来了，没想到，这死犟头儿，还是没回来。不过，往年根儿割麦时也没回来。现在，都机械化了，机械直接把袋子装好，运到家里，也不需要多少人手。但是，现在情况不一样，春梅眼瞅着都不行了，人都快熬死了，她是一股劲儿憋着，成心病了。

要说，这还没事，说句难听的，春天猫都叫春，人也正常，熬一下，都过去了。可是，前几个月咱邻村王营出一个事儿，春梅又上住心了。王营一个小媳妇上吊自杀了。为啥哩？她丈夫回来，两人好哩不行，一块同进同出十几天。走有月把天气，这媳妇一直下身发痒，她忍着，不好意思去看，最后开始发烧，才不得不去医院，一看，说是得性病了。医生还问她丈夫接触过什么人。要抽血查艾滋。村里人都知道了，这媳妇又羞又气，上吊死了。要说这和春梅啥关系？春梅一听说，疯了一样来找我，逼我，问我是不是根儿也在外面坏了，不敢回来了？我说这哪儿知道，再说，矿上挖煤的，都是男的，根本没有女的。春梅说，不是，她看过电视，矿上周围都有女的，专门干那事儿，肯定都有病。我咋解释也解释不清，我说："干脆，你带着闺女去找根儿，现在，大矿不都有家属区吗？租个房子也能住下。"我一说，春梅又泄气了，她从来没出过门，晕头转向的，吓都吓死了，再说，她不年不节地去找根儿，村里人肯定会笑话她。家里的地，她舍不得给别人，她好不容易种的辣椒、绿豆，她还要撒肥料种萝卜白菜。根儿挣的钱到现在还不够盖房子，她咋能把地丢了呀。

后来，春梅也不提去找根儿的事儿，有事没事到王营去转悠，打听那个男的在哪儿打工，女的啥样子，咋染上这病的。回来还问我，是不是一跟别的女人在一块儿，男的就会得病？一惊一乍的，问得我心里也难受哩很。你想，你哥也在外面呢，当海员的，到哪一个地方不靠岸，哪一个岸边没有那样的地方？我先前从来没想过这事儿，挣个钱多不容易，谁有那闲钱去干那事？可是也架不住那么多人去呀。

大前天，不知道为啥事儿，春梅跟婆子妈大吵一架，吵完架之后，春梅上地里去撒肥料，回来才想起来撒错地了，把整整两袋化肥撒到别人地里了。她又跑回到地里，在地头转了好多圈，我看她神情不正常，一直跟着她。回来，眨眼不见，就喝敌敌畏了。你说，傻不傻，村里有几个男人不是在外面？都像她这样，大家还活不活？

三天之后，派去的人和根儿哥一起回来，春梅的娘家又来闹一番，娘家哥在冲动之下，上去打了根儿哥几巴掌，根儿哥直挺挺地站着，也不还手，也不抹泪，甚至连泪都没流，好像麻木了一样。或者，他始终处于诧异之中，他似乎不明白，他的老婆，春梅，他们的日子越过越好，怎么会去自杀呢？我没有走过去，尽管我很想问他，是否收到春梅的信？如果收到了，为什么没有回来？现在通讯这么发达，为什么不配手机？难道他不想念春梅吗？不想念她那年轻的、仍然圆润的身子？

这一切又有什么意义呢？对于乡村人来说，没什么事儿，不年不节，又不是春忙秋种，回家一趟，是不可思议的事情，那绝对是浪费钱。而情感的交流与表达，更是难以说出口的事情，他们已经训练出一套“压抑”自我的本领。性的问题，身体的问题，那是可以忽略不计的事情。中国有几亿这样的流动大军，如果要考虑这些“小”问题，那不是太麻烦了吗？

改革开放后，“劳务输出”一词成为决定地方经济的重要指标，因为出门打工，农民才能挣到钱，才能拉动地方经济。但是，这背后有多少悲欢离合、有多少被消磨殆尽的生命并没有纳入考虑范围。男子离开家乡，一年回去一次，至多两次，加起来不会超过一个月。他们都正值青春或壮年，也是身体需求最旺盛的时期，但是，却长期处于一种极度压抑的状态。即使夫妻同在一个城市打工，也很少有条件住在一起，因为建筑工地、厂家并没有义务给他们提供住宿，他们的收入很难租得起房，往往都是各自住在厂家，至于周末怎么相聚，怎么进行性生活，则是难以想象的黑暗问题。即使这样，能在一个城市、经常会会面已经是很幸运的了。由于性的被压抑，乡村也出现了很多问题。乡村道德观已经处在崩溃的边缘，农民工通过自慰或嫖娼解决身体的需求，有的干脆在打工地另组临时小家庭，它们产生了性病、重婚、私生子等多重社会问题；

留在乡村的女性大多自我压抑，花痴、外遇、乱伦、同性恋等现象时有发生。这也为乡村黑暗势力提供了土壤，有些地痞流氓借此机会大肆骚扰女性，并且往往能够成功；有的村干部拥有“三妻四妾”，妇女们为其争风吃醋，衍生出很多刑事案件。

“性”问题的被忽略，显示出社会对农民的深层歧视。我们的政府、媒体，包括知识分子，在探讨农民工问题时，更多地谈及他们的待遇问题，很少涉足他们的“性”问题。仿佛让他们多挣到钱就解决了一切问题。仿佛如果待遇好些，他们的性问题就可以自觉忽略不计。可是为什么？难道他们，成千上万的中国农民，就没有权利过一种既能挣到钱，又能夫妻团聚的生活吗？

春梅终于下葬了，就埋在没有撒到肥料的那块地上，她最终以自己的身体给这块地施了肥。头七那天，根儿哥到坟上给春梅放了鞭炮、烧了纸，又出去打工了。

## 义哥

义哥姓袁，四十岁左右，在梁庄是独姓。十七岁辍学后，全家离开村庄，到南方码头上讨生活。和当地人争地盘，凭着一股子拼命和不怕死的精神，终于在码头站住了脚，搞海鲜批发，办公司，要风得风，要雨得雨，一时间，成为那一块儿的风云人物。

也许是从哥哥那儿听说我在家做这样一件事情，他一定要回来给我讲他的故事。那天，一辆大众车呼啸着停在了哥哥家门前，后面卷着一长串灰尘。然后，义哥带着母亲、儿子下了车。义哥脸庞油光泛亮，带着闪亮的、粗粗的金项链，穿着一件白背心，块块肌肉从背心里鼓出来，使得个子不高、微胖的义哥显得非常有霸气。他说话声音非常豪爽，但是，一说到陈年往事，马上变得充满感情，有几次眼泪都掉了出来。义哥母亲，比起二十年前在村庄的时候仿佛还年轻了些，皮肤细白红润，一看就是过上了好日子的老人。儿子只有八九岁的样子，义哥说带他接受接受教育，“这些孩子，不知道啥叫艰难，不知道他爹受过啥罪，吃过啥苦才混到今天”。义哥是从另外一个县赶来的，他正在那儿谈一个铝矿开发的大项目。说了三个小时，又带着儿子、母亲匆匆赶回去。有朋友在等着他谈事情。他对自己赚钱的能力充满自信，对未来的官商生涯更是信心百倍。

我这一生，真是艰辛。要说得说上几天，能写一本书。

在咱村里的时候，真是饭都吃不上。我爸我妈房子盖起来，欠了一屁股外债。听说赶羊、卖鞋底能赚钱，想出去卖鞋底，那时候队里还不让卖，我妈就给队长下跪，也不行。后来养个羊，小偷从墙上剜个洞把羊偷走。你说背时不背时。

有一个事儿能说明那时候穷成啥样：爹妈出去卖鞋底，给家里留了二十七封挂面，不是现在超市卖的一斤装，是农村自己切的那种短的，最多半斤。玉米面啥都没有。我们姊妹几个就这样过了一个月零二十天，姊妹四个放学分工，拾柴的拾柴，烧火的烧火，每天，都是稀汤面条，放些野菜、红薯叶子啥的，就这，到最后咋节省也没有了。我就出去借粮食，村里都借遍了。那时候都穷啊，谁敢借给你这群没爹娘的娃儿。等爹妈回来的时候，姊妹几个都快饿断气了。

由于在村里属于独姓，地位比较低，又在你们梁家这片儿住，老是受梁家欺负。为宅基地产生矛盾，万明们找事，打闹到门口。我一手拿菜刀，一手拿铁镐，不要命似的，打倒他们一大片。那时候，我才十几岁。梁万明是我老师，他说："义娃儿，你为啥打我？"我说："你们欺人太甚，欺门霸户。"

后来，爹妈从湖南回来，过了不多久，不小心把房子烧了，苞米都烧煳了，家里的铺盖啥的都被烧了。我爹围着房子转，我们全家坐在地上哭啊，可真是哭天无路。最后借住在队里的一间炕烟房里。

十七岁全家到阳县。我妈从外婆家借一百多块钱，在阳县买了个磨机，打豆腐。爹妈在家做，我在阳县家属区到处卖。一年冬天，下大雪，南方下雪少哩很，我还得出去卖豆腐，上坡太滑，自行车倒了，豆腐全部散了。我坐在那儿哭，都不想活了。后来，想把事业扩展，阳县是苹果之乡，贩苹果比较赚钱。我联系了一个客户，一船苹果赚几千块，给我分了几百块，我高兴得不得了，正经是赚了第一桶金。但是，别人把我灌醉，把钱掏走，我放声大哭。这是他们设好的局，骗我的。后来，在船上贩鱼，受人欺负。被人打，要我下跪，我不下跪，打死也不跪。从那以后，我也硬起来，出来混，不能软；一软，当地人就把你收拾掉。后来开始结识阳县的各路大哥，人家也认为咱有豪气，没有看不起咱。人们都说河南娃儿咋了咋了，其实也是被迫无奈，才站起来，打造一片天。我在那儿，慢慢认识了咱们这儿的人，通过了解、沟通，找共同类型的人，讲义气的，结成一个联盟。

后来，在码头卖鲜鱼、鲜海产品，搞大批发，这是赚钱的买卖，没有霸气绝对不行。在这期间，打架拼人命的事情很多。有一个姓郑的，我们结下了梁子。一个人给郑家送鱼，被我拉走了。这个人听说我收得贵一些，就卖给我了。郑家不愿意，拿着刀，去砍那个人。我拿着刀就砍，当时弟兄俩就见血了。他们架着我，我从背后砍，妹夫直接用木棒打，把人家打成脑震荡。最后，他们放出话来，说见到我、见到我弟就劈，当时弟弟才十八九岁，我到阳县六七年的样子。最后，我们就拿着刀子拼命，结果是都付出同等的代价。还是用钱把官方摆平了，这事儿才算完。但当时没有法律意识，派出所的人劝我，我说他们欺人太甚，最后才知道是防卫过当。

有一个阳县人和我同行，本乡本土，是城关镇一个地痞，很厉害，在当地，是一声令下就可以怎么样的人。他伙同郑家，想叫我们一家滚出阳县。后来，找我的朋友李老二去谈判。我称李老二“小哑巴”，也是有名气的人。要求双方互相低个头，他们不听。我朋友也没面子。当时真的是背水一战，要么卷着被窝回河南，要么在阳县站稳脚跟。我们在李老二家里设一个指挥中心，我们三个是指挥，我弟是第一干将，共几十人。那年二十六号，我弟把老郑和那一伙人从三楼砍到一楼，共砍倒八个。弟弟也因此坐了牢。

几次火并后，结果是，我用钱打点，轻描淡写处理了。因为没有法律意识，我妹夫付出了沉重代价，坐了八个月的牢。我花了几万，坐了两个半月。我弟弟坐了八年。当时这件事轰动了阳县，也奠定了我在那一片的地位。我现在在阳县，无论什么事，只要我到位，都会买我三分账。

我一直做鲜鱼批发。生意开始红火的时候，一年能挣二十多万，我自己赚七八万就中了，其他都给了好朋好友。有肉大家一块吃，必须得讲义气，人家才给你拼命。这几年，国家形势变了，定点收购、批发，我们的海鲜批发每年收入才六七万，大大超出我的支出。没办法，才出去办厂。走三年麦城，没赚住啥钱。然后回阳县炼油，又被朋友骗，把钱卷走了。这中间有七八年时间总是在走麦城。九几年手里就有一百多万，后来都赔得差不多了。

后来又回阳县开茶馆，做偏门，设赌局，相当于地下赌场。三人合作开茶馆，赚有几百万。开茶馆的过程中，开始操作现在这个铝矿厂。七个人合作，每个人打进去几十万，找一个专业厂长。但是，厂长不会运作，赔了一些。后来，七个人不团结，为了争这个矿，差点就要动枪。我拿着现金把钱分给他们，把矿争了过来。现在矿山，我是法人代表。已经投资一千二百万，最后可能需要两千多万。不过我的产品质量已经得到国家认可，出来的货厂家已经接受，马上就可以赢利了。

我现在的专业知识也懂得很多，那名词你肯定都不懂。

人得有想象力。我总算明白了，官商一家。我现在可以与县长、公安局长光明正大坐一块儿。我原来是被抓的人，现在咱是名副其实的企业家。

## 生命之后

在梁庄村路口那一排房子里，其中一座房子的院子特别大，没有院墙，直接用水泥铺地，连接着公路的路面，显得特别开阔，也很气派。这是梁光河家，他们的房子是 2007 年盖的，有村里人在背后议论，说这房子是用儿女的命换的。

这倒不假，光河和老婆属于那种老实人，他的理想就是盖栋排场房子。积攒了二十几年，也没有把盖房钱攒下，他们又不愿意借钱，就下狠劲儿干活。光河和老婆、儿子出去打工，几年也不回家一趟。可是，到出事之前，房子还遥遥无期。这房子，就是在赔偿后的第二年盖起来的，光河再也没有出门打工，也很少出家门。村里很少见到他的影子。我回来这么久，还没有见到他一次。

吃过晚饭，天还没有完全黑下来，黄昏的乡村有一种异样的静谧，不是崭新的、时尚的、新鲜的，而是朴素的、破败的、安详的静谧，让人有一种莫名的地老天荒之感。我和父亲一起散步，来到光河家门口。门开着，里面很暗，父亲喊了几声，没人答应。就在我们要走的时候，光河出来了。他的脸从昏暗处突然浮现出来，苍白得吓人，几乎能看到里面的青筋，脸非常瘦削，鼻子也尖得不正常，皮肤松弛，活像一个没有血色的、恐怖的鬼魂的头颅。他慢慢移动出身体，佝偻着，像七八十岁的小老头那样缓慢。我吓了一跳，在我印象中，光河还是一个颇为英俊的青年，是少有的那种深轮廓的人。如今，这深轮廓却使他显得更加病态。他跟我们打招呼，搬出几个凳子，让我们在门口坐下，又喊住门口过去的一个小孩儿，让他去喊他的父亲过来，就是梁庄的老老支书，梁兴隆。做这一切，光河都是在极缓慢的状态下进行的，他的声音有气无力，身体几乎是一张薄纸片。好像一阵风过来，他就要被吹倒。

一会儿，他的父亲来了，他的老婆，我们叫花婶的，也风风火火地回来了。花婶，浓眉大眼，身体结实，说话还是高腔大调，从她身上，看不出这家曾经发生过怎样悲惨的事件。乡村妇女的生命韧性总是比男人强。

我很想谈谈这些事情，却根本无法张开嘴巴。父亲似乎也没有办法，几次想提起，但又都停下了。光河一直低眉搭眼，无精打采的样子。倒是我们的老老支书，精神依然矍铄，关心政治，对时局也有别出心裁的理解。我仔细观察他的脖子、手及裸露出来的前胸，都有伤疤。尤其是前胸，一道斜的疤痕几乎贯穿了整个胸部，这是当年清立给他留下的。

从光河家出来，天已经完全黑了。走在乡村公路上，倾听着高高低低庄稼的呼吸声，仿佛整个大地都有起伏的呼吸声，一种宽广而又充沛的生命之感。夜晚是一种非常美好的感觉，夜空越显得幽静，高高低低的庄稼神秘而富于呼吸，仿佛在与你一块儿行走。一束净白的灯光一闪一闪，逐渐走近，走到最近处，灯光停下，照住我们的脸，就听见声音说："二爷，这么晚干啥？"父亲答道："闲转，你在干啥？""逮知了。"说者把手里的一个瓶子拿起来，里面是浑浊的水，半瓶的样子，把水倒出来，知了还在里面爬。我问："逮这东西干啥？"说者回答说："镇上食堂收，一个一元钱，最少也六角钱。"走过去之后，父亲对我说："这是胜文，周家的大儿子，当年他出门打工，他父亲老周替照看儿子，没看好，在井里淹死了。胜文回来把老周两口子撵哩满村跑，要杀死他们，把老周两口子吓得出去躲了半个月。"

回到家里，父亲给我详细讲了光河的遭遇：

**事情发生在 2005 年 10 月 18 日，六点左右，天擦黑，学生刚放学。**

梁亮和姐姐梁英，光河的长子和长女。梁亮骑摩托带着梁英准备回梁庄村，英已经怀孕了，有四五个月吧，是个好女子，顾娘家，也顾婆家。英和她丈夫在镇上开个家具店，生意不错。她的婆家姐是个瞎眼，她经常照顾，关系不错。这天是梁亮刚从广州打工回来，到镇上接姐回娘家吃饭。就在高中拐弯路口被一辆小轿车撞了。开车的人姓庞，是一个粮管所主任。庞的亲哥是公安上的人，刑侦副队长之类的官。庞是醉酒驾驶，开车很快，一辆农用车和他同向而行，庞超车的时候，撞上梁亮的摩托，事故发生。梁英被撞飞到农用车上，一直被拉到另一个县，大致有七八十里。人们卸车的时候才发现有具尸体在车上，当时已经夜里10点左右。车主吓哩要死，不知道咋回事，赶紧报警。在这边，事故现场，车主庞一看人死了，赶紧打电话，很快，来辆车过来把他拉走了。旁观的人报警，梁亮被拉到医院，很快就死了。村里人和梁英婆家人一直在找梁英，明明是和梁亮一块儿走的，咋会没见了？到第二天早晨，公安局查到这边派出所，才知道梁英被撞到车上，拉到另一个县里了。

光河两口子还在新疆打工，几天之后才回来。弟弟光天在家打理。梁英放在火葬场，梁亮放在医院太平间。当时，庞托村里治安主任去说，认为这个事七八万就可以了，光天认为七八万不行，两个大人，带梁英肚子里的那孩子，是三条命呀。后来，庞又托镇上几个有头脸的人去说和，九万五就到头了，再多就不管了。过有三天，梁光河两口子回来了，那伤心劲就不用说了，在儿子那里哭哭，又跑到闺女那里哭哭，嗓子都失声了。村里人就劝，别哭了，人死不能复生，还是赶紧想想赔偿的事吧。刚开始，光河说，不要钱，只要命，判他刑，让他坐牢。人们劝他，人已经没了，钱再没了，真正是人财两空。再说，你这闺女儿子在地下有灵，也不会愿意的。光河也就不这样说了。那一阵子，一堆人围在光河家里出主意，一是同情，还有一个，心里都打着小九九呢，想着万一要哩多了，说不定还能借来一点。

最后找到一个地区公安局的关系，送礼说情，说最低赔偿二十万，姓庞的没答应。但是，地区公安局的人认为，不用管它，拖一阵儿，只要不签和解协议，他就属于重大交通事故，赔钱之外，还要判刑。后来，庞又找很多人给梁光河说和，双方僵到那儿了。最后，庞使出撒手锏，放出话来，再不答应，就不给钱了，判刑就判刑。这给梁光河造成巨大压力，怕人家有势力，即使人家坐牢，也会很快出来，钱也可能拖着不给，最后造成人财两空。为这，梁光河也四处找人讨主意，也没有更多办法。

姓庞的也打听过了，知道梁家这一家族虽然外面有人，但多与梁光河家，尤其是与他父亲、老老支书梁兴隆有历史矛盾，肯定不会多管此事。因此，也就不管梁光河如何活动，以静制动。

此事被晾有一段时间。梁亮和梁英一直没有下葬，放在火葬场的冰柜里，每天也得花不少钱。光河两口子天天哭，到最后眼泪都流不出来了，闺女儿子下不了葬，人家又不管，打官司吧又没人。一个月工夫，光河就瘦变形了。最后，光河撑不住了，又找人说和，把赔偿的钱说到十五万七。算是和解了。梁英的婆家也得了一部分钱。

后来，梁家一个与梁兴隆有仇气的人，在镇上碰到另外一个人，谈起这件事，那个人说，这都是梁兴隆的报应，你是不知道，梁兴隆那鳖娃儿干支书的时候，那是屙血背良心，坏透气了！老天爷没报应到他身上，报应到他孙娃儿孙女身上。听话的人心里想，我咋能不知道，我日他妈当年被他们欺负哩摸门当窗户，他狗日们也有今天！

梁庄的人大都同情这俩娃儿，但是，另一方面，又认为这是梁兴隆当支书时做下坏事的报应。

农村人的想法很现实，人死了，最重要的就是钱的问题。而在为钱争执的过程中，疼痛、伤心、亲情都变为可以讨价还价的东西，一切都似乎冰冷、无情与残酷。这也是一般人在理解乡村的类似事件时常有的谴责与鄙视，似乎他们把钱看得比人重。但是，谁又能看到他们心里面的深流呢？

我就要离开家乡的时候，光河到县城看病，他的舌头突然间不能动了，吃什么都吐，无法下咽，已经有十来天没能进食了。我不知道最终的检查结果，姐姐说可能是神经官能上的病，哪一根神经失控了。但我有一种疑惑，这会不会是抑郁症引起的？想起光河从房屋暗处走出的时刻，那厌倦的、松弛的、刀条一般的脸，觉得死亡就跟随在他左右。谁能猜到儿女去世对他的打击有多深？白发人送黑发人本来就是非常痛苦的，又是以这样残酷的方式，无儿无女的他，生活的希望、目标又在哪里呢？而他的新房，又给他多大的压力，或者，一种说不清的负罪感？“拿儿女的命换来的”，这句话会在他心里产生怎样的反应呢？在乡村，突然得到这么大一笔钱，觊觎的人且不说，它会使那些嫉妒的人说出不符合自己日常性情的话。我相信，有不少人向光河借过钱，毕竟，他有这么多钱，是所有人都知道的。你不借，没有理由。而当所有的钱都转化为这一座房子时，也等于全村人的某一笔财富失去了。这是一种不顾人情的做法，会招致村里人的不满。它也会加深光河的负罪感。

通往镇子的公路

# 第五章 成年闰土

对农村无依无靠的老、弱、病、残及因劳力弱和遭受灾害而生活困难的特困户，县政府采取临时救济和春节前集中救济的办法，帮助他们解决生活困难。2004 年 6 月出台了《穰县农村特困户救助办法》，2006 年 7 月又将农村 9388 户、22500 人纳入农村低保救助范围，平均每年发放生活救助金和医疗费 170 多万元。

——《穰县县志 · 民政》

## 清立

夜里下了一场大雨，清晨起来，村里人都出来查看房前屋后的情况，害怕有地方存水太多，泡到地基。乡村的下水道一直是一个大问题，没有统一的排水管道，都是各自为政，一到下雨，村里的水流纵横交错，为排水前后邻居打架的现象非常普遍。

我和哥哥也到老屋去查看了一番，东西屋的两个水坑里储了好多水，但还没有漫到前后地基的地方，不会造成老屋的倒塌。我们准备回去吃早饭，走到青石桥的地方，清立挎着篮子出现在路的那头。他的上衣敞着，露出滚圆的肚子，裤子用一根草绳系住，一只手拿着个长约八九寸的砍刀。看见哥，老远就笑眯眯地打招呼："叔回来了。姑啥时也回来了？"他的声音很低，有些沙哑。我低声对哥说："看着怪正常啊，怎么都说他神经了？"哥说："说两句话你就知道了。"然后大声对清立说："清立，起恁球早，干啥呢？"清立说："河里涨水了，五点多就起来，到河里逮鱼了，逮住条大鲇鱼。”说话间，走到我们面前，把篮子伸到我们面前。那个小篮子里卧着一条大鱼，有四五斤重的样子，须子还在微微地动，我和哥都赞叹起来。清立一听，非要把鱼送给哥。他把篮子放在青石桥边，到处找绳子，想把鱼穿起来。

我说：“清立，给你照张相。”他好像不相信的样子：“真的？”我说：“是真的，你站好，摆个姿势。把手里的刀先放一边儿，不好看。”清立却说什么也不愿意，一定要拿着刀。我说：“你把它先放篮子里，等照完相再拿上，不就行了吗？”说着，我就很自然地去拿他的刀。清立的脸色突然难看起来，非常紧张，手里的刀握得更紧了，眼神里露出些凶光。哥看见这情势，赶紧上来拦我：“你照就是了。”

清立好像忽然醒悟过来，把衣服掀开，刀插在裤腰里，然后放下衣服，从外面几乎看不出，只有一个很浅的轮廓。我说：“开始了。”清立即又跳起来，说：“别慌，我还没摆好姿势。”他跑到一棵树旁，倚在旁边，腿交叉着，大概觉得这姿势很美，脸上露出得意的笑容。照完之后，再三嘱咐我洗出来一定送给他一张。我答应了。

我很想和他聊会儿天，了解一下他的精神状态。九年前，清立突然神经了，拿着刀到老老支书梁兴隆家里行凶。梁兴隆吓得满村跑，他满村地追，把梁兴隆的头、手、腿都砍了。梁兴隆的胸前也挨了一刀，肋骨都露出来了。梁兴隆老婆的手和腰也被砍伤。这件事成了当年轰动方圆几十里的新闻，有好事者编了顺口溜：“梁庄出新闻，清立砍兴隆，胳膊断了线，刀往肚里捅。”

我问他日子怎样，他却反问我：“你从北京回来，那奥运什么样？”我还没来得及回答，他又说到奥运很了不起，我心中还暗自吃惊，觉得清立并没有真正傻。再往下，就不知所云了。清立说话声音很低，嘟嘟囔囔的，听不清楚，双手抱在胸前，眼睛看着天，还有点沉思的状态。天上地下，一会儿粮食政策，一会儿治安管理，一会儿又哪个地方死人什么的，思维很乱，没有完整的表达，但几乎全是国家大事。

临走的时候，清立一定要我们拎着那条大鱼，他已经在地上找到一根细绳，把鱼穿好，让哥哥拿着，哥哥说拿着不方便，但怎么推让也不行。哥哥只好拎着这条五斤的大鱼回家了。路上，哥哥说："你那会儿去拿清立的刀，你知道有多危险？自从出了那件事之后，他在村里，刀是从来不离身的，有时候，走着走着，就会拿着刀乱舞一阵儿，谁也不敢拦。你想，出了砍人的事儿，谁还敢上他跟前？"他为啥非要把鱼送给哥哥？因为当年打官司，哥哥帮他请律师，找精神病院做鉴定。他心里还是明白的。

吃完早饭，我让哥哥给我讲讲清立砍人的详细过程，还有这件事的来龙去脉。

清立，今年可能四十四岁吧。原来做过小生意，很精明，干活也出力，干瓦工。他们家在梁庄也属于被欺负的对象，他爹属于脑子特别死劲的那类人，没有一点正义感，没团结住人。想巴结村干部，但又巴结不上，村里人们都看不起他。"文化大革命"时曾经得势几天，但也只是打手，那时候咱爹受批判，他也跟着别人，上去又踢又打。在村里没一个朋友，很少有人到他家去串门，几乎没有摆过酒场。清立，在农村属于能干人，但为人处世也和他爹有点相似，性格孤僻，很少交到朋友。见人说话打招呼比他爹强。

清立没挣来多少钱，娶个老婆却很逞强，老是吵他没本事。其实当时，整个社会环境都没钱。清立分家后，日子在村里过哩不算最差，可他老婆不愿意，两人为此常吵架，打架。清立吵不过，也打不过。可能那时候性格都有点压抑，村里的人感觉到他神经有点不正常，但也没出过啥事儿。

清立和梁兴隆的矛盾根源在于房子的问题。清立的房子盖在坑塘边，离兴隆家比较远，但是，兴隆家的下水道被挡住了，其实不是个大问题，下水道都是自己挖的，怕下雨了排水不畅，稍微改一下就行了。但是，兴隆当支书恁些年，习惯了仗势欺人，就直接跑去骂清立，清立当时不愿意，就还了几句嘴，并把兴隆推倒在地。后来，兴隆的几个儿子认为非得治清立一次不可，敢欺负到太岁爷头上，那还了得。否则，这神经货不知道会干些啥事。兴隆的仨儿子跑到清立家里，把清立按在屋里揍了一顿。打哩不轻。到大队那儿评理，村里治安主任是兴隆二儿子的亲家，你说，清立能说赢吗？把清立定为没理，因为打了梁兴隆，又给赔了五百块钱的医药费。从此之后，清立种下心病，彻底神经了。

一天夜里，梁兴隆的儿子在周家看完电视回去，正准备开门，有人拍拍他肩膀，他一回头，就被戳了几刀。有人怀疑是清立干的。他们去找清立的事儿，清立说他没有，大家都不信。又打了一架，这次，清立更吃亏了。这中间，清立的老婆也带着儿子走了，找不着，可能出去打工了，连个信儿都不给清立留。

过有几个月的样子，大概 1999 年夏天，具体哪一天忘了。清立手里拿个砍刀，不知道是为啥，跑到兴隆家里，先打兴隆老婆，把他老婆手指砍断，头上还弄个窟窿。梁兴隆吓哩满村跑，清立拿着刀满村追，兴隆的脖子被清立用砍刀割了一刀，肩上、腿上也砍了几刀。旁边的人去拉，清立拿着砍刀满村追，吓得也没人敢上来拉架。人们说，兴隆这次肯定是活不成了。

兴隆和他老婆都住进医院，清立被关到派出所，兴隆家花了一万六七，弟兄几个为谁出多少钱吵哩像鳖血[1]一样。两人都是重伤，也做了伤情鉴定。按法律规定，可以把清立判刑，至少十五年。

这时，不知谁出个主意说应该给清立请个律师，做个精神鉴定。他爹来找我，开始我想着不能管，兴隆跟咱们家有仇，别想着我是公报私仇。后来，我又想，我这是坚持正义哩，万一清立是真有病呢？一个病人，也不能这么冤枉他。我这才帮他联系律师，找医生做鉴定。一鉴定，确定清立为躁狂型精神病。

开庭时，法官问清立："梁清立，你为什么要杀梁兴隆？"清立说："我日他姐，我就是想把他弄死，弄他弄哩还嫌轻了。"问了好几次，清立都是这句话。法官审不成，开庭没多长时间，就宣布休庭，又让清立去做精神病鉴定。后来，在地区做了鉴定，确实是精神病人。几个月后，清立被无罪释放。

回来之后，也不知道是害怕，还是为了吓人，反正无论走到哪儿，刀是不离身。

我黯然。古老的乡村故事仍在延续，即使现代之风已经吹了几十年，仍没有改变乡村内部的生存结构。当然，对于清立来讲，法律的公正已使得他逃离了刑罚的苦难，但是，他精神内部的崩溃

---

1　吵哩像鳖血：形容吵得很凶。

又有谁能负责呢？哥哥让我一定要看看清立的房子，可能会更有启发。吃完午饭，我和哥哥到清立家。清立的房子其实就在一进村的那个坑塘边，我一直没有在意。房子是八十年代中期盖的那种青砖混泥瓦房，墙一半是砖，一半是泥。不知道为什么，他把东屋和西屋的两个窗户全部用砖砌了起来。

清立看我们来了，非常高兴，把我们让到屋里，屋里光线非常暗，闻到的是一股腐败的垃圾场的气息。进门的正屋还算有点光线，可以看到家里的摆设，其实，也没什么摆设，中间一张破旧、低矮的小桌子，两个凳子，桌子上落满了灰尘，估计好久没有人来了，后墙是用泥砌的一个长条凳，上面放着各种杂物，物品上面挂满了蜘蛛网，有着尘封的感觉。西屋里面几乎是黑的，支着一张床，床上一张破席、几件衣服，没有枕头。那把砍刀赫然放在床上，在微黑的光线中闪着亮光，让人有些莫名的心惊。

屋里的味道让人无法忍受，我们急急地退出。本来想照张相，又怕清立不高兴，就没有提出这一要求。哥哥给我示意了一下，让我看看院子里的猪圈。猪圈里面也是漆黑一片，没有猪，但是，却铺满了长长的蒿草。出来之后，哥说："现在，清立每天的工作是去河里砍蒿草，铺在里面，再去砍，过一段时间，满了，弄出来扔了，再砍再铺。"问他干啥，说是磨刀。清立说："日他姐，刀时间长不用，就钝了，那会行，万一要使可咋办？"

## 昆生

第一次看到墓地里的这户人家大约在十年前，也是夏天。一场暴雨之后，我和哥哥去给母亲上坟。哥哥说墓地另一头住着一户人家，是另一个自然村的，但不知为什么离群索居，住在这里。我很好奇，就去看看。墓地尽头的那片地已经被精心修整过，有碾平的打麦场，上面堆着尚未碾下麦粒的麦秸秆，可以看到最下面那厚厚一层发了芽的麦粒。还有一口水井、自制的磨盘等。中间的开阔处，有两个男人正在盖房子，墙刚刚垒好，自己打制的粗糙的土坯，好像要搭屋梁的样子。旁边有一个小茅草屋。两个男人非常警惕地看着我们，不说话。哥哥给他们发一根烟，神情才略微有所缓和。我弯腰进到茅草屋里面，等眼睛适应了里面昏暗的光线之后，我被里面的情形惊呆了。

茅草屋并不完整，前面还有一个所谓的门洞，后面却只是玉米秆之类的东西糊起来的墙，暴雨穿透这些脆弱的遮挡物，浸泡了这狭小的空间。这应该是一个厨房，锅灶上面已经被雨和泥弄脏，没有看见可以吃的东西。整个空间唯一干燥的地方是灶台前面的那片地，有三张椅子那么大的地方。在这个小小的空间里，蜷伏着三个人，一位可能是母亲，两眼痴呆地望着前面。还有两个小孩，一个小孩趴在地上，下面有麦秸秆垫着，头发散披着，看不见她的脸，一动不动，另外一个大一点的小女孩正在哭，可能有十来岁的样子。哥哥过去摸了一下趴着的那个小孩，发现小孩发高烧了。哥哥和那个年龄大的女人说话，没有任何反应，又问外面的两个男人，说是昨晚小女孩儿淋雨了，一直在烧。

我们返回到镇上，拿了药，买了些面条、饼干、盐、菜，去五金店割了几丈宽的厚塑料布，又回到那里。这个小空间还是我们离开时的样子。我把饼干送给姐姐，姐姐没有吃，扭过头去喊她的妹妹。“妹妹，妹妹，饼干。”姐姐轻声地叫着妹妹。妹妹还是一动不动。哥哥让两个男人把那位妇女搀出去，让小姐姐扶着妹妹，翻过身来，抱在怀里。小女孩儿满脸通红，眼睛紧闭着，好像没有呼吸的样子。哥哥给她打了一支退烧针。

我一直在琢磨，灶台前那三张椅子大小的地方是唯一一片干燥的地儿，晚上有五个人，有生病的小孩子、两个男人、一个半傻的妇人。他们如何度过昨天那个夜晚，漫长、冰冷、大雨如注的夜晚？到现在想起这个问题，心口还是莫名的疼痛。对我来说，它是一个永远的谜。

刚能望到墓地头的那个小屋，就看见两个人在前面那块荒地里干活，一老一少，老的挥舞着锄头，少的正蹲在地上捡什么东西。看到我们这一群人，他们停了下来，直起腰，盯着我们看。毫无疑问，那个老的就是这家的户主，十来年不见，他已经成了一个白发苍苍的老头。头发看起来好长时间没有洗过，花白色，纠结在头上，垂过肩，胡须几乎遮住嘴唇，也是脏乱不堪。眼睛似乎有点白内障，眼白很多，看不清人的样子。旁边的小姑娘神色活泼一些，笑眯眯地看着我们。

我们让他从地里到田埂上来，他似乎没有听清，询问般地看着我们。小姑娘先上来了，略带羞涩，拘谨地看着我们。大姐拿出五十块钱，给小姑娘，小姑娘不要，又求救似的看着地里的老头。老头终于动身，嘴里嘟囔着什么，似乎是喃喃自语，但又看我们，好像是在与我们交流。姐姐把钱塞到他手里，他推辞了几下接住了，说着什么仍然听不清楚，又问了几次，才大致听清楚。他说的是，这白花花的银子不好拿（花）啊。不明白他表达的是个什么意思。和清立一样，这是一个长期孤独的人，已经失去了基本的表达与交流的能力。

我对身边的小妹妹特别感兴趣。她红扑扑的脸，瘦小，但很健康的样子，眼睛弯弯的，笑笑的，非常可爱、质朴。我很好奇，她是当年的姐姐还是妹妹呢？我问她，家里还有什么人，她说，姐姐已经出嫁了，母亲今年春天死了。那么，她就是当年那个生病的小妹妹了。竟然长这么大了，真的太好了。在言谈之中，才知道，姐姐嫁到贵州去了。问为什么嫁那么远，她也不知道。她没有上过学，不识字，也出去打过工，到广州，但很短时间就回来了。因为她不识字，很多东西不懂得，也害怕。忙过这段时间，准备到镇上食堂帮忙。说好了，一个月五百，管吃管住，食堂已经催了她好几次，等着她去呢。我听了，非常高兴，小姑娘自己也能挣钱了，最起码，她的生活没问题了。问他们父女现在住哪儿，说是村里的炕烟房里，是村干部给找的，这边盖的房子老是塌。我看看周围，大致明白她所说的，这一片地势太低，夏天雨季的时候，很容易积水。

我提出给他们照张相，老头儿非常高兴，反复地用手捋自己的头发，怎么也捋不顺，他往手里吐了几大口唾沫，终于成了个大背头的形状。小女孩站在父亲旁边，双脚并拢，手扯着衣角，嘴角带着羞涩的微笑，看着我。

我的心一阵颤抖，不知道是激动还是欣喜，这样一个生命，终于熬过艰难岁月，又这么健康开朗，质朴纯洁。她未来的生活应该会更好些吧。我没有告诉她十年前的事情，当年才五六岁的小姑娘，应该是不记得那一幕吧？但愿她永远忘掉。

返回时已近中午，路经清道哥家。清道哥家高朋满座，是镇政府里的一些朋友来他家打牌。清道哥又是打牌，又是不停招呼。看到我们经过，非常高兴，把我们喊过去，介绍了一番。言语之中也略有点炫耀的样子。

说起墓地的那户人家，我才知道，他叫昆生。说实话，我也是第一次想到，他还应该有一个名字。

昆生，人称大胡子，年轻时候入伍做汽车兵，退伍后没有回来，在云南、贵州一带做散活。据说，他手很巧，特别会编篾席，能够在席中间编出不同颜色的字和花。他在墓地那一片地的井、贮藏窖、房屋，都是自己弄的。

清道哥说："那货，可能是脑子有点问题。要说村里有他的宅基地，也有弟兄几个，不知道为啥，非要住到那个地方。那年他在墓地盖那个小房子，还来向我要砖，也不算傻嘛。我说，我上哪儿去弄，总不能把我的房子扒了，给你盖吧？"清道哥在说的时候，是一种非常淡然、漫不经心，略带点蔑视的口吻。

我问清道哥，政府对他们这样的人家有没有具体的政策，譬如补助什么的。清道哥说咋没有，村里为他可没少操心。当年为他住在坟园，说多少回，让他回村里，就是不愿意。后来，夏天下大雨，冬天下大雪，坟园的房子塌了，这算嚷嚷着要回去。就把他安排在一队，把队里的老炕烟房又重新修修，算是住下了。他老婆春天死，也是村里帮他埋的，他享受五保，一年七八百块钱，还有三四百块钱照顾款，平时面粉、被子、衣裳都给他，实际过哩不错，比村里其他死出力的老实货还强呢。清道哥说着，带着他一贯的揶揄口气，周围的人也都附和着。

这时，一个正在打牌的年轻人插言了。清道哥说，这是咱们镇上民政所的干部，管咱们这片，最了解情况。年轻人说："这个昆生，你看他一脸可怜相，其实坏哩很。有一次，他喝醉了，跑乡里告状，说没人管他。当时所长可不愿意了，出来骂他一通，说政府伺候哩像个活神仙，你还想干啥？政府要是不管你，你都饿死了。我说让他赶紧回去，别在这儿闹，他不听。后来我说，你要是不听我的，以后我都不管你了，民政所也不管你了。闹哩过头了还把你抓到派出所去。他也知道好坏，就不闹了。他现在可不穷，精哩很。村里给有他二亩地，他种着，坟园里那片地现在也不错，能蓄水，他种些藕，有存款，估计有万把块。前年把大闺女给卖了，给他五千块。这俩闺女都是抱的，也不稀罕。你别看他穿哩脏，衣裳多哩很，就是不洗。"

听着这些议论，仿佛昆生还是一个品德极坏的人，喝酒闹事，勒索政府，卖闺女，故意装穷，等等。我默想着，如果这真的是昆生的另一面，我是否应该因此而减淡自己的同情？因为他道德败坏，因为他懒惰，因为不懂得好坏，所以不值得同情。但是，很明显，他们所说的昆生与我所看到的昆生不是一个人，或者，不是一个观察体系中的人，他们是用另外的眼光来看昆生的。他真的是卖掉闺女了吗？我想，也许是闺女的婆家给了一点钱，而这一笔钱对于昆生这样的人来说，是不应该拥有的，他应该赤贫，应该一无所有，才配让人们给予同情的目光。而喝醉酒，对于这样一个享受着政府补贴的人来说，更是一种败类的形象。

我猛然惊醒，在乡村，像昆生这样的人，已经被排除在正常的道德体系和生存体系之外。他们的存在并非是一个村庄不人道的象征，相反，因为他们的与世隔绝，因为他们的愚笨、怪异，他们已经成为村庄的道德污点，成为被嘲笑和被拒斥的“异类”，根本不配享受关爱和帮助。在我们的文化里面，“生命”本身、“人”本身并不值钱，除非你在文化系统之内找到价值的对应，才被赋予尊重和肯定。因此，当你自逐于群体，越来越孤绝，你也就被驱除出文化系统之外，成为不值得尊敬和不值得帮助的“废弃物”。在骨子里，民众也不认为这种人应该得到这样周到的帮助，更多是出于制度的完善才去做的。

## 姜疙瘩

准备吃午饭时，已经下午一点多了，“农村饭，两点半”，这已经算是早的了。饭刚端上桌，一个干瘦的老头从外面走了进来，手和脚都黑漆漆的，沾满了煤屑，一进门，便高腔大调地喊道：“咋，不到中午，可都吃饭了！”哥只是淡淡地应了一句，没有过多话语。父亲也一反常态，不甚热情。我仔细一看，这不是姜疙瘩吗？几年不见，显老得厉害，腰已经驼了，眼睛混浊不堪，头后面的疙瘩更突出了。哥哥让了座，也没有让他吃饭。姜疙瘩干坐了一会儿，说一些着三不着四的话，一边拿眼睛巡视着四周，他好像已经不认识我了。不知为什么，我也没有主动和他说话。停了一下，姜疙瘩突然对哥哥说：“志子，昨晚喝酒不是剩个瓶底吗，拿来叫爷喝了。”

哥像是早有准备似的，从桌子底下摸出一瓶酒，果真有个瓶底，哥虚让说太少了，姜疙瘩认真地说：“可不能拆整瓶，我就一点儿就行了。”大约有一两多酒的样子，姜疙瘩一饮而尽，抹了抹嘴，咂巴了几下，问哥几点了，哥说两点了，姜疙瘩一惊一乍地：“哎呀，日他妈，可真晚了，你九奶奶肯定等急了。”蹬上他那辆破烂车摇摇晃晃地走了。

我责怪哥哥对姜疙瘩不够热情。父亲和哥哥都笑起来，说对姜疙瘩可不敢热情，对他这么冷淡，他还几乎天天来，天天都是如此要酒喝。如果你哪天热情得过了头了，他保准会中午来，晚上来，有时甚至半晌正干活，他都会跑来要酒喝。来了不要多，就要喝剩下的瓶底，所以，家里每天都给他备有瓶底酒。这段时间没来，也是因为我们的九奶奶在跟他闹气，要回娘家，他在家守着九奶奶呢。

姜疙瘩并不姓姜，是我们本家，不出五服，六十多岁。按辈分，我还应该叫他四爷，没有人知道他的真实姓名，问父亲和村里几个老人，也都想不起来，至于为什么叫这样一个怪名字，倒是大家禁不住要笑，因为从侧面看，他的后脑勺极端不规则，凹凸不平，的确很像老姜的形状，即使从正面看，也能看到他后面突起的“山峰”。

记忆中的姜疙瘩，也是这么瘦，只是腰不驼，神情也没这么疲倦，嘴里整天哼着小调曲什么的，偶尔，还扯着嗓子唱几句信天游。从来没听说过他的父母，家里只有一间东倒西歪的破土屋。他常年在外面流浪，但隔一段时间，就出现在村里，自己也不做饭，东家窜一顿，西家蹭一顿，尤其是哪家改善生活，他总是及时出现在那里。他眼里有活，又有力气，因此，大家并不嫌他白吃。于是，每逢我家蒸馍的时间，姜疙瘩就哼着小曲来了，他当仁不让地揽下揉面切面的活儿。他会两只手同时揉面，只见那手一绕一绕地，时而扬得老高，时而在案板上快速地移动，像玩魔术一样，很快，两个圆圆的馍样便出来了，他揉出来的馍总是特别香，馍一揭锅，那突然窜出的香甜的味道，简直馋死人了。当然，中午，姜疙瘩肯定在我家吃饭，他一口气能吃三四个，心疼得我们直跳。那时候多穷啊，面粉都是量着吃的，他一顿饭就吃了全家三天的面粉口粮。

姜疙瘩回乡是当年村里的特大新闻，几年之后，大家还在津津有味地谈论当时的情景。据说，那天下着小雨，村里的单身汉们像往常一样聚集在公路旁，朝着过往的女人抛媚眼，说些莫名其妙的黄色笑话，间或莫名其妙地大笑一通。如果有女人走过，他们就“嗷嗷”大叫。黄昏的时候，雨停了。一辆公共汽车突然“嘎”的一声停在了大家面前，先下来的是姜疙瘩。只见姜疙瘩穿着西服，还打着歪歪斜斜的领带，接着走下来一个非常年轻的女子，准确地说，是姜疙瘩一手挽着，一手托着腰下来的，“这是我老婆”，姜疙瘩得意地向昔日的同类们介绍。不用说，当时那帮傻瓜们目瞪口呆。这女人蛮清秀的，光洁的脸，梳着长长的辫子，只是个头稍有些低，屁股硕大，腿短而粗，但是一看便知是个老实过日子的女人。姜疙瘩咋咋呼呼地叫大家帮忙从车上搬东西。那天中午，姜疙瘩在镇上大摆宴席，又是甩烟，又是敬酒，吆五喝六的。后来听说这女人还是西安市的市民，大家都猜姜疙瘩是骗人家过来的，他的年龄那么大，相貌又奇丑无比，怎么能让一个光鲜的女子乖乖地跟回来呢？

有一些好事之徒向村支书告状，一句话被顶了回来：“有本事你也领回来一个。”

姜疙瘩暂且安身在砖瓦场的破房子里。第二天，带着自己的老婆，办结婚证，向大队要地，要粮食，又跑遍了自己的本家，要些家具，日常用品什么的，开始扎根过日子了。过了两年，姜疙瘩的女人居然生了一个大胖儿子，姜疙瘩简直要喜疯了，五十好几的老单身汉，怎么也想不到自己有一天会得个儿子。这时的姜疙瘩，已经差不多把当初带回来的一点钱花光了，女人是个好女人，就是不会过日子，好吃懒做。儿子满月那天，姜疙瘩没有摆酒席，而是让老婆抱着儿子，自己提着面袋子，挨门挨户地报喜，“你又添一个爷了”或“你又有叔了”。他的儿子年龄虽小，辈分却极高，几乎全村的人都得喊他一声什么。大家看他手里的面袋子，便明白了，免不了给粮给钱，或把自家小孩穿过的衣服找出来，还给女人讲一些养孩子的常识。有了儿子，姜疙瘩的房子嫌小了，家也更穷了，他开始找房子，四处找一些零活做。经老支书说和，村里的一户人家长期在外打工，同意让姜疙瘩借住，四间半新的房，非常有样子，姜疙瘩带着老婆孩子住进去，算是有了家了。

几年前的春节，我回家给母亲上坟，刚一打开老屋，姜疙瘩便一晃一晃出现了，后面跟着一个年轻的女人和三四岁的小男孩，我猜那便是他的老婆孩子。那男孩俨然又一个“小姜疙瘩”，果然，姜疙瘩一本正经给我介绍：“这是你九奶奶和你小叔。”我看那女人，虽不漂亮，但是脸盘还挺清秀的，梳着传闻中那长长的辫子，尤其是眉宇间的温顺和善良，让人顿生好感。姜疙瘩在屋里巡视了一圈儿，还倚老卖老地骂我几句，摸摸桌子椅子，让我看上面厚厚的灰尘，又把墙上挂着的锄头拿下来比画了一番，“看看，都生锈了，多可惜！”我看他恋恋的样子，便把这些都送给了他，他高兴得不得了，让老婆扛着锄头，自己拎着桌子椅子，胳膊里夹着我送他的一些零碎东西走了，临走前还邀请我到他家去坐。看着一家人远去的背影，我禁不住想笑，却有些说不出的辛酸，总想起鲁迅《故乡》中的场景，一个世纪过去了，为什么还会有同样的场景？

第二天我去了姜疙瘩家，姜疙瘩正在门口磨昨天的那把锄头，看我去了，很意外，怔了片刻，大概没想到我真会去，醒悟过来后，非常高兴地大声招呼女人，让她给我搬座、倒茶，自己蹲在火炉边，卷着旱烟吸。这时的姜疙瘩，非常安详沉稳，颇有一家之主的派头，和平常在外给人的形象简直判若两人。我打量着他们的家，收拾得非常干净，从我家拿来的小桌子上摆着一个小电视，上面还搭着一块红丝绒布。女人坐在床边织毛衣，墙上和平常人家一样，挂着成串的辣椒、玉米、大蒜、农具，温馨、富足、踏实。

现在，姜疙瘩在镇上的一家煤站打煤球，每打一吨给二十块钱。好的时候，一天挣上三十多块钱。六十出头的人了，每天早晨五更便爬起来到镇上干活，中午又慌慌张张赶回家吃饭，他从来没在街上下过馆子，只不过添了爱喝酒的毛病，自己又买不起，只好在熟人家混喝。

一天，我在门口闲坐，遥遥看见一个矮胖的身影推着自行车正走过去，那不是姜疙瘩的老婆吗？我几步跑过去，喊了一声，果然是我们的九奶奶。她的长辫子已经剪了，车子后面的椅座上还坐着一个小女孩，噢，又给姜疙瘩添了一个小闺女。小姑娘扎着蝴蝶结，穿着小裙子，头型非常匀称，没有了姜疙瘩的“疙瘩”，九奶奶还在座上支了一把花伞给她遮阳。年轻的九奶奶比以前话要多了，不停地唠叨着她的儿子如何不听话，不好好学习，计划生育还追着屁股要罚款；又埋怨姜疙瘩爱喝酒，我听着，心中竟有说不出的感动。

可是他又能撑多久呢？也许这并不是难题，故乡的人世世代代面对种种困难，兵来将挡，水来土掩，一切在他们不过是平平常常的事情，总会过去的。

我在夏天的那一感叹仿佛成了谶言。几个月后，姜疙瘩死了。姜疙瘩年轻的老婆和别人好上了，夏天的时候已经有兆头了。那人年轻，四十多岁，也是农村的老单身汉。近些年在外面打工，手里有点钱。不知什么时候，两人混在一起。在农村，这种老夫少妻，女性一般都是别的单身汉调戏和觊觎的对象。老婆一直要离婚，姜疙瘩不愿意，老婆就跟着那个人跑了。冬天的一个晚上，喝醉酒的姜疙瘩被车撞死了。就在往镇上走的那个街道拐角处，拐角太陡，几乎每隔几年就有村里人在那个拐角被车撞死。知道姜疙瘩死了，他老婆回来大哭一场，料理了丧事。家族里的人告诉她，开车的人赔偿了两万块钱，放在村支书那里，她想花的时候必须经过家族的同意。她带着两个孩子走了。

现在，有梁家人商量着把“小姜疙瘩”再要过来，毕竟，那是姜疙瘩的根。但是，要过来谁管？没有人愿意揽这破事儿。于是，也就不了了之。

## 清道哥

早上刚起床，父亲就接到清道哥的电话，说已经赶完集了，马上就开始备菜，叫我们一定要早点去。我回来了，清道哥说一定要表示表示。

清道哥的家，将近四分地，依公路而建。左边不远处是八十年代村子里最大的企业，梁庄煤矿建设有限公司（简称煤建），最兴盛的时候，方圆几十里的人都从这里拉煤，每天运煤的大型卡车来来往往，还有一串串架子车拉煤的普通农户。我们这些小孩放学去的最好的地方就是那个大院子，高耸的黑色的煤山，有着别样的吸引力，我们看巨大的机器在那里吊煤、铲煤，看人们的白毛巾一把下去变成黑毛巾。我们在那里捉迷藏，在煤堆的周边乱蹭。围绕着煤建，形成了一系列小型的商业品种，饭店、小干店、百货商品店、澡堂等等，而生意最好的无疑是饭店。清道哥的手艺也是在那时候练成的。

早年，这里并没有房子，也不是田地，而是一片大坑塘，每到夏秋交季之时，坑塘里长满黑色、清甜、肥美的大菱角，经过锲而不舍的填埋，坑塘上面终于盖出了一排排房子。当然，这样临公路的地段不是谁想填就填的。现在这里的房子依次是清道哥家、会计家、支书家，和其他一些做生意的村户。作为支书，毫无疑问，他所占据的是当年村里最好的位置。那里面有清道哥一车土一车沙慢慢填坑的辛苦。现在，煤建早就破产了，连那个院子都不见了踪迹，清道哥的房子也有点前不着村后不着店的，有点荒凉，只有门口的平整与宽阔能够显示出昔日的繁华。

我们去的时候，面庞清秀，但眼睛浑浊的嫂子正在后院灶台烧茶。她前年得了乳腺癌，双乳切除，在大姐医院做的手术。大姐一去，就撩开衣服让看病情，也不管是否有外人。嫂子还留着那两条标志性的大辫子，但发质已经枯黄、瘦细，没有任何光泽，毛蓬蓬的，配着她不停眨巴、溢着眼屎的眼睛，更见苍老，有一种滑稽的哀伤。前院的房子是他们的百货店，现在上面的货架落满灰尘，几乎没有什么货品。中间的院子种一些丝瓜，瓜秧杂乱地到处爬着，自来水井旁边是自然溢出来的一片湿地，上面有鸡鸭在啄食。在闷热的夏天中午，淡淡的臭味弥漫了整个院子。一条狗呼啸来去，把鸡鸭吓得到处乱飞，鸡毛扑棱了一地。而厨房是开放式的，就在院子的角落，锅台很低，水缸、菜、面粉和其他一些杂物都随意摆着，鸡和鸭随时可以跳上去。

清道哥让我们看他准备的午餐，他已经下油锅炸了鱼块、鸡腿、青椒塞肉馅、小酥肉等八个荤菜，全是炸菜，吃的时候再烩一下就可以了。这是我们那里待客的最高规格。还有十来个做好的素菜、凉菜，只等上桌。我不相信这是他在短短一小时内弄出来的，他大笑："别瞧不起你道娃儿哥，做几桌子，待三五十个客还是没问题的。"前天这里还办了三桌酒席，是村里订婚相亲宴。父亲在一旁说："这可是你清道哥现在的大收入，要不是，他赌的钱从哪儿来？"

"从哪儿来?！"清道哥很不服气，"我有三个养鸡场，随便卖点鸡蛋，卖些鸡子，哪儿不是钱？"父亲回道："三个养鸡场，哪一个是你的？能得不轻，别看都是你弄的，现在你敢去把鸡蛋拿出去一个试试？"清道哥立马不说话了，过了一会儿，他赌气般的低声说："我今年也要多养点鸡。"

我这才明白一些，清道哥共有三个儿子，现在是三个儿媳，五个孙子孙女。儿子们刚结婚的时候，他把三个养鸡场分给了儿子，一家一个，不偏不倚。但是，为养鸡场的大小、位置的好坏，三个儿媳都对他有意见，相互之间也闹到几乎不说话的地步。清道哥，因为失去了对鸡场的掌控权，没有了经济来源，也就失去了说话权。经常被儿媳们白眼来去，也说不出话来。

后院是一个两层小楼，楼上楼下，共十二间房。清道哥很得意地告诉我，这都是他亲自设计的，三个儿子，一个儿子两间房，谁也不偏不向。但是，这六间房都是空着的，儿子们没有一个过来住。一方面是有矛盾，儿媳不愿意住；另一方面，养鸡场也需要人看，所以，儿子们的家基本上就都在养鸡场。清道哥盖的“城堡”显得空空荡荡。

虽然如此，清道哥仍然很自豪，他为儿子们办下了这家业。他让我和姐姐到后面大儿子的养鸡场去看看，顺便拔一些时令蔬菜。

养鸡场在通往河道旁的庄稼地里，刚走近那里，一股恶臭就随着风吹了过来。路边，是一个巨大的蓄粪池，这是养鸡场的副产品。蓄粪池上面有盖子，但是无法阻挡这臭味，清道哥说这鸡粪很值钱，附近有养鱼的抢着来拉，但不知为什么，最近来的人少了，粪积在这里，出不去。

说实话，这是一个不错的乡村养鸡场，有三四个大棚，是养鸡棚，鸡在长条形的笼里，喂的饲料和水都掺有防止生病的药物，下面的水泥地也被冲得干干净净。但是，外面的生存环境却让人无法接受，主人的房子就在这养鸡场中间，门口拴两只大狗，说是为了防盗。主人家的两个小孩在这片恶臭中玩耍，女主人在门口的水井洗菜，洗衣，又把脏水随手泼在鸡粪上，更加剧了臭的味道。清道哥所说的时令蔬菜也是种在这鸡粪上，踩上去，臭水立即渗了出来。我快快地逃了出来。中午，我还是吃了这里的“时令蔬菜”，好在还没有鸡粪味儿。

“城堡”的厕所建在院子外面的角落里，一个很低很小的土坯搭起来的小房子，要弯腰进去才行。门口用一个很短的塑料布遮挡，蹲下去，能看见里面的人，但这是家庭自用，所以一般不会在意这个问题。里面的坑池是用砖砌的，上面脚踏的地方也是两块砖垫上去的，当然，在这些砖的周围，少不了一些蛆虫的爬行。每去一次，姐姐总要感叹，厕所太脏。但在农村，这已经是好的了。回想起来，北方的村庄，最不堪的往往是厕所。每家房子的侧墙旁边都是一个天然的厕所，比较富裕和讲究的人家如清道哥这样才挖一个坑池。一般人家很少有意识，就是在侧墙的地上随便大小便，然后等着自然风干。童年、少年最惨痛的记忆莫过于下雨天，侧墙的地到处软乎乎的，都是粪便，找不到下脚的地方，脚尖踮着往里面走，总会踩上各式“炸弹”。这种情况，一般都是到家里有人结婚，或发生重大事件才会改变。而那些临着村中路边的家庭，低矮的、胡乱搭起的围墙与房子侧墙之间的那个空间就是一个厕所。行人往往可以看到蹲厕人的头部，隔墙说话是常有的事。而最尴尬的莫过于辈分有别的人路过，因为站起来提裤子是要被路边的人看到赤白身体的。对于一个刚成年的少女来说，那种尴尬更是让人终生难忘。

必须承认，一个已经习惯了城市生活的人，无法面对这样的厕所。城乡之间无法避免的差距，尤其是这种生活细部的差距也会导致离散的发生。

上午的饭菜果然十分丰富，有童年的味道，虽然觉得油太多，过咸，过香。清道哥讲了许多顺口溜，每一个都逗得大家哈哈大笑，创作力惊人的旺盛。因为来了客人，大儿媳和二儿媳就也来帮忙，很自然地分工，一个洗菜，刷碗，照顾灶台，另一个负责上菜，端盘子，负责酒桌与厨房的传递工作。她们基本上不和我们说话，目光对接的时候，也只是很快就闪过去，很少有表情。乡村女性的情绪在外人面前是不大显露的，包裹得很严，偶然来到的客人很难窥探到她们之间的内在关系，更找不出矛盾所在。实际上，一旦有矛盾，即使是最善良的女性，也会马上翻脸，毫不留情地吵架。而需要共同露面的时候，她们也会暂时共同出场，保持和谐的表象。

吃过午饭，茶水泡好。清道哥喝得半醉，本来紫糖色的脸更显黑红，眼神乱飞，不停地大笑，可见其开朗、豁达的性格。我让清道哥讲讲他的顺口溜故事，比起他谈乡村政治的情况，我更想了解这样一个曾经的乡村政治人物的生活、情感与其生命状态。

你说想听我说顺口溜，妹子可是笑话我了。这梁庄出个梁清道，喝酒场里瞎胡闹。载入史册可丢人，人家说你胡球顺。[1]

那二年交公粮，粮管所所长老二哥俺俩对劲儿，我上粮管所，可热闹。晌午一下班，就在那儿吃饭。吃罢喝罢，编个曲儿胡球出他洋相。我说，二哥，你这两天在村里影响不好，你都不听听群众啥议论。老百姓都在说，咱镇有个所长，交公粮开后门你算别（bái）想，交粮去了报杜南（村庄名），那是好坏都能过，要是报的是杜北（村庄名），好坏一样不吃亏。一报是梁庄，签子没拔就

1　胡球：随意，瞎编，一种语气修饰词。

不行。咋，粮管所地盘在杜南，你把那儿的老百姓都维持完，把梁庄人都坑完。所长听了脸直红，去，去，来了好烟好酒吸吸喝喝，走了还编个曲儿气我。

交粮时上面来检查，他一听算急了，上上下下胡指挥。我说，二哥，你说你不好巴结领导，我看你上午跑哩像个小张[1]，性质可不一样。他急了，你梁清道胡球扯，人家来了能不发根烟？这一听市长进了院，二哥出来赶紧喊金殿，麻利去给“拐子”说，赶紧停磅别出错。说，正收粮为啥停磅？懂个球，注意别叫他出问题，先把秤锤下面那坨泥抠下来。所长一听，气哩乱蹦说，去去，日你妈，你看你糟蹋多狠，还秤锤糊哩泥，下回来了凉水都不叫你喝，靠得[2]你老二哥，可会编。实际上，没那回事，在一块儿对劲儿，胡球出他洋相，出他鲜点儿。

后来金殿当所长了，那几个坏货说，可给新所长也编个曲儿。那有球编哩，“老崔退休换金殿，梁庄交粮超往年，过去交粮报梁庄，签子没拔就靠瘫[3]，今年交粮报梁庄，就没有剩下来一家儿”。一听可都笑开了，新所长表扬哩可怪好，不编不编，曲儿可出来了。是不是金殿就比前所长强？强啥强，胡乱出洋相，说笑话哩。

还有那年那电管站的事儿。人们都说：“工商税务是两只狼，还有一只老虎是电霸王。”村里抗旱大忙，变压器烧坏了，自己去买个新哩用，这可得罪了电管站的人。这必须得通过他们换，他们

---

1 像个小张：忙得不可开交的样子。

2 靠得：捉弄，戏弄之意。有脏话意味，但在乡村属于戏谑。

3 靠瘫：完蛋了。

能从中使私钱。站长说没有通过站上买，不给送电了。我去找站长说理，那个站长杨书敏说东说西，就是不给送。我说，你别说，你们是独家经营，不合理，别想着农村人对这件事不明白。“这管电哩下乡，村里招待都不一样，晌午只说招待差，下午生门儿[1]就停电，你这良心背不背。抗旱大忙巴结你，回头还是要停电，去问你们这为啥，看你下回招待还错不错。”那站长一听，气哩乱转圈，说：“是这，你先回去，回头就送电过去。”我就去找局长，局长也叫我先回去，说是回头给站长打电话。

我说，俺们回不去，老百姓拈着半截砖，在村头拦着，抗不了旱，老百姓只打我。一会儿想上县委去一下，看看这事咋个办？局长一听急了，拿起电话就骂杨书敏，不管啥原因，先把电通上。局长说，你走的时候，也给站长说个感谢话。感谢谁，那是他应尽的职责，感谢他干啥？还没走到家里，就听说，杨书敏在院子里气哩乱蹦！

家里的事就不说了，这清官难断家务事，我这支书干一辈子，家都没管好，你说窝囊不窝囊。

有人说我支书干一辈子，把梁庄也弄哩啥没啥。你说哩是球，群众楼上楼下，我要啥没啥。喝一肚子酒精，两手空空。这些年我胡球拾俩粪也能挣俩钱。

如果你出生在农村，又生长在农村，你会发现，在那些看似朴素、愚钝、木讷的脑袋中，常常蕴藏着惊人的幽默感。在午饭大

1　生门儿：想坏点子。

槐树下的饭场中，在茶馆闲聚的喝茶者中，甚至在上地干活打招呼的过程中，幽默、智慧无所不在。那不时爆发的、爽朗的、略带狡猾的、会意的笑声在乡村的上空回响，为沉默的村庄增添着一份份生机和活力。清道哥正是这样的人。

清道哥一口气说了三个多小时，谈起自己编的顺口溜，尤其是政治方面的顺口溜最兴奋。他把自己对乡村生活、乡村政治的理解几乎是以艺术的方式呈现出来，嬉笑怒骂，随意成篇。以这种民间方式表达对政治、政府的看法，幽默、诙谐，又暗含着抗争，并且更有力量。但是，在涉及具体人时，如现任支书、村长的情况时，做村会计的堂叔总是及时打断。在清道哥谈话期间，房间另一处的牌场已经支好，另外一个好像长期跟着会计的什么人早已候在那里。我们谈话的时候，他在外面忙来忙去，干一些杂活。这是非常熟悉的乡村场景，在支书、会计、村长家里，总是有这样的人在帮忙。

清道哥站起来，伸了伸腰，看看牌桌，摩拳擦掌，喝几口酽茶，又上趟厕所，做好一切准备。父亲已在一声声地催，在我们说话的时候，他小睡了一会儿，此时也是精神百倍。我知道，这一战至少要到晚上。

那一夜，父亲打到夜里 12 点，是哥哥叫了几次才叫回来的。父亲的身体已经不允许熬夜，他的牌瘾很大，一坐到牌桌前就不起来。但是，与清道哥相比，就不值得一提。父亲说他是“常输将军”，都知道他喜欢打牌，还常输，就有人设局骗他。他照去不误，照输不误。很有气度。

父亲给我讲了一个笑话。说是前段时间清道哥在家里和老婆吵架，又和三儿媳的亲家拌了几句嘴，上街卖鸡蛋，消失了好几天，电话也不通，他老婆把所有他可能去的地方都找了，就是找不到。就来找父亲，怕他想不开，万一自杀了怎么办。父亲一听哈哈大笑，说不会，道娃儿要是想不开，这日子就没人能想开。第四天，清道哥施施然地出现在父亲那里，原来到另外一家打牌去了，前两天赢，后两天输了精光，还欠下一些债。听到他老婆抱怨，清道哥指着他那长辫子老婆嚷道："我就是去卖个鸡蛋，你到处糟蹋我名声。"

田地里的昆生

乡村父女

# 第六章

# 被围困的乡村政治

调查结果显示：农民从集体统一经营中得到的收入 26.89 万元，人均 393.7 元；家庭经营收入 148.21 万元，人均 2170 元；财产性收入 3848 元，人均总收入 2607.55 元，人均纯收入 1989.39 元，人均现金收入 1495.54 元。至 2006 年，农民人均纯收入为 3647 元。

——《穰县县志 · 收入》

## 政治

尽管睡得很晚，清晨六点左右的时候，父亲就已经醒了，在院子里走来走去，大声唱着戏文：“胡凤莲，站舟船，表家言，悲哀悲叹，叫一声，田公子，你细听俺言……”，间或伴随着“咔咔”的吐痰声。清晨亮嗓，这是父亲几十年来的老习惯。这是一段悲哀的戏词，曲调很慢，如泣如诉，婉转悠扬，被父亲反复吟唱几十年，我们姊妹几个也烂熟于心，“俺家住在河岸边，母生下多男并多女，所生俺一女名叫凤莲。早不幸，老母亲把命丧，撇下了俺父女，以打鱼度过荒年。清晨起，老父亲到大街把鱼来卖，碰到卢公子买鱼不给俺钱。我的父一听心中不愿，卢公子赛虎拳，将我父两腿打断，然后间又重打四十皮鞭。我的父一股气儿未上来命丧黄泉……”

父亲一生热爱唱戏，他曾得意地说，在他少年时代，因为嗓子好，扮相好，差点被一个戏班子带走，还是因为爷爷坚决反对，才没有走成。在我的童年、少年时代，寒冷的夜晚，吃过晚饭，一家人早早地躺下，在一盏昏黄的油灯下，父亲躺在母亲的脚头，抱着母亲冰凉的脚，给她焐暖，我们姊妹躺在另外一张大床上，盖着破烂单薄的被子，相互挤在一起取暖。这时候，父亲开始悠悠唱起："胡凤莲，站舟船……"老屋的东间，父亲和母亲的床在后墙，我们姊妹几个的床在前墙窗下，窗外清冷的月光照进来，把悲哀与温暖也一同流到心里。这一场景成为我心灵永远的底色：凄凉、悲伤，但又有难以言传的温暖。

吃过早饭，在父亲一连声的催促中，我们开始了谈话。一个月下来，他对我的访谈产生了巨大的兴趣，不断指点我该去和谁谈话，和谁聊天，并追问我最终的思考方向。我让他谈谈他的政治斗争史，那也是一部村庄的政治斗争历史。

你说政治是啥。我这一生，没有当过官，政治却处处找到我。

六六年腊月，农村才开始"文化大革命"，老老少少都是红卫兵，打走资派。生产队里干部、大队部里的人都是走资派。干部吃喝风，也想起来把他们收拾收拾。官谁不想当一下，是不是？村里都说我行，就选我当"红卫兵组长"，后来是大队"文革委员"。村里有事，我也去斗人，斗保管梁光明，但我斗的都是实事，梁光明恁坏，早该斗斗他，打人，还贪污粮食。那时候，会计梁兴建急哩给我磕头。为啥事？写小红旗写反了，"毛主席"三个字成倒的了，实际是无意，人们说他是反对毛泽东。我还在床上睡着，到家就给我下跪，说是让我饶了他。六七年七月被"新文革"推翻了，村里又成立了一个新组织，说我是保皇派，保那些干部。开始批斗我，全都是胡整。

我这才到县城建筑公司，找你舅，让他帮我找个事儿干干。建筑公司几个年轻人成立了一个“七一兵团”，整老工人。老工人发现我坚持正义，就与我商量，成立了“八一兵团”，隶属于“摧资总部”。我是“八一兵团一号”，主要领导大家干革命。还有一个叫“八一八兵团”的，和我们对立。双方都打瞎枪，没有死过人。后来“八一八兵团”胜利，我又算站错队了，被打倒，又被“七一兵团”斗。我就跑了。后来那些人把我的材料送到乡政府，要给我判刑。所以才有后来我的反复逃跑。

六八年“二月黑风”后，与你五舅一块儿到湖北打棉花被套。六月份回来，又到建筑公司跟别人到另外一个地方盖仓库，算是潜逃在外。在这期间，无意间碰到一个村里人，我好吃好喝招待他一顿，让他回家别说碰见我，结果他回去就给“革命委员会”说了。当时，梁兴隆是民兵营营长，马上派人来抓我。我都来不及跑。把我捆住往回押。你外婆家是回梁庄的必经要道，刚好是七月，走到场里，人们看见我，对押我的人说，来喝个茶。趁这期间，赶紧把我藏到你外婆家里，他们找不着，给你外婆村的大队支书说，这里逃跑个反革命分子，大队支书也不管。你外婆村里人说，别再找了，再找就打死你们这些鳖娃儿。

我这算藏了起来，白天不敢回家，钻到烟地里，有时候坐在离村庄很远的树荫下，有时候跑到亲戚家。正是夏天，那热哩就是没处钻，特别是烟地，七八月间烟长哩正旺，都是半人高，把地盖得严严的，不透一丝风，早晨还凉快点，一到下午两三点，那真叫热呀。我晚上偷偷回去。那时，你三姐还不够一岁。春生看见了，报告到大队部。梁兴隆马上组织人去抓我，把王家路口、去菜园的路都堵住，这都是逃跑的必经之路。我从韩家到北岗那条路跑了。我才跑到公路上，就看见七八个红卫兵，他们在那里候着我呢。这下跑不掉了。

六八年七月初三正式被逮回家，那年闰七月。这我记哩可清，一辈子都忘不了。梁兴隆说，明天下午到晚上在学校操场上开批斗会，向主席汇报，说清问题。怕我跑，周围都布置有人，看着我。为啥下午开会，实际上是想等到黑，好打你。这你大姐都记得清清楚楚。把我绑到会场上，各个生产队的积极分子、骨干分子都坐哩满满的。二球[1]们坐在前头，梁兴隆坐在外边指挥，你原叔[2]后来跟我说，梁兴隆跟他们说打死你也不要紧。几项罪名，一是抢军火库，二是骂毛主席，三是支持刘少奇。都是叫人死的罪名。叫我跪，我坚决不跪。看形势不对，我就说，我实属人间败类，请上级做处理。实际错误我一点都不承认。李学平跟咱们还是亲戚，拿着语录本打我，把我头打流血了，浑身乌青。打的人都是积极分子，后来乱了，都打，也看不见是谁。我身上的小布衫撕哩一条条，被血染红了。回去路上，远远也有人跟，走到岔口那儿，看见你妈在那儿等我，看我浑身是血，哭起来了。你妈说我轧哩面条，你自己

---

1　“二球”：农村那种爱出风头，被别人利用的人。

2　原叔；父亲的好朋友，是另外一个村庄的人。和明太爷一样，是长时间在我家坐着的人。他们有时不说话，彼此沉默，但也不走，就那么坐着。原叔死之后，他老婆脖子长的瘤病变，就上吊死了。大女儿出嫁，二女儿一心想上学，每星期背着一袋玉米糁去上学，在镇上一家废弃的房子里做饭，一天三顿都是玉米糁，没有菜，没有油和盐。后来，也没上成。儿子发高烧后傻了，四处流浪，不知所终。有时会突然冒出来，到亲戚家或熟人那里要点钱，要碗饭吃。

做做吃，我出去一下。你妈去找着兴隆的妈说："五妈，你看在一个梁家，也没出五服的面上，你回来给我七哥说一下，别打哩太狠了。"刚好兴隆回来，五老婆儿就给兴隆说："当年咱们家不行，回来以后没吃没喝，光正家卖馍开油坊，也帮过咱们，光正这个事儿，你们看是啥就是啥，别打哩太狠了。"兴隆说："就是要打死他，好扬扬威。你别给我提原先的事儿，那跟我无关。"兴隆没有看见你妈坐在那儿，你妈气哩浑身发抖回来了。

第二天晚上又斗，这次是要定性。走到学校围墙那儿，就一大群学生娃儿，砖头瓦片往我身上扔。一到会场上，有人就喊，"打倒梁光正"，还是叫我承认。叫找证明人，编排很多事，说我在哪儿哪儿骂毛主席，编成个框儿。说梁光立们打墙，我骂毛主席，学生娃儿们都听见了。后来，会场把灯吹灭了，砖头瓦片都打在我身上、胸脯上、脸上，疼好几个月。这时，立娃儿他妈说："兴隆，你们说的不对，俺们打墙是黑儿打的，娃们放学天还没黑，咋能听见光正骂毛主席？这不对啊。"兴隆一听，不知道说啥好了，就说，待后处理。那夜算结束了。

后来为啥叫你们每年春节都去看立娃儿妈，就是这个事。大前年，立娃儿妈死，你姐还专门回去送了两百块钱，请了一盘响[1]。

这是六八年七月的事。打这以后，停了一段时间，这个人那个人找我了解情况。六八年年底，又要清理阶级队伍，大队部说，你可把你的东西弄清。六九年二月，我又是对象。从二月一直整到

1　一盘响：在传统的乡村丧礼上，去世人的至亲会请乐器班来吹唱，必备的是铜唢呐、锣、鼓和钹，也称为响器。

麦黄梢儿，把我关在镇上高中，粮食自己拿，集中去许家吃饭。清理几个月，啥也没弄清，又弄个待后处理。回去还不断找你。打过的就两次，批斗大大小小几十次。挂个牌子上面写着“反革命分子”“暴乱分子”。后来说是又要运动，安排重活让你干。六九年十月我带着你大姐跑到新疆找你大伯，腊月间回来。头天从新疆回来，第二天就被送到“治刁”水库干活，到那儿还被批斗。挖刁河水库说是疏通河道，挖沟改道，也没成功，到现在地也毁了，还没平。万幸的是，因为一直没承认错误，七〇年稍微松了点。

七四年春上。因为反对光杰、光勇、光明在村里横行霸道，三月间他们在咱们房后打我，打哩浑身是血。七五年烧窑。七七年咱们家盖房子，你妹出生了。

七八年才被平反。这一年又出大事。七八年十一月十五，梁兴隆把咱家门前的路挡住。左边你二婶们已经把路封住，因为咱们从来都是往右边走。你现在把右边路封住，连出路都没有了，不是让人没活路吗？我拿着榔头把墙给砸了。然后，就是打架。那一场架，你大姐、你哥都记哩清。我拿着菜刀，你哥拿着那个铁球，你大姐拿着铁锨。咱们家的铁球就是从那时开始立下汗马功劳。后来告到公社，公社书记肯定向着大队书记，说我是严重的反党分子，非给他斗争到底。我听说了，公社书记到哪儿开会我跟到哪儿，让他解决这事儿。最后他烦了，说解决解决，今儿就解决。就派副书记来解决。梁兴隆说，那叫光正来我这儿坐坐，我就把墙扒了。我说那不行，他来我这儿坐坐才对，他把我路封住，不让人活，咋变成我向他道歉。后来又说只让过人，不让过车，我说不行。七九年清明这件事基本告一段落。

我这个人就是好抱打不平。看不惯的事儿，就好管，人家叫我“事烦儿”。“吐故纳新”的时候，重新选村干部，梁家几门之间斗得厉害。梁光望是咱一个门上的人，属于“纳新”对象，为保护他，我早上跑晚上跑，找乡里工作组。想着是家族的事，是一种义气。没有人感谢我，你妈说：“人家老欺负咱，快整死你了，你还跟人家一势，有没有脸？”你妈那次真生气。回你外婆家，我去叫了几次才回来。

八〇年九月十六，你妈生病。因为浇地，兴中把咱们的地浇坏了，你妈和他们吵架，兴中把你妈推倒在地，手也弄伤了。你妈连气带摔，中风了。那年你妈虚岁四十。

然后就是开始背着你妈到处治病。

父亲提到的很多名词，“统购统销”“二月黑风”等，我都不甚清楚，但是，父亲却自然地提起，可见当时政治对普通老百姓生活的巨大渗透，只不过，他是以一个“破坏者”和“批斗对象”参与的。想象着父亲为了躲避被抓捕，坐在一眼望不到头的烟地里，一坐就是十几个小时，四周一片寂静，炙热的太阳直照着他。那是怎样的心情？他如何度过那漫长而又饥饿干渴的酷暑？从整个村庄来看，六七十年代的政治生活席卷了整个乡村，但是，其内在的逻辑、心态及操作方式却与标准的政治有着根本性的不同。村庄内部的家庭恩怨、权力斗争、人情近疏都参与其中，它决定着批斗者的心态及被批斗者的命运。最终，对父亲的批判定性被一个老太太最经验性的一句话给否定了，也恰恰显示了这场斗争内在逻辑的荒诞性。

作为一个“不安分”的乡村老人，父亲经历了，也参与了中国的当代政治历史。虽然没有惊天动地的大事发生，但政治，却切切实实地影响着他的人生和家庭。他好斗和“爱管闲事”的性情，母亲和一家人是最大的受害者。父亲的批斗史也是我们一家的受难史。母亲的生病与早逝除了自身身体的原因，跟长年的担惊受怕有相当大的关系。但当我们指责父亲因此伤害了母亲，他会非常愤怒地骂我们，认为我们太自私。近几年虽然有点“晚节不保”（父亲终于在村庄的权力层面获得了认同，颇有点得意地出入于新旧支书家里，享受着大家对他的礼遇），然而，一遇到什么不平事，如村里的财务问题，哪一家被欺负，不管是不是村里的、认识不认识的，他的“活力”马上回来，像年轻时代一样，替人家到处奔波。

在我的记忆中，父亲经常在为别人打官司。不管什么时候，家里总是一堆人在商量事儿。我上初二时，为帮一家人打官司，那家姐弟在我家住了几乎两个月。那时候，家里基本上是吃了上顿没下顿，母亲还瘫痪在床，父亲生意也不做了，和他们一起去跑，找法官、托人情，和村里几个要好的在一块商量。最终，官司也没赢。提起这件事，父亲又骂起来，这不管能行？这些人都坏到底了，没人治他们会行？这是几十年来我们经常听到的话。

父亲始终不承认，也不认为他的这些行为有什么不对。但如果脱开“父亲”的身份来看父亲，我清楚地看到，也正是父亲这样对“政治”充满热情的人，那些乡村的“刺儿头”“事烦儿”“管闲事”的人，维护着乡村道德与正义的均衡。他们扮演的通常是乡村知识分子的角色，有一些见识，对权力、对欺上压下有一种天然的不满，自觉地打抱不平，拔刀相助。

## 老支书

梁清道，梁庄的前任支书，五十七岁，长着一张宽阔的、紫糖色的大脸，眼睛里总是闪着狡黠的光。一个自学成才、优秀的乡村厨师，一个运筹帷幄的乡村政治家，一个出口成章、能随口创作顺口溜的乡村能人，一个无可奈何的公公，一个狂热的赌徒。

我让他讲一讲梁庄村这三十年的政治和权力运作情况。

农村政策变化可不一样，前进就在这十五年。原来有个顺口溜能说明情况："队长对队长，走路咔咔响，会计对会计，穿着蓝卡其。队长有权，会计有钱，撑死保管，饿死社员。"现在年轻人，你看人家脑子有点儿差，出门就把钱抓。出门打工不中用拿个万儿八千，中用的挣个三万两万。我埋怨自己退哩不早。前几年我退了，领导照顾，让我们家大娃儿也当个村干部，算擦擦我脸上灰。干这几十年，只差把世上酒喝完。日他妈呀，想想差般[1]至极。你说有没有退休工资？有，可有，说出来不怕你笑，你问问他们正干着的多少钱，二百块。我退休，一个月六十八块钱，再加上保险，一共一百一十六块。

经济大包干，乡村可完蛋。如果还是大包干的话，到最后肯定没村干部了。咱们这个行政村共二千多人，一人一年顶百十元，每年需向乡政府交二十八万元。特产也要向老百姓要税，种辣椒，烟叶都要交钱，村里的开支还是从老百姓再要。民办老师的工资、

---

1　差般：傻，脑子缺根筋。

办公费、招待费都是从土地上提取。没有企业，一切来自土地。一亩地来回报税，不然不够村集体开支和上缴。刚开始是谁种地谁掏钱，后来不种地，你名下的地也得每亩交五十元。有许多家两口子出去打工，干脆不回来了。村干部去要，村民也有抵触，极端的情况就是发生冲突。那时候干群关系最紧张，真是一步步恶化。在村里能给群众说通了，知道这是政府的事，与干部无关；说不通，还有的搭车收费。群众最恶心干部，说，你们除了要钱，还能干啥！特别是九七年以后公办老师工资也让基层发，乡里又摊派到村里，老师罢工，村民闹事，乡干部也是急哩贷款，去借。政策再延长两年，出现啥情况还不好说。

现在是村村都有外债，多哩，都有几十万，主要欠在提留款和超生罚款上。提留款从来没收齐过，都是村里垫支。超生罚款按人口比例交钱，咱们村每年得交三四万，可是村民常年在外，根本不回来，这也得村里垫支。老百姓也会笑话人，称村干部的工作“催粮要款，刮宫流产”，听着咱这老脸也是挂不住。

这些主要依靠民间借贷，银行绝对不借。一分八，二分，高利贷，收提留了再还，导致村里债务越堆越多。有些信用社也想贷钱，知道这情况，不贷给集体，必须以个人名义贷。支书只好以私人身份去借贷。几乎每个村都是干部自己抓、借、贷，来完成任务和应付开支。干部背着债，不想干也不行，干着，还能生办法还；不干，这债全成自己的，那还活不活？有个村支书最后一年借不来了，选举时被选了下去。他对乡党委书记说：“书记，你要是不让我干，我上吊在你门口。”

我自己是坚决不背债，收上来交，收不上来不交。咱们村里不欠钱。我派给生产队，队里抓，你生办法完成。到季了地卖了你再交。土地霸住，一亩地一百块，你交了让你种地，不交，不让种。

咱们村是穷村，别的地方争一个村长花几百万，咱们这个地方是没人干。农村的穷队，要啥没啥，干有啥用。选举是三年一届。民主是民主，早晚民主都是集中制。村民委员会也有，成员也写在墙上，选举的规章、制度都有，但只是摆设。不是这制度不好，村民自治肯定好，问题是，治谁呢？年轻人都出去打工了。在外打工的人根本不参加意见，选举给钱都找不来人。咱们行政村共两千多人，连两百个人都叫不到，开会只算走走过场。经济社会，农民一切扑在经济上，争官干的意识并不强。老百姓靠打工有点钱，集体是个空壳，所以也没人争。有些村开会比较积极，想参加选举的人自己掏钱，把在外打工的喊回来。那是因为有利可图。也有些村别说选举了，干脆就是没有人当，当个村支书还不如出去打工呢！

不过，话说回来，大多数人还是想当，能占点儿小便宜，也是个政治荣誉。算是承认，你是个能人。那全是虚荣心。有人说："道娃儿，你村支书干一辈子，把咱们村弄哩啥没啥。"我说："你说球哩，群众楼上楼下，我要啥没啥。这些年，我胡球[1]拾俩粪也挣俩钱，现在是喝一肚子酒精，两手空空。反过来说，楼上楼下跟我支书也没关系，那人家都是出门打工。不出门打工，那还不中，在屋光守二亩田，吃饭都艰难。"

1　胡球：随便，瞎说。

说到自己的穷苦，清道哥显得很激动，父亲在一旁大笑说："你娃子别能，说哩你好像受屈了一样，你不当村支书，你能在公路边盖那一处房？你养活仨儿子，还办养鸡场？就别在这儿摆穷了！酒你没少喝，赌你也没少来，你输的钱都是哪来的？"清道哥是我们一个门上的，还没有出五服，平日里父亲和他对话都是连说带骂，毫不客气，见清道在我这里撇清，父亲早就在按捺不住了。

这我也承认，是沾点儿光。不过，我干的时候，镇上食堂一般不去，减少开支，村里穷得不得了，你再胡吃，那还行。谁对口有啥事，哪一天哪一日为啥事，月底报销，一样样审核。不管在家里招待，还是在食堂，规定多少报多少，超一部分是自己的。我每天都记账，流水账。今天在干啥，跟谁在一块儿吃饭，都写得很清。

我当官的经验是，群众通情达理的多，不论理的也有，凡是有问题，首先从干部自身找问题，别先找老百姓。老百姓百分之九十都通情达理，是你干部没说到。那年交公粮，有些群众拒交，我跟去三天，三天嗓子说哑了。有些群众有怨言，借交粮可找着机会说说。能解决的我给你解决，解决不了给人家解释清。但是，交公粮是国家的事，该交粮交粮，随后再处理。借交粮胡闹，总归是不对。后来，村里人都说，早像你这样，俺们咋会不交粮，该解决解决，该说清说清，有啥说的。

现在的国家政策，对老百姓是够点儿[1]了。种地给钱，越补越

1 够点儿：很好。

多，补七八十，土地咋能荒？乡、村两级不向群众要钱，并且国家补贴，群众对上没有任何经济负担，收成好了多收点，不好了少收点。现在的村干部的职责很简单，一是宣传党的政策，处理计划生育任务，宅基地，治安，民事纠纷；另外，村支部生办法引导群众致富，过去的干部逼着要钱，现在也变成服务型。一家一户办不了的事，村支部帮助把事办了。

有人说现在的农村新政策，根本不需要村干部，干脆取消算了。这绝对行不通，就现实来说还是不适宜，如果那样，农村的老百姓就真成了一盘散沙。政府与农村肯定有间隔，具体的农村纠纷上面政府解决不了。一是不了解情况，村里的人际关系都很复杂，谁家跟谁家，有啥来龙去脉，外人一点都不了解，很难处理；二是真假难判。乡政府不可能直接进入农村。把这层取消了，下面的群众不成集体了。村里精简人可以，但机构不能取消，等于断线了。一个村千百户，政府直接工作到户是不可能的。上面任何工作都无法开展。

咱们这任县委书记，我是真佩服。第一次开三级干部会，我听罢下来说，妥了，咱们县有指望了。干哩都是实事。人家开会，会场掉个针都能听见，台上台下，鸦雀无声，理论联系实际，土洋结合，深入浅出。说个笑话，别的书记开会只想睡觉，都是套话，没意思，人家开会连解手都不愿去，怕有些话没听见。

我熬了五任县委书记，都没人家的水平。新官上任，不办事可有差，没考虑成熟，一办就岔气，劳了民又伤了财。过去各任领导都要搞项目，那年种苹果，公路两旁挖得像战壕一样，结果一个苹果也没有。还有“书记工程”，各乡都在自己的地上圈个院子，搞项目，脑子一热，不根据实际情况，强压硬办，逞能的浪费百十万，窝囊的浪费几十万元，最后长哩全是荒草。

现在，搞杨树经济，我觉得可靠。领导开群众动员会。我说，个人感受，两句话：有脑子种上几亩杨，十年之后强似小油坊。过去领导都搞特色，最后都劳民伤财，一穷二白。我种十五亩杨，一年一棵树能长一寸，就长八寸粗，几丈高，就按四百块钱一方，一棵树半方，二百块钱，一亩地五十四棵杨树，那有多少，你们自己算了。比你养儿强。你就是养个好儿，他能给你回报多少，孙儿往家一留，年下回来，给你三五百元，你喜哩不得了。不回来一个电话可给你老汉打发了。回来了不是想他爹想他妈，主要是娃子留在家。手里没有一分钱，孙儿都不往你身边跑。手里攥有四五万块钱，也够你养老了，不找娃儿们麻烦。现在废地种几棵杨树，你老了也安排好了。这个项目，我支持，绿色银行。

国家政策变了之后，最起码不存在荒芜土地。有本事打工在外致富，没能力在家种地也不受作难。总的来说，国家政策好，给农民带来好处，给村干部也带来好处，干群关系也好了，除了给村里办好事，不用登门要钱。这一政策过去从来没有过，开天辟地。现在纠纷也少了。

国家只要强大，政策就会长远。好的政策，群众信任共产党，党也有凝聚力，说明国家越来越强大。现在老百姓确实得到了好处。国家号召啥东西，老百姓也愿意支持。

肯定也存在问题，再好哩社会、再完美的政策也有问题。那远程教育好是好，给你个电视机，往大队部一扔，算是回了老家。就是你办，也没人去看。岁数大的在家种地，看孙娃儿，忙哩头都抬不起来。不出岔子还怪好，一出事就完了，爷奶承担不了。你五奶奶现在一提起来她那孙子，还是哭。娃子们都是爷爷奶奶看，留守儿童，管不住，没有几个想上学的。村里人精神涣散，死气沉沉的，现在村里死人，得找两个队，抬棺人才能找齐。这都是问题。

但是，都不急，国家也得慢慢来，恁大个家，也不是一天两天转过来的。

其实，在梁庄，清道哥并没有很强的根基，他父亲是个老实人，一辈子没上过台面。上任支书梁兴隆下台后，村里族人不愿意他儿子再当支书，硬把清道哥弄上台，谁也不得罪，谁也没话说。上台之后，清道哥显示出自己的奉献精神和从政才能，各方面关系都处理得挺好，对待父亲和老贵叔这样的“老刺头”，尊敬有加，时不时请他们吃个饭，商量点事儿，把几个老头儿哄抬得晕头转向。把兴隆儿子安排成村长，又把老保管的儿子任命为治安主任，也算让他们“世袭”了。清道哥在说到这个词时，很得意。村里普通群众虽然有意见，但是，因为这利益他们从来没有得到过，不知道它的好处到底是什么样子，因此，私下里议论议论，再加上清道哥的“清廉”，也就没什么大动作。

几十年来，国家对乡村的政策一直在调整，中间经历了非常艰难的时期。现在，政府对农村进行全方位的改革，并且，加大了投入的力度和广度。从表面上看，国家与农民、干部与群众的矛盾减轻了，但是，却也遮蔽了许多本质性的问题。譬如民主程序、村民自治，虽然已经喊了三十年，但是，对于中国一个内陆小村庄来说，它们依然是很陌生的、概念化的名词。政治、权利、民主等词语距离他们还很遥远。国家、政府与农民之间缺乏根本性的互动，一种建立在理解、尊重、平等基本上的互动。在这三十年里，农民非但没有成为主人，反而成为民众认知中负担、黑暗、落后的代名词，是现代性的负面和现代化改革的主要阻力。乡村人口的超高流动性是民主政治无法推行的重要原因，家庭的主要成员长年不在家，对村庄、对土地的感情越来越淡漠。出门挣钱是第一要义，至于土地，它不再是农民收入的重要来源，不再是“命根子”。无论政府怎么折腾，无非就是要税或不要税，多要税或是少要税，不足以形成一种巨大的牵制力和回望力。与此同时，作为一个基本的生命单位，村庄并没有生产能力、没有建设项目，也没有凝聚力吸引它的成员，使他们成为自己的有机组成部分。

## 现任村支书

想着和村里现任支书见面应该是很容易的事，但是，回来一月有余，却一直没碰上面。问起老支书，老支书只摇头，说过去的村支书天天在村里转，现在的村支书是天天不知道在哪儿转，反正是上面，不会朝下面看一眼。这天，到乡里了解一些情况，中午吃饭说起这件事，乡党委书记说马上安排见面。不一会儿，去的人回来说村支书正在镇上喝酒，据说是调解村里的宅基地纠纷，花了很大工夫才把双方当事人叫到一块儿，他这个中间人不能走，否则，事情就又得从头开始。乡党委书记并不生气，好像对这样的事情习以为常。等了有一个小时左右，我们的村支书韩治景，进来了，略有点醉意。看见乡党委书记在，半开玩笑地打了个招呼，一看便知关系非常好。看见我，很惊讶地大步上前和我握手，连连说：“从你哥那儿早就知道你回来了，还说啥时候一块儿吃饭呢。”具有很强的表演性。

韩治景，四十岁左右，瘦长身体，穿着白色短衬衫，一派文弱书生的样子。眼睛不大，但闪着精明，透着官场里的老练和圆熟，说话非常干脆。接任村支书已有六年。先是做收购粮食生意，现在也兼营修路、修桥，有搅拌机多台，主要用于出租。

其实说这些，估计你也大致知道。不说大的行政村，光说咱们梁庄自然村，各姓全部加一块儿，共一千三四百人，三四百户，人均（耕地）不到一亩。经济方面，主要靠外出务工。啥企业？有俩私人砖厂，从挖土烧砖变成石灰砖。韩家云龙有个养猪场，前几年养背时了。这几年政策好，行情好，老母猪投保险，保险六十块，个人拿三十块，政府拿三十块，最后，保险公司能赔偿千把块。户下散养的有四十多个。都是喂饲料，喂草太慢。没有闲人去割草。为啥养猪少？一家完全投入养猪划不来，老人还要照顾小孩，所以尽管有补助，还是养的少。

咱们现在不是杨树经济吗？村里河滩地种有六七百亩，我也种五六十亩，最粗已经二十四公分，年年上化肥，一年一棵树投资得二百五十块，我觉得收入与种庄稼一样，只不过是最后弄个总疙瘩。十年以后，按现在的发展，能卖三十万块。把投资去掉，能挣十万块钱。也就是个定期存款，有个养老钱。

现在种地基本上已经机械化，就这，种地的人还是少，农村劳力已经习惯出去挣钱，很难回来。现在种地国家不收税，还补贴钱，是好事，但不会形成你说的返乡潮，那点钱够啥用？想盖房子、孩子交学费，还得靠出门打工。但也有新变化，就是原先让给别人的地又都要回来了，种些简单的农作物，能收多少是多少，反正不用交钱交粮，多少都是自己的。

按我分析，将来还得走集体化道路，集体化要比散化好，一人一点地，太过分散。集中种，成本降低，劳动力也减少，大型农机工具也能够充分利用。

咱们这儿的人还是没那个做生意头脑。挣了钱回来，存在银行里，等着有一天盖房子，只怕钱没了。在银行存款很多，盖个闲房子，没人住，又扔那儿不管了。南方产品丰富，市场发达，家家户户都可以加工，有可能去组织做生意。几个年轻人在一块儿打工挣点钱，商量着做个啥事，赔了算了。咱这儿根本不行。人心不齐，还没干出名堂呢就闹意见，凡是几家合伙的，开始可好，称兄道弟，到最后没有不结仇的。也有攒了不少钱的，不愿再出门，想着干个啥，可东看西看，下不了决心，怕赔，最后，还是出去了。

现在最难干的是村干部，村里没钱，社员的钱还不能少，譬如说种杨树，每个村有指标，让支书亲自抓，月底报账，村里垫了三万多。事是好事儿，可是一成硬性指标就坏事了。说是只在田头沟渠种，有些村为了完成指标，也为了省事，就把耕地给毁了，强迫人们种。好事变成坏事了。农村当干部就是落了一个政治荣誉。村级干部就是奉献精神，咱们村修“村村通公路”时用了几十个人，都要工资，我只好自己垫。图个啥？

农村工作，按书本上干，按条例干，肯定干不成。在法律政策范围内，各种方法都有。生产队干部，工资就三四十块，我是一百六十八块钱，全凭人情干。干部在村里必须有一定的办法，像分地，你正经去分，你弄不成，就得连骂带哄去弄。也有派副乡级来，都站在边儿上，不上场，一个月都分不完。这也是你们说的基层经验，农村经验。就说今天中午，为啥吃？就你们梁家，前一段下大雨，宅基地石块被冲走了，弄不清，两家打起来了，谁都说不通。只好去做工作，由队里去设场请吃饭，找村里会说话、有威望的去说和，各自让一步。没三两场饭肯定不成，农村这些事都这个样。老百姓凡事爱挑个理儿，你想让他信服，必须看是谁说他，得是那个人，否则，能说成的事也说不成。有时候吃饭也闹事，本来说得好好的，一方夸口说外面有人，另一方一听，你有本事你找人呀，我还不让你了，不信你能把我弄到监狱里。这下好了，前功尽弃。

农村宅基地纠纷是常事，老是有新规划，但是落实很难。按规划盖，如果占住你的老宅基地一点，只有两家协商，协商不成，没有任何办法，新的规划很难实行。说是拆旧建新，都是建新的，也不拆旧的。现在老百姓是爷，反正我就是这个样！眼看他是错哩，你能咋办？领导又有任务，你又得完成。当支书是光荣，谁家有红白喜事，你可以坐到上座。可你要是不随礼，算你完了。来家里坐的人每天都一群一群，烟茶都供应不起。有时，我都想躲起来，也是癞蛤蟆支床腿，强撑硬劲。村支书就是那出力不讨好的角色，不是有人总结了吗？怎么说来着，“走南闯北不理你，手里有钱不甩你，遇到事情他找你，事办不成他骂你，心里生气他告你”。

农村这事儿，会整的还轻松点；不会整的，累死了都没人承情。

还有就是抓信访，也难死人了。他告哩对了，咱们管理；有些眼瞅是瞎告、胡告，也得领回来，回来还得当爷敬，下回他还去。光这一摊事儿，村里、乡里、县里得花多少钱，这，咱们书记最清楚。要我说，领他干啥，叫他告去，有理走遍天下，怕他告干啥？怕他告状本身也说明咱有问题。领回来敬起来，问题就解决了？他是人，长着两条腿，你能管住他？我觉得，这方面政策有很大问题。必须得解决，不解决要出大事。

现在公路"村村通"是好事，可也有麻烦。咱村里修那条路，也是国家出一部分，村里一部分，个人再出一部分。有些家住得远了，不走这条路，不愿意掏钱，扣他地也不愿意哩很。主路现在已经弄完了，也是不配套。还是明下水道，夏天，一下雨，还是蚊子一大堆，臭哩不行。叫整的事多哩很，关键是没钱。国家拨的钱都是少量的。啥事都需要关系。好在是通过关系能要来一些钱，这才修路、筑坝。不过话说回来，国家能有这方面规划，这已经强多了。

你说梁庄下河那条路卖的钱？我知道有人在背后说，我也不怕啥，反正没落我自己兜里一分钱。那条路卖了十七万四，让他们走大型拉沙车，沙厂人也高兴，咱们也得钱了，大车容易伤害路，一旦压坏，可以修。剩下的部分还可以拿来修村里的路，这也是好事。村里人只看到收入的那一部分，没看到支出的那些。

现在水利上也有好些补贴，农综开发，国家的钱专项管理，我又跑县里要来一些项目，打些井，盖个电房，大配电盘，把高压线拉到井边，浇水，磁卡计费。农田灌溉率达到百分百。项目是拉来了，专款专用，我自己还得贴烟钱。现在，农村成年劳动力，百分之九十多都在外面，这两年粮食贵了还有人种，但是回来的还是少。政策是好了，但是那点钱给他也不起啥作用。要不要无所谓的事。

我个人想法啊，不知道对不对，农村搞新农村建设，光补助这一块，四五十块加一起，能办些大事。现在既然国家往下发钱，咱们整个村，按现在的补助，两千六百八十四亩，能发十来万元，集中在一块儿，能办很多事，譬如修路、弄水道。这比发给个人强。

说一千道一万，关键中国大了，农民多了，没招。

在和村支书交流的过程中，乡党委书记偶尔也插几句话，主要目的是阻止村支书说出一些违背政策形势的话。譬如说到信访的问题，村支书认为目前的信访政策很有问题，还没等支书的话说完，乡党委书记就插言，那些信访的多是老油条，为芝麻大点儿的事成年累月告，精神都有些偏执了，你给他咋解决他都不满意，想借机揩油。我并不完全反对乡党委书记的话，他在实际工作中应该会碰到许多案例，但是，他那种轻蔑的、轻视的态度却让人无法接受。而村支书虽然因乡党委书记的阻止而及时改变自己的话语倾向性，但却并不是绝对的唯唯诺诺，有一种隐约的平等在里面。

这使得我对乡党委书记和村支书的关系很感兴趣。从村支书一进屋两人的寒暄，玩笑话，可以感觉出，他们之间的关系并非只是一般意义的上下级关系，几乎类似于江湖兄弟，具有很强的民间意味。在中国的政治体制中，村支书一级是非常模糊的政治身份，他们不属于国家干部，可以随时变回农民，但是，他们又承担着落实国家政策的重大责任。“村支书算不上是个‘官’，却是个一方大事小事都会有人找的‘大人物’。”村支书虽然仰赖乡党委书记才能担任这一职位，但是，他真不想干了，后者对他一点办法也没有。对于乡党委书记而言，他虽然能决定村支书的去留，但却并没有绝对的权威，因为村支书并不能因他而升职。要想让村支书比较听话，下力气去执行命令，还得依靠另外的东西，即民间场域里的一些文化方式和某些利益方面的许诺。这种民间约束力应该说是非常不稳定的。一旦一方不能达到另一方的要求，即有可能失效，并产生变数。

村支书一直在诉苦，这当然有美化自己的倾向，但是，改革开放以来，乡村的村支书不好干也是个实际情况，上面要通过他们来完成政治、经济任务，农民有怨气、有问题也要找他们来解决，若非有一定的手腕与势力，或依靠宗族势力，是很难有效完成这个任务的。“上面纵有千条线，下面也要靠村支书一根针。”当我这样给我们的村支书讲时，他非常激动，好像找到了知音，进一步讲述了自己如何为村里争利益，如何为村民排忧解难的难处。

当问起国家对乡村村支书的新政，譬如让村支书也进入行政序列，可以有行政级别，拿公务员工资等政策时，还没等乡党委书记回答，我们的村支书就叫起来:“哈，那也是个形式，一个乡最多一两个，基本上都是那种富裕村，或者是镇上的村子，根本轮不到一般的村支书。”我这才知道，在吴镇，只有镇北的村支书当上了公务员，也是通过重重关系才实现的。当我们的村支书这样夸张地表达自己的不满时，乡党委书记只是微微笑着，并没有表现出特别的不满，或特别去阻止。那神情，就好像一个江湖老大在看着自己的小弟耍酒疯，既是一种亲密关系的认同，同时，也是地位身份的强调与清晰化。

晚上回到哥哥家，和父亲、哥哥谈起对村支书的印象，哥哥说:“这货就是敢干，有霸气，敢拍板，敢花钱，会走关系。”父亲非常愤怒，“呸”的一声朝地上吐了一口唾沫说:“说哩可是，拿住老百姓的钱不心疼，可劲儿花。别听他在那儿表扬自己，有恁难，那他咋还干恁起劲？”说起这些时，父亲的脸都涨红了，青筋往外努着，“村里民愤大哩很呢，我和你老贵叔那天还在商量，非把他拉下台。有他在，梁庄好不了”。这个倔老头，保持着一贯的民间作风，对村干部总是有挑剔。

但也可以看出，即使村干部真的为村庄出了很大力气，费了很大的心，村民并不领情，因为，在村庄里，他们仍然享有特权，并且在这特权中谋了私利，就像某些政府官员一样。这一点如果不解决，中国农民与村干部、政府之间的矛盾仍然不会得到根本性的解决。

## 县委书记

我的乡村调查得到穰县县委书记的大力支持。在与他的交流中，我对国家许多政策及宏观的现代乡村政治有了一个基本的了解，也使我的调查及思考有了多个层面和多个角度的视野。

县委书记最早是乡村民办教师，是一个具有人文气质和知识分子情怀的学者型官员，对中国县域经济有独特的认识与思考。因从基层一步步干上来，对乡村问题、政策与民生之间的矛盾都有非常独特的体会和见解，也敢于发表自己的看法，具有中原人特有的文学情结和励精图治的抱负，从他的言谈和治县方针中，可以感受到他想改革乡村现状的愿望与决心。我听过他的工作报告和在学术会议上的报告，是难得的一个不讲空话，具有思辨意识和现代观念的领导。他的城区改造、生态经济、村庄整治以及“四加二”工作法，不但改善了整个穰县的外在生态环境，提高了农民的参政意识，从最根本上讲，也使得农民的生活观念慢慢走向现代化。但是，现实的积弊太深，每一种想法落到实践上，都有种种的变形，这些都使得他的许多想法被架空。许多项目、设想、规划在各种力量的牵制下，会变得面目全非。但是，县委书记是一个非常坚韧的人，按他的话说，一项一项、一步一步地做，总会有效果。

为了使问题及内容清晰化，我以问题的方式把他谈的主要内容呈现出来。

作为一个长期在基层工作的干部，您怎么看待改革开放三十年来国家的农村政策及农村问题？

毫不夸张地说，中国农村在发生一个大的转折。从整体上看，中国的改革都是从农村开始，这是以分田到户为标志。生产队的集体性质，大队、人民公社的体制被基本摧垮。文学作品中浩然的《金光大道》是人民公社“一大二公”体制的最典型代表。

八十年代，具体说在八三、八四年，农村生产力得到极大的释放，人们普遍能够吃上白馍。中央先后发了三个“一号文件”，解放了农民，调动了农民生产积极性，说也奇怪，那几年老天也帮忙，风调雨顺，年年丰收，农民基本没有什么负担。后来，一些问题出现了，原来在集体时期的公共设施慢慢被毁掉，过去集体的水利设施、拖拉机，都卖光了。接着国家开始提出发展乡镇企业，允许小商品生产、提高粮食收购价格、发展个体私营经营，进一步强调完善统分结合的家庭（联产）承包责任制等。统分结合：统，土地是集体的，所有制的性质不能变；分，就是土地承包到户，家庭经营。从实践效果上看，不少地方统的功能减弱了，分的功能强化了，小生产者和大市场的矛盾日趋增多。在这期间，发生了许多有影响的事件，比如山东蒜薹事件，还有化肥厂倒闭，最典型的事件是洛阳拖拉机一段时间卖不出去了，人们一下子蒙了，找不到方向。

八十年代可以说是农村政策的过渡期。八十年代中后期到九十年代末期，邓小平南方谈话之后，国家市场经济逐渐形成，产业结构、就业形势，发生变化。前面整个时期是以“土”为主，现在是以“出走”为主，整个社会出现了大动荡、大变化。出门打工挣钱带来家庭结构的小型化与分散化。

九十年代，农民负担日趋加重，主要是“三统五筹”：三统，指工资、公积金、公益金；五筹，指修路、计划生育、农村教育、民兵训练和统一防疫。国家规定，农民人均收入的百分之五上交，为了解决统分结合的“统”字。规定农民的七个义务工、十个积累工。后来，为了变通，提出“以资抵劳”，结果是，农民又出工又出钱。还有农业特产税、生猪屠宰税等，这都给乡村干部提供了向农民要钱的借口。乡村干部的权力越来越没有约束，很随意，农民负担被层层递加。那几年干群关系矛盾极其尖锐，全国各地每年都发生因乡村干部收缴粮款，农民或喝药或上吊死亡的恶性事件。农村的情况愈演愈烈，不少地方发生群体性对抗事件，或者干脆外出跑哩你找不着。

整个九十年代是农民负担逐渐加重的时期。2004年我刚来，调研之后，发现县里有十几个乡镇承包田没有落实，地分不出去。老百姓说，一到种地的时候，村支部书记临时卖地，一亩地一百二十块，谁种谁掏钱，大多数人不种，不种地可以不交钱，还可以出去打工。我到乡里做调查，一个五十多岁的妇女拉住我的手说："书记，我们再种地，就种到监狱里了。"她说："你想，我们这儿地多，一个人三亩地，一亩地要上交一百五十块钱，三亩地得四百五，五个人得两千多块，还不说村里像割韭菜一样随时要的钱。要是没钱交，村支书就把我们的印章没收，瞒着我们拿到信用社去贷款上交，签我们的名。贷款到期，我们也还不起，信用社就到法院起诉我们，这时候，法院、派出所的人就拿个手铐一晃一晃来了，要不还钱就把人带走。这不就是种地种到监狱里了吗？"所以，农村一段时间内有很多撂荒地，种地赔钱，谁还敢种！

1992年开始到2002年，整个农民负担到了矛盾极其尖锐的时候。一边出各种条令收钱，一边又三令五申减轻农民负担，相互矛盾，每年都发生一些恶性事件，追究一批基层干部责任。当时一个省领导来视察，我提出自己的看法，应该反思一个问题：为什么全国的基层干部都犯同一个错误？从东北到海南，从河南到湖南，为啥基层干部会和群众形成对立？乡村干部也是和村里老少爷儿们一块长大的，也有感情，不是天生的南霸天。如果这个不转折，那是天也没门。说老实话，这个时期真正对农民利益有所保护的，是那种落后的干部；那种老得奖的，肯定是对农民逼哩狠的。

现在看来，九十年代，农村政策是很不成功的。三农问题像一个到站的火车，喊得响，走得太慢，文件很多，不管用。农民负担不但没有减轻，反而日趋加重。

2002 年开始提出税费改革。当时我说这个事弄不成。因为按中央有关部门原来的设计方案，基本上是“这一窝水和这窝泥”，你的所有收入管所有支出，像咱们这样的财政穷县根本不行。当时民间有一个顺口溜：四大家带着公检法，为收四毛八（烟叶税）。下去逼农民种烟叶，因为烟叶特产税比较高。这是没办法的办法。

新农村政策国家惠及农民补贴非常多，今年财政农业投入三千八百多亿，这是从来没有过的。这是根本的转折。照这样走下去，五年以后，党和农民的关系一定会达到最好的时期。在过去，我这样的县委书记下乡考察，乡党委书记都是把住路口，一直紧张着，怕群众告状，怕有问题被发现。现在好多了。

如何看待 2003 年左右中国农村政策对农村生活的影响，它所具有的意义？

按 2000 年前后的趋势走到现在，农村都不得了了，真的很难想象，可能会发生危机。农村问题已经到了崩溃的边缘，农民负担重，农民状况差，农民情绪激动。中央政策真是调整得及时，现在都好多了，不交钱了，不交税了，种地还有补贴。

2004 年以后，整个国家的宏观政策发生了质的变化。特别是科学发展观的提出，得益最大的是农村，是中国农民。中国的农民文化最大特征是跟着感觉走，你看赵本山的作品《三鞭子》变相地骂基层干部，虽然有一种表演的成分在里面，但也是农民心态的阐释。文艺作品它就是对生活的阐释，是当时情况下整个干部作风的一种折射。同样是下雨，久旱逢雨，说老天爷好；阴雨连绵，说老天爷不好。农民的感觉很直接。今天谁对我好，我说谁好；谁对我坏，我说谁坏。

当前的宏观政策，再加上基层的把握，一下子解决了农民的许多具体问题，也改变了农民的状况。多年来我们想解决而难以解决的问题都能够有条件逐步解决了。我讲过一个观点，新农村建设不能理想化。不能一讲新农村，就给农民在脑子里勾画欧式别墅、蓝天白云、出行有车、干干净净，这样一种模式叫新农村，这容易理想化。理想化带来的问题是急于求成，我们在农村工作中容易犯的一个错误，就是理想化。譬如说五八年的“人民公社”“大跃进”，都是理想化的东西。用理想化的东西代替现实，容易带来绝对化，带来一刀切，容易带来形式主义。农村经济和社会发展存在的许多问题都是从理想化派生出来的。要有理想，但不能理想化。

但我还有一个观点，新农村既不能理想化，也绝对不能随意化。新农村建设的国家政策是二十字方针：“生产发展，生活宽裕，乡风文明，村容整洁，管理民主。”这五句话的前提是生产发展，接着是生活宽裕，看起来很宏观，但又很具体。中央为什么这么规定呢？就是不想给新农村定一个具体的标准，在这个过程当中，就有先急后缓，先易后难，先干啥后干啥。理想化容易形式主义，随意化就容易感觉遥遥无期，放任自流，不知道抓啥，结果是像歌词里说的，“星星还是那颗星星，月亮还是那个月亮”，农民享受不到现代文明的成果。新农村建设必须从改变农民生产生活现状入手，具体地一项一项地抓起，让农民感觉到具体的改变。

一项一项、一村一村地推进，先抓住农民最直接、最现实、最关心的利益问题，用电、吃水、行路，村容村貌，一项一项地干。不可能设想农民富裕到一定程度再去做工作，因为永远是差异性发展，过去即使不提新农村建设，村里也总有一部分人过得比较好。但是，不抓村庄基础设施，不抓生存生活条件改善，我就说，那是小楼盖到泥潭中，村里没路，房子再好，还出不去门。

目前正是农村变革的关键期，也是农民的修复期。

新农村建设所需要关注的主要问题是什么？

在这种大转折下，农村的文化理念也在发生变化，带来新的情况。第一，农民的孩子上大学无望，不像八十年代那样拼命上学，只要上学，就可以进入城市；现在上学没有出路，没有多大用处，感觉上到大学与上到高中差别不大，尽管升学率高，但孩子上学的意愿还是不高。第二，长期外出打工，家庭教育缺失。第三，越来越多新的信仰危机，宗教信仰很迷茫。第四，打工者越来越不适应外边的世界，劳动力培训较差，农民得不到系统的技能培训，所干的仍然是最低级的活。第五，农村基础设施越来越差。第六，在新的形势下，基层干部的素质也是值得注意的问题。现在，干部与老百姓的感情有所修复，但是，这种修复是靠好的宏观政策得来的。再过几年，干部素质如果不提高，没有新的理念、新的思维驾驭农村新的现实，仍然会有危机。

同时，在新的政策下，基层村干部的任务很多是落实中央惠民政策，是给农民发钱，这极容易出现道德风险，可能会造成新的贪污方式，引发农民新的不满和社会矛盾，譬如把低保用在自己家亲戚那里，或虚报名额。这种带有公共福利性质的事情，干部容易把好事办走样，处事不公，引发农村矛盾新的热点。

在学界有一个普遍的观点，认为乡村城镇化是解决城乡矛盾的必然趋势，你怎么看待这一观点？

这个观点本身没有错，不能简单化理解。有许多学者主张大城市化，如果简单化，不适应中国国情。我觉得，解决未来中国农村问题的办法有五个“中”：中小城市，中小企业，中小银行，中产阶级，中小收入。特别要突出的是两点，第一是中小城市。中国现在是典型的大城市病，城市拥挤，农民集中到城市，又无稳定的生活来源，就成为城市无产流浪者，这会成为大问题。容易造成贫民窟，这是大城市化必然的弊病。第二要发展中小企业，能形成当地就业。我们是劳动密集型企业，这是事实，也是我们国家特殊的国情。有人说，我们是低档工业制造者，呼吁改变这种状况，其实，这并没有什么不好，人口是我们现在的优势，也是发展中的一个过程，这种密集型企业在中国的高度发展是必然的。

什么叫城市化？住在大城市就叫城市化生活？我认为，城市化首先是生活方式的城市化，就业、收入方式的城市化才叫城市化。能用抽水马桶，能洗澡，出门能用车，这是城市化。我去韩国考察，韩国的大部分教授都住在城市郊区，但是各种生活条件特别齐备，这也是城市化。如果城里人所能享受的现代文明成果，农民能享受到，并且按照新的组织理念，靠专业合作所形成的生活方式，这也是城市化。在穰县，我们提出四级城镇体制，充分发展乡、镇的作用，在乡村打造贸易集中地，它的繁华程度不亚于城市，到一定程度就有点像国外的小城市。另外，以原有的民间集市为中心，形成几个村的物资流通地，发挥镇的功能。

如果乡村发展好了，农民不用离开家乡也可以享有城市化的生活，也会解决大城市化的问题。现在，新农村整治，路也通了，下雨也可以出门，门口就有超市，有自来水管，有太阳能，洗澡的问题解决了，走亲访友也很方便，他生活的方便程度舒适程度不亚于你城市的生活，所缺乏的就是信息的问题。在若干年后，这些信息不畅通的问题解决了，你住在乡村有什么不可以?

你认为中国传统乡土文化对农村农民还有多大影响力?

农村的个别女孩出去干不好的事情，挣钱回家盖房，回来非常纯，不管在外面如何妖，回来像个乖孩子，表现得非常纯朴。但是，你还是能大体看出来她在外面的职业。乡村文化、村庄生活场具有很强的净化功能。

穰县文化是书香文化与农耕文化的交织，节约、克勤克俭，也相对传统，这都在无形中制约着在外的人的行为。我在其他县工作的时候，我经常陪朋友去茶馆坐坐，在穰县我就基本不去，今天咱们在这儿说半天话，可能很快就会传出去，那也是个新闻，而且是个负面新闻，这就是地域文化的差异表现。地域文化的地方排他性和保守性很强，对外来文化会形成挤压。

简单地说，文化就是习惯，文化具有一种固化效应，有一种锁定功能。把习惯、习俗哲学化，就是宗教，把习惯伦理化、抽象化、虚化，就带来宗教、艺术、文学。人与人之间的习惯固化之后就是文化。越凝固的地方排他性越强。地域文化形成以后，游离于现代生活之外，这是一种固化效果。有客人来穰县，招待饭后请他到卡拉 OK 厅唱歌跳舞，人家感觉在穰县没意思，因为这里都是一家人来玩。

你认为，改革开放以来整个农村的发展趋势对乡土文化的冲击主要表现在哪些方面?

现在对传统文化的冲击，实际上是两大冲击。一是沿路盖房，对原来村落结构形成冲击，这就必然会带来对村落文化的冲击。过去是三十亩地一头牛，老婆孩子热炕头。我们那里有句俗语，“碾磨齐全，房后有个竹园”，那种农耕式的生活，筐子筛子都可以自编，一切齐全，可以自足。村落结构形成互助文化、协作文化，互相周转，邻里之间虽然也为宅基地闹矛盾，但长期集聚在一起形成一种互助文化，在摩擦中互助，共生文化。后来，富起来，沿路盖房子，带来的结果就是村里的公共设施不能共享。还有就是传统东西的丧失，过去你借我一个东西，隔个墙头就可以递过去，这些慢慢都没有了，形成很多空心村。所以这几年下大力气改造村庄，村里道路畅通，下水道打通，搬到外面的农民又回来，主要是方便。第二，因为就业方式的变化带来家庭结构的散失。老少问题，中国文化潜在的东西隔代亲，爷爷对孙子是溺爱式，不是一种管教式，父母情感的长期缺失对孩子的成长都形成不利，这又是对传统东西的冲击。且不说外来要素的冲击，就这两个问题对目前农村文化带来一种可把握性上的难度。过去凤凰卫视来拍片子，我说过一句话，“唯有文化无敌”。文化有一个很强的东西，就是锁定效应，美德如此，劣习也如此。比如说沿铁路的一些村落，个别农民盗窃、扒火车，为这，不知道抓了多少人，判了多少人，但是还扒。道德堕落也形成一种习惯，也会越来越固化，最后形成文化。文化像一个橡皮墙，用刀子戳才能戳破，用石头打，打轻了，它是一个窝；打狠了，慢慢可能还反弹过来，打住你自己，最后，都又慢慢平复了。

邓小平说过一句话，改革开放以来“最大的失误是教育”[1]，这个教育不光是指学校教育，实际含有道德教化、传统文化缺失的意思，没有抵制住西方的思想，各种封建的东西又都冒出来。

作为政策的实践者，如何落实政策，从哪些层面做起？

要一项一项地抓中央的惠农政策落实，把中央政策研究透、争取到、落实好。譬如太阳能的引进，发生在农民的身上，这是一个生活质量的重要变化。学会洗澡，这是一个很大的农民心理变化。抓茶馆建设，村村通，把农民带进现代文明生活。这是潜移默化的东西。从农民的脚下、房前屋后抓起。起码对村落的传统文化结构、生存方式的改变是一种保护和发展。基层干部要有责任感，要把现代文明成果一项项引给农民，应该定格在能力建设上。就农民生活而言，不能说农民落后，电话、手机、电视，都有普遍性，

---

1 邓小平．邓小平文选：第三卷 [M]. 北京：人民出版社，2010：306.

现代文明元素越来越多地进入农民的生活，随着农民接收信息量的增多，农民的视野在不断地扩张。但是，作为一个自然人，他的能力在往哪个方面发展，这是应该重视的问题。我觉得，应该往三个方面发展，第一，就业创业能力。现在农村教育应该侧重于职业技术教育，不应该只随着大学教育走，农村教育边缘化，应该去学具体的职业技术。第二，能够融入现代生活的能力。一方面农民收入低，另一方面有收入的农民不会消费，不知道怎么去适应现代文明生活。《新结婚时代》反映出城市对农村的普遍看法。农村大学生最不喜欢听的话是："你真农民。"这是文化上的断裂所形成的城乡差异。第三，提高农民政治意识，保护政治权利的能力。农民不知道自己的权利应该要捍卫，知情权、参与权、选举权、表达权、诉求权，常被基层干部看作捣乱，钻牛角尖。

我们做的另外一个工作就是，力求使基层干部用新的方法、新的模式、新的思维去应对新的问题。基于此，穰县推出"四加二"工作法，现在中央也认可了，写进了"中央一号"文件，在全国农村推广。"四加二"，就是"四议两公开"，为农村基层干部的工作规定一个程序，农村的重大事项，决策必须经过四个程序：一是党支部提议，二是村党支部、村委会商议，三是党员大会审议，四是村民代表大会决议；所谓"二"，决议结果公示，执行结果公开。

这一工作方法，无论是实践和理论上都有意义。从理论上讲，按照中央的概述和学者的概括，它把党的领导机制、村两委会的协商机制、党员的民主权利保障机制和村民自治机制有机结合到一起，可以说实现了坚持党的领导，充公发扬民主，严格依法按程序办事的有机统一。从实践意义上讲，"四加二"给我们的启示是：

第一，它让基层干部学会协商和妥协。在协商基础上的妥协是民主的基本表现形式，是民主的基础。第二，使基层干部学会程序决策，没有程序，就没有民主。第三，普通老百姓，学会少数服从多数，少数人的利益服从多数人的利益。它使基层干部增强民主意识和法制理念，使普通老百姓增强了大局理念，学会把大局意识、公共理念纳入自己的日常行为。同时，也保障了村民的参政权、知情权、参与权、表达权、监督权，在公共事务的决策参与当中，不断提高自己的政治意识。

农民说了不算，时间长了肯定政治冷漠。当一个集体的一分子在集体当中没有地位，不能够参与公共事务时，他就会冷漠。当他认为他是集体中不可缺少的一部分时，他自然就会积极的。

正屋里的老支书

第七章

# 『新道德』之忧

至 2006 年，穰县开放基督教教堂 151 处，简易活动堂点多处。有长老 3 人，传道员 184 人，神学院毕业生 3 人，信徒 4 万人。基督教各堂点均建立 5 人至 7 人的教务组，制定规章制度和爱国公约，宗教活动正常。

——《穰县县志 · 宗教》

## 明太爷

明太爷，五十八岁。早年当兵，年轻时英俊潇洒，从部队转业回来，穿着笔挺的黄军装，整洁、气派，是梁庄著名的景致之一。曾经干了一段运输，由于老婆信主，到处跑，总不在家，只好放弃跑车，在家给孩子做饭。九十年代在北京修自行车，挣了点儿钱，回来在镇上买了房子，开个小修车铺，一天能赚二十几块钱。

我这一生也是波折多。你让我说你大奶奶（明太爷的老婆）信主的事，那可真是三天三夜也讲不完。我这一辈子算是叫主给坑了。真叫个家破人亡。

你大奶奶，她们主内人都叫她“灵兰姊妹”。我那俩娃儿从小脑子都好使，上学有希望，我出去跑车，她要出去信主，就送到你老三爷那儿（明太爷的父亲），有时候就不让他们上学，带着他们到处跑着信主，学都上不成。到最后，娃们的成绩都不好。八十年代那时候咱这儿教会还没有会堂，你大奶奶会唱，就各个县到处跑，一跑就十天半月不落家。我说，既然信主恁好，咋你们那头儿，韩立挺们一家七八个儿子没一个信的。我说，你问问老殿魁，当年立挺们是咋骗他的。老殿魁见人都说，我算认清了，印传单，印印连一分钱也没落着。倒是立挺们个个盖着大院子，吃美喝足。都是一帮坏货，坑你们这憨人哩。有鸡蛋拿鸡蛋，有粮食拿粮食，那时候多可怜，他们发财了，俺们算绝了。能人信主是发财哩，憨人傻子是送钱去哩。你们那些信主的头儿，那娃儿们都开着车，从哪儿来的？他们的钱都是从哪儿来的？不都是从募捐那儿来的。你们往里捐，他们往外拿，你们知道？啥也不知道，只知道在那儿傻捐，有哩还把自己家粮食卖了去捐钱。

才开始我骂你大奶奶，她没反应，就自己觉悟高，不和我一般见识，后来我就骂主，是主教坏你，骂她伤不住她，骂主能打动她的心。

你不挣，谁给你一分?！不管娃们，也不管家。娃们长大，也气哩很。有一回，你大奶奶打闺女，打一下，闺女拿头往墙上撞，在那儿哭啊，真叫人伤心，原来闺女学习多好，硬生生是家不消停，把学习给耽误了。

也不知道主到底是啥，前几年有个妇女掉到水里，我跳进去把她救了，她不说感谢我，她说感谢主。日他妈，咱清是想不通。今年春上有个实事儿，一个村里，有个老太太，俩外孙跟着她过，闺女、女婿出去打工了。也是信主，那天中午，看着坑里漂着俩娃儿，急着上教会，就没吭声，赶到她回来，才知道，那俩娃儿就是她外孙娃儿。这些都是血的教训，信主的头儿就应该提醒，过分讲究形式化不对。星期天不管是啥事，非要去，完全失去人性。别说是你哩外孙，就是不是你哩，你大声叫两声，坑里掉娃儿了，看有人来，你再走，那不也行？

你大奶奶我是根本管不住，管她只图生气。那年盖房子，正在上梁，屋里十几个人，忙哩不得了，教会来叫你大奶奶，说要让她教歌。我说，都忙成啥，你能不能不去？你大奶奶说，我去教会儿歌就回来。我生气了，我说："你今儿教不成，你要敢去我把你腿打断，你那些信主的姊妹知道咱们盖房子，有几个来？都是些图清闲的懒家伙。你看看信主哩屋里有几个干净？"结果，你大奶奶还是去教歌了，扔下这一大堆活、一大堆人，我一个人忙。想起来现在还是气哩心口疼。

咱们村里，平占家里的、我四婶儿、拐子常的老婆、保贵家的，才开始都信，女哩多，后来，都不信了，日他妈，主还要钱，是骗人哩。你大奶奶地位比较高，都尊重她，我说，尊重是尊重，我这家没有了。离婚闹了多少年，总算离了，可也算离婚不离家，她回来了还住在这儿。你说叫她住哪儿。

在北京修自行车那几年，也是没少生气。闺女生小孩儿，叫她侍候，她还要跑教堂，北京那路，这你知道，那多远，哪一个来回都得几个小时。

我先从北京回来，才买这个房子。你大奶奶想她的主内姊妹们，也回来了。有一段时间，你大奶奶跑，我也跟着跑，我就想摸摸底，看看主到底好在哪里。农村的路也不好，我没事，岁数大了，沟沟坎坎，也能扶一下。我听了一些，总教会的梁牧师讲哩就是好，不是这显灵那显灵的，是从思想根本上改造你。实际是个人，他把自己弄成神。老牧师讲出来清是在理，你大奶奶她们那儿，完全是瞎编造。

后来，咱们乡里教堂选堂长，让你大奶奶当副堂长，我坚决反对。我说，堂长你算干不成，我是家长，你要是当堂长了，这家都不让你进。你看这教会里面有几个好家伙？都是弄哩账目不清，开支要签字，一张条签错了都要负责任，看你这脑子，平时连家里的账都管不了，肯定被绕进去。人家不行，说你大奶奶德高望重，非让干，我说，那得说明白，要是当个副堂长，他们弄到日南雕枝国[1]，跟你没关系。我说，灵兰，你都干过组长，你看教会有几个好东西，都是戳七捣八哩。

明太爷的修车铺在镇上非常偏僻的地方，但也算是门面房，前面两大间两层是正房，正房后面的楼梯间就是厨房。厨房里结一层厚厚的蜘蛛网，煤炉冰凉，看得出已经好久没生火了。我说："明太爷，你都咋吃饭？"他说："早晨吃一碗窝子面，中午、晚上吃凉馍，喝水，夏天吃点凉粉，就馍。能把肚子填饱，也不求啥。"

明太爷是父亲最好的朋友，实际上父亲比他大十几岁，属于忘年交的那种。在我童年、少年的记忆中，他俩，一度还有原叔，三个人经常彻夜长坐，有时候吃完午饭就过来，晚饭一定回去吃，吃完再过来。夏天坐在我家院子里，摇着蒲扇，冬天在西屋的角落用玉米秆或树根烧一个小火堆，总是灰烬已凉还不回去。他们在谈些什么呢？无从知道，或者说些家事，或者谈村里的事，说到不公

1　日南雕枝国：不管弄到什么程度，扯得很远。

平的事儿，嗓音会突然提高，骂几声。有许多时候，他们甚至是不说话的，就那样默默地盯着火光，看着它逐渐暗淡。这是乡村的友谊，虽然沉默，但同样深厚、丰富、细腻。

说起和灵兰大奶奶的婚姻，言谈之中，明太爷仍是百思不得其解，不理解灵兰大奶奶何以沉湎其中，几十年如一日地不要家，只要主。

天黑了，明太爷家的电灯泡瓦数似乎很低，屋里昏惨惨的。父亲打趣说："你明太爷一个月的电费还不到一块钱，把收电费的气哩乱蹦。"明太爷一听，"扑哧"一声笑了："日他妈，成天就知道收电费，我就偏不用，反正晚上也不做活。我也不喜欢看电视，坐在院子乘会儿凉，冬天找人说说闲话，回来就睡了，用电干啥？"想起年轻时穿着黄军装，英俊潇洒、意气风发的明太爷，现在竟然成了"吝啬"的老头儿，又好笑，又让人感慨。

硕大的蚊子在头上乱飞，在腿上乱叮，嗡嗡作响，一拍，手上立马就是一片血。明太爷拿过来一个小风扇，对着我使劲吹，蚊子也围着灯光和电扇晕头晕脑地乱飞，场面很壮观。明太爷又从床头摸出来一盒清凉油，让我抹上，都不起效。实在不知道明太爷的夜晚都是怎么度过的。

吃完饭，我们移到院子外，继续我们的谈话。

我原先跑长途时，到云南，老战友说，有个知青特别漂亮，个子也高高的，咱们去看看。就去了，长哩真漂亮。我那时候，长哩也真是没说的，这你爹最清楚的。人家也愿意跟我，咱就不干，人得讲道德。现在后悔不？后悔啥，这是你的命，再说那时候你大奶奶还没信主，对我也真不错。我刚退伍那时候，你大奶奶对我是真好，在地里做活回去，娃们吃糊汤面，给我做一大碗捞面条，下面还卧个鸡蛋。做活的衣服不脏，非要洗，说是，男人的衣服女人的脸。这句话我记哩可清。有时候气她气哩没办法，想想她也给我说过这暖心话，就原谅她了。

也有人说，信主，这是好事，只要她高兴。我说，不出在你家，光说轻省话[1]，要是你老婆跑三天，回来不打架才算！为这信主，我跑到她娘家，对他爹说，为这俩娃儿，你劝劝灵兰。她爹说，信主是好事，政府支持，我支持。日他妈，这一句话，我啥也不说了。从此以后，我连她娘家门边都不登。你大奶奶信主以后，慢慢把家忘了。闺女也伤心，我们俩在北京吵架，闺女跟她妈说："妈呀，你要是离婚再嫁了，我都不会认你。"在儿子的婚姻上，你大奶奶主张也要信主哩。儿子说："信主哩，我一个也不要，年轻轻哩都信主，肯定是个缺心眼。"我说："我只有三条，不要信主的女子，不要当官的女子，不要有钱的女子。第一条最重要。"

前几年，儿子寄回来个电视，我坐骨神经疼，都不能走路。我给你大奶奶说："你去，你打个电话问问，看寄到了没有，要不找个人帮着取一下。"那时候她正在教堂演圣剧，天天出去，根本不管。我腿一拐一拐，就去了。那时候，我真是眼泪都流出来了，难啊。后来，我对俩娃说："你妈只算生你，养你还是老子。"闺女、儿子都结婚了，俩娃孝顺，说，你俩别干了，每月寄六百块钱给俺们。我说："不干也不行，闲着干啥？可是，再好的生意在我

1　轻省话：不是自己的事，站着说话不腰疼。

这儿干不成，一个人咋干？你妈说走就走，根本干不成。”

你让我说说家族的事，日他妈，说不成，你爹是姓梁哩最苦的，我是姓韩哩最苦的。

韩家人上下不团结是个传统。久南妈死了，兄弟仨分开待客，办酒席。唢呐去早了，没人管，不知道去哪家。出去有工作的人也不顾家。爱心差哩很。那年，万金玲去心德家借钱给丈夫治病，他丈夫是心德的亲侄儿。你心德三叔坐在靠椅上，闷了半个钟头没说话。他拿工资的人，家里又没啥事，能没有一点闲钱？我看不下去了，把金玲叫出去，给她拿了二百块钱。

自己一身正气，碰见哩都是歪人。

汶川地震时，我正去电话局交话费，我拿五十块钱，只交了三十块，直接把二十块捐了出去，后来党员让捐款，我又捐了五十块。我还给闺女打电话，让她也捐，不要让单位追着要。这是道德问题。这是最危急的时候，救命哩。

社会风气坏哩很。丁庄村里一个小孩，救人死亡，家里人要求给孩子个烈士，说不行，因为孩子不满十八岁。我看不惯，跟他们一块儿找到县政府，还是没人管。你看，日他妈，现在的社会分不清啥。毛主席说过，一个人做的事不在于大小，而在于做的事的价值。

一阵闲谈之后，明太爷突然神秘地对父亲说：“光正，给你说个事儿，你看咋办？我拿不准，原来准备进城找你说呢。一个女的，二十七岁，带着小孩，已经离婚，高中生，普通话说哩可好。对方是‘拨错’电话，拨到我这儿，我接住了。一说，说对劲儿了。娘家开一个毛衣小加工厂，父亲也是个胡整。她非要来跟我过日子，我不叫她来。还说，找个年轻的人家瞧不起我，愿意找个老的。”

父亲说这百分之八十五是“放鸽子”的，哪有恁巧的事。村里原来不是没有这样的事，何坡村的一个表哥娶山西一个姑娘，也是带着孩子，还在村里举行了婚礼。这中间，她说家里有事，让表哥寄了一些钱回去。结婚十来天，出去玩，住旅社，把表哥丢在旅社里，跑了。为此，表哥前后花有万把元。

明太爷认为对方骗不住他，来一次就知道了。显然，他很上心，其实，一直以来，他和灵兰大奶奶都是离婚不离家，但今年暑假，灵兰大奶奶从北京回来，就没来这里，而是住到娘家，可能也与这件事有关。此刻，耿直、刚硬、脾气暴躁的大爷，就好像一个思春的少年，面红耳赤，颇有点激动。

将近十二点的时候，我和父亲才回家。大爷把我们送到哥哥的门口，他和父亲在后边一直嘀咕，好像不想让我听见。我猜想，肯定是明太爷在向父亲讨主意。

天黑透了，星星更亮了，小镇完全静了下来。偶尔过往的车辆开过，像闪电般划过小镇，小镇仍然一片寂静。

## 灵兰

我约到了县基督教协会会长，他主动要求到我们镇上教堂与我见面，同时，还让教堂约几位信主的普通群众过来。会长本人就是牧师，是县里教职最高的。牧师并不善于言谈，也没有放开，言谈之中很谨慎，可能与乡党委书记、其他乡干部在场有关。

我信主二三十年了，七八年宗教政策一开放，我就信了。因为患难而信，家庭常年没办法生存，最后才走这个路。信了之后，我觉得自己精神变化大，过去在社会上与人交往太过功利，心中要强；信了之后，觉得可以当一个善人、好人。从文化角度是一种修养，从宗教上，它也有利于社会。教会初期开放，七八年以后才落实。穰县一百五十二个堂点，大致有三四万信徒。与其他县市比，还是比较多的，主要是人口基数大，体现了宗教自由的政策。这个大门一开，不仅仅是患难信，而是精神需要来信。过去的理解是因为愚昧无知，现在一些很有层面的人也信，自己改造自己，真正做到表里如一。

在农村，信主的弟兄少，姊妹多，老年人多。这主要还是因为年轻人都出去打工了。另外，咱国家规定，不到十八岁不允许信。这些年，信徒在不断增加，现在没有到处跑着去信主的，国家也不允许有家庭教会，必须到指定的教堂去聚会。

在访谈的过程中，我们镇上教堂的堂长一直都很用心地听着，一边还在本子上记录着什么。

堂长，镇上教堂和教民是怎样的情况？

咱们镇上，这个教堂，星期天来礼拜的有四五百人，管八个行政村，这是有规定的，不允许串，各在各的教点。夫妻一块来信的比较多，年轻男子还是比较少，都打工去了。现在农村是“3860

部队”，“38”指妇女，“60”指老人。闹矛盾的也有，有哩软弱，有哩刚强，这是理解程度不一样。他们的灵性都在逐步学习、完善。经是好的，是否能念好，看个人。这是不断改造的问题。所以，也允许他是坏人。为啥六天劳动，一日闲，这一日就是改造自己。才信就像小孩子，大的原则上的罪过在基督教徒很少，小毛病还是有的。他是个人，不是个神，基督教徒也是人，只是追求一种信仰。譬如想偷而没偷，也是犯罪，动了意念。宗教是法律的补充，宗教是现实的，讲究心灵的束缚，善事不去做，这就是犯罪。

要服从在上掌权的，他们是上帝配备的臣，那是神批准的。

神是慈爱的人，号召人们做好事，譬如《圣经》说，你们要从上到下服从国家。当官的也是神的仆人。信教的人自己要走到前面。个别人不理解。譬如有人讥笑说天不下雨，你们可祷告一下，让神下点雨。下雨不下雨，是神的安排。当官也是一样，都是神的安排，公益善良。教一个普通教徒如何顺从社会，如何以身作则，多做善事。

信教是辅助国家的。教会的奉献随个人意愿，想捐多少都行。主要用来修缮教会（堂），买教材，有时候哪里有灾难，响应国家号召（捐赠）。没有贪污受贿的人，奉献还来不及呢。多一个信徒，就多了一个好公民，少了一个信徒，就少了一个好公民。

与人接触中，宁愿吃亏。河东陈集有一条大沟，娃们上学不方便，基督徒主动集资，弄一些预制板修个桥。基督徒行的是善事，收获的也是善。有的教民，在开堂的时候，把自己家喂的猪杀了，给大家吃。我们爱国爱教。

在牧师和堂长的回答中，可以感觉出，他试图把信教与爱国、与政治联系在一起，以表明与政府的一致性。在讲到某些话时，会不时用眼角看党委书记的反应，很有微妙的意味。

我又问旁边一直服务的大嫂为什么信主，是否认识灵兰大奶奶和明太爷。没想到，她们非常熟，是几十年的老姊妹，大嫂正是明太爷骂的那些姊妹中的一个。提起明太爷，大嫂直摇头。

我信三十几年，我是平安信，没有理由，没有条件。以前没有信，邻居有信主的，她们讲信教的好处，对社会都有益处，做善事，做好事，不做坏事，也能改造自己的脾气。一信主自己有个约束，想发脾气的时候，《圣经》的话语一对照，就不发了。我们家里那个人不支持，不过也没有吵过。我在六天内把自己该干的事干好，腾出来一天来教堂，他也没啥说的。真有事也可以不来。不能来，非要来，那样神也不喜欢。双手劳动得来，神也是喜悦的。

你不知道，明太的性格不是个性，太暴躁。他说灵兰这不好，那不好，灵兰可是没说过他一句坏话。你想想灵兰一家，就知道主的恩典有多大，他们闺女、儿子都在北京买房子，谁有这能力？明太不信，灵兰是神的好儿女，不争不辩，所以他才吵。灵兰那里有神的爱在里面，明太不骂爹也不骂妈，光骂神，这她最受不了。他就是找碴儿，一说话就打人。明太其实是太脆弱，他不是想她在信主，他光往坏的地方想。

那明太虐待灵兰，打她，脾气来了就骂，还不叫反驳，你说灵兰咋爱他？他光猜测，不往好处想，光往坏处想，说灵兰黑哩也往外跑，不干好事。灵兰也不对，一打她就跑，男哩没智纺棉花，女哩没智回娘家。说不顾生产，都只是借口，信主也不是天天来，就星期天。再说，现在家里也没多少活，地少，一到农忙时有收割机，还有短工队。

我又问会长，有没有不顾家，或有病不吃药的信主人？会长说，也有信迷的。不顾家了，不劳动了，成专业了，最后加入邪教了。“东方闪电”已经是邪教了。有病不吃药是少数。但是，也有一种现象，医院“判了死刑的”，在教会里好了。会长又意味深长地加了一句：“宗教有超自然的行为，这才是宗教。”像明太爷和灵兰大奶奶的事情，会长认为，一个是党员，一个是基督教徒，本来就是两种信仰，容易产生冲突。但同时，还都是劳动者。

在村庄里面，能够感觉到，人们对信主的人有一种普遍的轻视，他们的行为、语言及方式经常被作为一种笑料谈起。譬如父亲就认为，信主的人都是又傻、又闲、又穷的人，啥也不懂，跟着瞎跑。在问起我们的现任村支书是否让自己老婆信主时，他非常干脆地说：“那肯定不行，我不想让人笑话。信主的人都是那些老婆儿，闲哩没事干。只是作为一个精神支柱。至于啥信念，谁也不懂得。再说，作为干部，我不可能叫她信，我非叫她随大溜。”那几天一直跟着我们的司机，也忍不住发表自己的看法。对于信主的人，他既觉得可笑，有点傻，用他的话说：“日他妈，真不知道那些人从哪儿来那么大的心劲儿，一群人傻傻的，跪在那儿念念有词，那都是闲哩没事干的人。”但同时，他又非常尊敬他们，譬如他们村头的一座桥塌了，那些信主的人看见了，一商量，分头捡石头，找木头，和泥灰，几天就把桥修好了。他说，那团结劲儿，比单位的人不知好多少倍。

似乎不能用“愚昧”两个字来简单评价明太爷对老婆及其信主的那种态度。这里面既涉及乡村生产力的实际情况，也涉及一个文化习俗的问题和中国乡村如何看待精神空间的问题。在乡村，夫妻合作，家庭式分工协作是生活的基本前提，如果舍弃生产而去从事什么精神活动，会破坏这一模式而使家庭陷入困境，就像明太爷所面临的问题。从文化层次来看，乡村，尤其是北方乡村，高雅的、超出世俗的文化生活是被排斥的，或者说，不属于这一文化共同体的异质文化被另眼相待，多少有点“神经病”“不正常”“怪异”的味道。灵兰大奶奶在村里面就是这样一种形象。要强的明太爷绝不允许自己的老婆成为村里被取笑的对象，就拼命阻拦大奶奶去信主。表面的原因是大奶奶不帮他干活，实际上是因为他有一种强烈的羞耻感，觉得老婆的行为使自己无法在村里挺直腰杆。一个村庄，也是一个有生命的整体和有机的网络，身在其中的每个村民都会为自己定位，什么样的角色，什么样的形象，等等。在这其中，每个人都自觉地扮演着某一角色，这一角色是他自我价值和自我形象的确立，一旦这一形象被破坏，他就会失去基本的心理平衡。

而农村的大部分教民，对自己所信的宗教可能并不完全理解（这一现象非常广泛，在和身边一些信主的亲戚谈话，有时特意问她们《圣经》和宗教上的事，她们的回答往往令人啼笑皆非），但她们在其中找到了一种尊严、平等和被尊重的感觉，找到一种拯救别人的动力和自我的精神支撑，这是她们在生活中从来没有得到过的。所以，中国人，尤其是北方乡村的信教，并非是对信仰有多少了解，许多时候，它只是她们为生活的压抑和精神的贫乏所寻找的避难所，这也是乡村里女教民的比例高于男教民的原因。在村庄生活里面，她们并不敢公开表达，更不敢舒展自己的感觉，因为她们往往被看作一群闲得没事干的人，脑子出了问题，或者，干脆，就是一群傻瓜。

其实，在许多时候，信主与生产并不那么必然有冲突，但当事人都会夸大其与劳动、日常生活之间的矛盾，以此为理由表达自己的不满。中国的乡村文化仍然是一种务实文化，踏实地生活，这是第一要义。个人精神需求，夫妻情爱往往以一种扭曲的方式，嘲笑、戏谑、回避是通常的相处方式，很少从容、正面、严肃地去叙说或交流。这种压抑、扭曲精神空间的现象不单存在于家庭内部、夫妻父子之间，也是邻里交往的基本模式，造成了许多问题。

## 老道义

“老道义”是我的一个大伯，没有出五服。他为什么叫“老道义”，说起来也颇有意思。大伯可以算作我们村最早的大学生，先是在县城里的高中教书，后来为支援家乡建设，被请回来到镇上高中做教务主任。虽然颇受学生喜爱，但却并不是受领导欢迎的人。他特别喜欢“论理”，倔强耿直，口头禅就是“做人要讲道义”。学校食堂饭菜不好，学生哪一项收费不合理，甚至，学校中间的路被一些老师的菜地侵占了，他都会去管。如果领导不管，他就直接去教办室，或到乡里去找，不厌其烦，直到解决为止。弄得学校、乡里都很烦。时间长了，人们背后叫他“老道义”。大伯和他的儿子关系并不好，三个儿子，小儿子考上大学，另外两个儿子高中毕业后都做了民办教师。九十年代初，教师民办转正非常多，他们的条件也都够，但是，每年名额有限，要排名评比，这里面，讲究很多。因为要讲“道义”，大伯不去找人说，更不送礼，儿子一说要怎样，大伯就大骂，说凭良心干活，该是啥是啥。到最后，俩儿子都没评上。后来，民办教师转正取消了，我的俩本家哥又都成了农民。有几年时间，儿子和父亲一直不说话。后来，大伯退休回到村里住，父子关系才又好一些。

我去大伯家的时候，我的本家哥万会正在看电视。他家还在村里面，三间青砖瓦房，大前檐，院子里铺的是砖路，当年也是村里数一数二的房子。现在，看起来有些低矮破败。大伯的相片供在堂屋的正中间，黑框，上面搭着一个黑绸的花结。

你伯是2004年死的，肺气肿，要是不死现在多好，还能给我看个门，我好出去干点活。病有六七年，以前身体就不好。死后在屋里放有两天，等你万安哥回来，为咋出葬，火葬还是土葬，我和你大娘发生了矛盾。

我咋都可以，人死了，生前孝顺就行。可是你伯生前有遗愿，他不想火化，他一直唠叨着怕疼，村支书来看他，他还给人家讲，不要火化他，哪怕出点钱也行。农村人怕成灰，只要能有完整的尸首就行，见不得烧成那样子。

现在偷着埋哩多了。出两千多块钱就可以让完整地埋。一种是把钱直接交给支书，但也不能太明目张胆，另外一种半夜偷偷埋掉，也不敢哭。闺女来了都不敢哭，本来可以热闹一点，请铜器，吹吹打打送葬的。这是给了支书一些钱，支书点头了，半夜抬着棺材，孝子跟在后面，伤心得很了，捂着嘴硬憋气，就是不敢哭出声。实际上村里人也知道，大家心里都明镜似的。你说，谁没有往土里埋的那一天？

但也有背时的，咱们村周家保良没有火化，家人把钱给了支书，说可以埋了。棺材刚下到墓坑里面，还没有扔土，民政上去了，也不敢说已经把钱交给支书了，只好又交一千块钱，算了了。说难听话，也就是为那俩钱。啥政策不政策，经是正哩，关键是念经哩。

我一说火化，你大娘就哭。可是那段时间管哩严，咱们村成了典型，都在盯着哩。支书也不敢答应，只说，火化也没啥。最后，你万安哥回来，他在外面工作，也算是个面上人物，县里一些人知道了，也跟过来。这下不火化不行了。

咋办？又不能违背你大伯遗愿，后来，就想了个办法。没火化以前，就让阴阳仙儿把手指甲和脚指甲剪掉，保存起来。火化回来后，把骨灰按人形撒在棺材里，指甲放在四肢旁，还做一个完整的躯体形状，这也算是一个囫囵人。实际上棺材一抬，形状肯定散了，但又能咋办？只能是去去心意。

拉你大伯去火化的时候，女婿们请哩响器，离开村的时候，也放鞭炮，孝子还下来磕头，也算送行了。现在农村兴这样，火化也摆排场，有钱人家还开一长溜小汽车，把亲戚们都拉去。回来再埋，再请吃饭。等于是花两回钱，费两回事。

我现在想想心里都不美气。心里明知道人死了啥都没有，但还抱着一线希望，一想着要去火化心里就难受哩很。后来，到了火葬场，你大伯在火葬场的那个床上躺着，头上蒙着咱们农村用的那种黄纸，不知道为啥，它直往下掉。我把它拾起来盖上，一会儿又掉了。后来，才发现，你大伯胳膊压住了，是不是他嫌疼啊，一直在提示我。我就哭了，你伯是不情愿啊。我把他胳膊重又放好，说："爹，我也是没办法，现在政策这样，你多谅解。"

烧完我去拿骨灰，都是白色的，就像屋里烧那种豆秆灰一样。虽说人埋在地下，也是慢慢朽了，但总想着还是好好的人。现在可好，成了一把灰了，你大娘都哭晕过去了。

这又回来，还得偷偷埋。坟头是已经挖好了，亲戚们也都来了，孝子们跪在那里，也还有支客[1]，招呼着亲戚，来磕头上礼，但是声音都很小，孝子们也不敢哭，都憋着，只是抹眼泪。想想你大伯也是可怜，辛苦一辈子，走的时候子女亲戚连送个行都不敢。

啥时候火化能实行开？真是不好说。就现在看，坟地其实跟原来一样多，只算是里面人烧了。原来大队部说，找一片地，盖个房，按村组来分，骨灰盒拿回来，按死的顺序埋，一人一个小格子。但是，这么些年了，在哪儿哩？在农村，这根本推行不开，猴年马月也不行，没这个风俗习惯。

你说那几年烧坟，事可多哩。咱们村里你华嫂子，得了失心疯，这你估计都不知道。华在外边跟其他女人胡混，把你华嫂子气伤住了。后来掉到坑里淹死了，偷偷埋了，不知道咋被知道了，就被扒了。当时被埋有半月多，尸体快化了。执法队的人们用铁钩子

1　支客：北方农村丧礼或喜宴上，安排来往亲戚座次的人，在这一过程中，要特别讲礼数。一般做"支客"的人都是那些在村庄有威信的、能够服众、对村里各家的远近亲戚也比较熟悉的人。

拉出来，屁股都划烂了，拉出来人都走样了。扒哩时候，华不在屋里，兄弟也不管，没门了，执法队只好拉到城里烧了。后来娃儿回来，才把他妈哩骨灰收了。惊动大哩很，开车的人都停下来看。

万会哥坐在椅子上，声音越讲越低，完全没有了当年教我们时的风采。那时候，他，还有在前面提到的万明哥，是乡里都有些名气的民办教师。老高中毕业生，风华正茂，意气风发的，会教学，又负责任，正是他们的努力，才使得梁庄小学的毕业班成绩一直在乡里名列前茅。他对现在的葬丧制度及农村现状非常不满，但同时，也只是一种说法而已，他非常消沉，甚至不愿意更深地想问题。可以看得出，当年被踢回农村，重又成为农民，对他的打击非常大。

回到县城，在和一位朋友聊天时，他给我讲了一个故事。

这可是真事儿。那是九四年、九五年的时候，一天我突然接到个通知，叫我戴个口罩，叫下乡。那次可能有万把人围观，人头攒动，俺们到一个村里去挖坟，那时候是刚开始实行火葬政策，有点杀鸡给猴看的意思。在农村，挖人家祖坟是晦气事，多少也有点不道德，一般人都不干这个事，所以，都找那种痞子、无赖或劳改释放犯，他们动手，一个政府人员看着。俺们那一组的五个人就是这样的一个组合，我是组长。

扒的那个坟埋哩是个女的，刚死没多长时间，挖出来的时候，尸体刚肿胀起来，脸肿着，虚白胖大，还有蛆在爬，真是吓人。尸体就趴在墓坑沿上，没有人愿意再动。然后，浇上汽油，谁去点，是事先说好的，就是那几个二流子。结果，烧哩油太少，人烧了一半，不着了。你不知道那形状有多难看。就又点一次。那个坟园里有七八个刚埋的人，都是在那个下午烧的。狼烟四起，那味道，现在想起来，还恶心，想吐。点完之后，又烧了一会儿，我们这些烧的人就走了，也不管烧成什么样子。

那真是场面大，人山人海。烧着之后，有些人嫌味道难闻，就跑了。过一会儿，又回来，都想看看是什么样子。那些家属，刚开始哭着，骂着，拦着，被警察挡住了。其他一些地方因为烧坟，还发生了警民冲突。我们那次派去的警察多，没有闹起事儿。后来，味道实在难闻，连家属都坚持不下去了，哭着哭着，都跑了。过一会儿，回来，接着哭，又跑。

现在想想，真是对人不尊重。那几年为扒坟烧坟打架被抓的多哩很。这几年也不严了，就罚钱，特别有钱的，直接埋，也是偷偷地埋。一般都是先火化，再埋，只要你火化了，罚完钱，埋个坟头也没人管，都是睁一只眼闭一只眼。

## 焕嫂子

整整下了两天的雨。雨水洗刷下的原野清新、干净，树叶、庄稼都绿得发亮，灰暗的天空形成一个封闭、安静而又辽阔的世界。雨季来了。虽然不是南方，但每年的这个季节总有十几天连续下雨。其实，我是喜欢这样的雨天的，雨“哗哗”下着，但并不阴暗，灰色、发亮的天空，是一种辽阔与肃穆，让人有庄严与阔大之感。

河坡的树林是近几年才栽种的，林间还没有形成足够厚的草地，也没有长出足够覆盖地面的草。赤脚踩在沙土路上，细细的、湿湿的沙石，轻硌人的脚，微疼微痒，感觉非常舒服。河水“哗哗”奔腾过去，充满力量和向往，那巨大的芦苇丛接受着雨水的冲刷，稳重而又充满生命力。雨中的河，升腾着雾气，苍茫无边，却又具有永恒的清新。

河坡地里散落着许多小屋，基本上都是为看守庄稼而建的。在一片片空阔的沙地上，种西瓜和花生的非常多，它们最适宜在沙地上种植。偶尔可以看到一两个身影，在西瓜地里忙碌，估计是在检查西瓜的情况。这样的连阴雨对种瓜的人来说，是非常不好的事情。我们在一个开着门的小屋前张望，里面有一位妇女正在做家务，旁边一个三四岁的女孩子在玩。听到我们的声音，那位妇女扭过身来。哥哥笑了起来:“这不是焕嫂子吗？”

焕嫂子，今年四十二三岁的样子，当年和我们村张家小伙子谈恋爱，到村里玩，大家都被她的漂亮震住了，轰动一时。一个农村姑娘，常年下地干活，但却皮肤白皙，眼睛黑亮亮的，清澈透明，长发飘飘，像电影明星似的，走路腿一弹一弹的，韵味十足。唯一的缺点是鼻子过于直削，破坏了脸上的和谐感，但却让人感觉出，这是一个有主意和性格坚强的人。事实证明，焕嫂子也的确有主见。在嫁过来之后，她和丈夫就出去打工，一边偷生孩子。先是在小饭馆端盘子当小工，丈夫后来当拉面师傅，经过几年的观察和经济积累之后，他们在天津郊区开了一家拉面馆，生意非常好，挣了不少钱。在村里公路边也盖了房子，是村里不多的三层小楼。

唯一的遗憾就是，焕嫂子一直没生男孩儿。张家是我们村的独姓，三兄弟，分为三户，这三兄弟结婚之后所生的都是女孩。在农村，这种情况被称为“绝户头”，是一种耻辱。焕嫂子的丈夫是长子，在他们结婚十多年间，前后估计生有五六个女儿，至今仍然没有儿子。

在焕嫂子身边玩的那个女孩子是她的小女儿。再打量焕嫂子，轮廓还在，仍然漂亮，只是黑了，瘦了，人显得很憔悴。问起焕嫂子为什么在这里，不是在天津开饭店吗？焕嫂子笑起来，她已经回来有十来天时间，主要是看病，腰椎疼，连带头晕，医生说是椎间盘突出，开了药，也不是一时半会儿就能好的。过几天就回天津，那边生意忙，离不开人。这是她婆婆的瓜地，连续下雨，她来看看怎么样。聊了一会儿天，我小心翼翼地说起我的想法，想听她讲讲自己的想法。焕嫂子非常认真地听我讲着，不时点头，最后她说，她愿意讲，这是好事，她自己有时也想着自己这一生，这些事儿，不知道做得对不对。坐在门边的小凳子上，搂着她乖巧、伶俐的小女儿，焕嫂子给我讲她生孩子的故事。

我就想生个儿子。张家这一大家，兄弟三个，没有一个男娃儿，人太单了，我得生一个，无论如何也得有一个。

女娃儿我也喜欢哩很，是我哩贴心小棉袄，你看我这小闺女，多可爱，我稀罕哩不得了。当初差点都不要她了。怀她到五个月时，去做B超，一看又是个女孩儿，就想着再引产引掉算了，前面生的那个闺女，刚出生，就被送走了，不知道有多伤心，现在连面都没见过，还不如没生下来的好。她姨，俺一个远方亲戚，俺们每次去，都是找她验的B超，她说你别引了，到时找个好人家，就在咱们县城里，想的时候，也可以偷偷去看一下。我一想，闺女也是一条命。引第一个闺女的时候，我多伤心啊，都五个月了，听说眉眼五脏都有了，可是，前面已经有俩了，我还想要个男孩，不能再要了，就引产引掉了。心里可难过了，可也没办法。后来那两个，连想也不想，就引掉了。我就是打算生下来，她爸也反对，一是还得好几个月时间，二是怕到时舍不得，再说，送人了，就不是自己的了，费这心也没啥用。

她姨这样一说，我又有些心动。我要求见见那家家长，那一对夫妻，还真是很有修养，比我岁数大不了多少，还年轻着呢，在政府部门上班，儿子已经上大学。我一看，挺喜欢的，就决定生了。但是，人家就是不同意以后认亲。那也没关系，我都想通了，能给闺女送个好人家，也可以。

她是提前生的（焕嫂子说着，怜惜地看一眼身边的女儿，用手抚摸着她的脸），比预产期早十来天，是个晚上，肚子突然疼了，到医院不到半个小时就生了。她姨还没来得及通知那家人。本来，我是不想见闺女的，想着直接送走算了，怕一见受不了。可她在那儿哭啊哭的，嗓子都哭哑了，那家人还没到。我怕她哭出事儿来，就让护士抱过来，我哄一下。谁知道，刚挨住我，她就不哭了。我扒开包裹，小家伙粉红透白，睁着大眼睛看我。我一下子心软了，就决定不送了。后来，那对夫妻来了，一看长得漂亮，就特别想要，给我送礼，还答应以后让认亲，我说啥也舍不得，她姨也气得不得了，为这，她还得罪了那家人。你看，幸亏没送人，这小家伙跟我亲得很，懂事得不得了。

说实话，以后我老了，就指望这几个闺女。闺女好，心细，嫁人了还会顾娘家。儿子有啥好哩，我清楚得很，你看看，农村有哪个儿子结婚后顾自己老娘？不是不孝顺，自己一家人还过不成呢，最多、最好的也不过就是给父母点钱花花，真正能心疼到父母的，能陪在身边说上两句话的，还是闺女。这我心里很清楚。但是，我还是想要个男娃儿，还得有个根。你张哥也想要，他是个闷葫芦，嘴上不说，他也看到我这些年受的罪了，知道求儿求不来了。但他有时那叹气声，真让人泄气。过年回家，那神情好像没儿子短别人一截似的，看着难受。人家都以为俺们想要男孩，就是想着自己的钱、房子怕没人继承，其实不是这样，就是觉得得有个男孩，一个大家庭，兄弟三个，连个男孩都没有，别人笑话，自己也心不甘。

你说身体受损伤没有？也没啥，咱们的爹妈哪一个不是生四五个，也不见得就咋样了，女人生小孩，是天生的，不会有啥影响。不过，这几年岁数大了，身体也开始有毛病了，不敢累着。三个闺女，老大、老二上初中了，她们奶奶帮着看，现在住校，星期天回家住一下。这个小哩跟着我们在天津，她一点儿不费事。平时，饭店我也请有人，我主要管收钱、采买，不是很累，就是离不开。

早十来年，家里穷，生第二个闺女时，计划生育管哩严，很多人都快生了，还被抓去引产。万明老婆离生还有二十几天，想着没事，不会恁倒霉。还想着就是抓住了，都快生了，应该不会恁绝情吧。那最后不也被拉去做手术了吗？就是现在，万明老婆想起来还眼泪流多长，好端端一个娃儿，硬是被弄死了。俺们跑哩远，新疆、甘肃都去过，你张哥出去干活，我在租的小房子里就不敢出门。家里把她奶奶抓去关了好多天，罚款拿不出来，差点把老房子都卖了，最后还是在我娘家借到钱，人才放出来，真是难哪！后来到天津才算安定下来。现在农村管哩松了，也让生二胎了。说老实话，真超生的也不多。现在养孩子成本高了，再生，也养不起，也没时间养。

还有个事，我还是给你说说吧。我这次回来，算了一命，算命先生说，我命中是七仙女的命，要凑够七仙女之后，才有男孩。我一想，连引掉的，我不刚好够七个了吗？要是再怀孕，不就应该是个男孩了吗？我想着，我再最后试一次，岁数大了，再拖，就生不了。要是再不是，我就死了这条心了。你说，我生不生？我还没有给你张哥说呢。

望着漂亮、坦然、爽朗的焕嫂子，我似乎有些迷惑，焕嫂子绝对是有见识的女人，做事情的方式，对事物的看法，对现代世界的认识，包括她讲到在天津做生意的理念，都很具有前瞻性。但是，在生男孩的问题上，似乎没有道理可言。她反复提到，她就是想生个男孩，不是因为落后观念，而是想要。

我在心里算了一下，焕嫂子共生了七个女儿，三个留下，三个引产，一个送人。如果以现在的文明观念，以一个有知识的、城市居民的视野来看，这样的生育大战似乎是残忍的。

对于一位乡村女性来说，和五十年代的“英雄母亲”不同，生育是伴随着对生命的破坏与轻视而发生的。当怀孕、引产，再怀孕、再引产，变为一种常态的时候，那种母亲的神圣感和喜悦感变得非常淡，到最后，从被迫变为自愿，从痛苦变为麻木，进而成为一种内在的自我要求。仿佛不达到这一目的，人生就不完整，任务就没完成。

但是，情形也在慢慢发生变化，农村生多胎的也越来越少。按清道哥的观点，在农村，头胎是男娃儿，一般都不急着生二胎，或是抱养个小女孩子。二胎又是男娃，都哇一声，气哩不得了，咋了？养不起。一胎是女孩，百分之九十九的还是想生男孩，别绝了就行。生三胎的现在几乎没有。真要想生，你再罚，还是有办法生出来。计划生育政策本身并没有形成约束力，反而是经济约束着人的意识。

生命有时真的充满不可思议的韧性，眼前的焕嫂子，健康，开朗，所有的伤害与痛苦都被自我吸收并消化，或者被主动屏蔽掉。她向哥哥打听，城里哪所寄宿学校好，哪一个老师的学习班好，她的大女儿已经上初三，想考县里第一高中，焕嫂子对她抱的希望很大。我问她，知不知道天津的“移民政策”？只要在那里买房，就可以落户口，孩子可以在那里上学，并考大学，天津整体的分数要比河南低得多。她很惊异，还有这样的政策？她从来都不知道，她在天津，清晨五点起床，晚上十一点之前从来没有睡过觉，每天忙碌，很少看电视报纸。我想，即使偶尔看到这样的新闻，他们也会觉得与自己无关，就像即使生活在天津，“天津”这一名词也与自己无关一样。他们所有的注意力和努力的点还在自己的家乡上。在了解到天津买一套房子要花四五十万时，焕嫂子又释然了，她根本买不起，前些年挣的钱全盖房了，现在手里最多也就十来万的样子，根本买不起。看着焕嫂子的表情，我有点难过，她的释然是因为她买不起，她可以不做“非分之想”了。

已经快中午了，又下起蒙蒙雨，焕嫂子锁上门，带着她的小闺女，和我们一块回村里。小姑娘真的很乖，一双黑色的大眼睛，骨碌碌地转，警惕地看着我们，一边紧紧拉着妈妈的手。想着她刚出生时，看到焕嫂子时戛然而止的哭声，真的精灵极了。也许，她早已预感到自己要被母亲抛弃，想以这哭声来反抗并感动母亲。她成功了。

回到哥哥家，发现雨水浩浩荡荡地在马路上奔腾，下水道不畅通，水没有地方流，只有在街道上漫溢。即使是镇上，也没有完整的下水管道。只是一些非常浅，并且窄小的通道，上面用石板随便盖着，生活垃圾、脏水、泥沙、石子都会漏到里面，时常被堵塞。一到下雨，问题就出来了，各种脏东西都泛了出来，散发着浓烈的臭味。

## 巧玉

韩家巧玉和梁家万青一块儿跑了。在深圳，一个在厂里做计件工，一个骑三轮车。同村的人也有在那里打工的，他们也不避讳，就住在一起。留下巧玉的丈夫明在梁庄村里咆哮如雷，从村东骂到村西，村南骂到村北。几个月后，他带着几个同族兄弟去深圳抓巧玉，十几天之后，却一个个灰头土脸地回来，听说还是巧玉帮他们买的火车票。

韩家巧玉本不姓韩，在她三岁时，她的寡妇妈带着她嫁到了韩家，就跟着姓韩了。巧玉家里可怜，巧玉的继父是村里有名的老实疙瘩，沉默寡言，挣不来钱，粮食也不够吃，全靠巧玉的寡妇妈暗地里跟村里村外一些单身汉做些勾当，换些粮食、粮票或钱，虽说是暗地里，村里人也都知道。因此，巧玉家在梁庄村名声很不好，她们也自动不与村里人打交道，尤其是巧玉的妈，面部表情很木讷，路上相遇，远远瞥上一眼，表情很严峻，或者很警惕，然后就低下头继续走路，一语不发。在我小时候的印象中，她们的存在很怪异，村里人也几乎不谈起她们，好像她们完全不存在似的。

巧玉长大了，一直低眉顺眼的她个子长得特别高，也很丰满，细长的眼睛，配在她善良的长脸庞上，有一种说不出的温柔与光彩。再加上她那永远手足无措的慌乱与紧张劲儿，有一种异样的可爱。韩家小伙子明开始追求巧玉，明家是村里有名的富裕户，父亲是村干部，家里有磨面机、榨油机，还有一个代销点。巧玉辍学之后，就在明家的磨坊里帮忙，每个月给点钱，有时还可以把一些小麦麸子拿回家。据村里人们说，这也是因为巧玉妈和明的父亲之间有些说不清的关系，明的父亲通过这种方式间接地接济巧玉一家的生活。

明的父亲坚决反对自己的儿子和巧玉谈恋爱，有几年时间里，明的父亲通过打、骂、软禁等多种方式表示自己反对的决心，而明也总是通过忍、吵或逃跑的方式来显示自己非巧玉不娶的决心。最后，明和巧玉在村东头的一间破房子里结婚了。没有得到父亲的祝福，只有巧玉的母亲悄无声息地替女儿准备了几套被褥和厨房必备用品。这在梁庄村是一则新闻，同村人，又都姓韩，结婚的非常少见。但毕竟，巧玉不是真正的韩姓人，大家议论一段时间，在习惯了他们在村里同出同进后，也逐渐接受了他们。

他们生了一儿一女，还盖了新房，除了明的火暴脾气以及时不时对巧玉的暴打，日子还算过得去。

记不清是哪一年的事情了，在一段时间内，我和小妹忽然经常出入巧玉家，她善良的长脸庞，细长的眼睛，温柔的笑意，轻柔的声音，对没有得到过母爱的我们俩来说，充满魅力。一到她家，她总是给我们拿出各种零食，还倒上茶。坐在堂屋的一张破圈椅上，和我们说话。由于身材高大，她的背略微有点驼，坐下来以后，显得更驼了，她的手特别大，特别阔，在不经意抬手之间，似乎能够把我们拢过去，拢到她身边，有一种奇怪的安全感。我完全不记得我们都说了什么话，也非常奇怪，一个三十岁左右，有两个孩子，整天下地干活的妇女，和两个十几岁的小姑娘会有什么样的共同话题。我只记得，我们俩每次都是坐好久，吃好些东西，或者，有时，也在她家吃中午饭，然后，幸福地、做梦一般回家了。现在回想起来，还有一种充溢心间的幸福感和安全感。

谁也不知道巧玉和万青是什么时候联系上的。我的堂哥，万青，和村里其他男人一样，常年在外打工，只有农忙和春节回来。后来老婆病死，他出外打工的时间减少，在家里照顾两个孩子。万青聪明、爱说俏皮话，在村里是活跃分子；巧玉低眉顺眼，很少出入公共场合。他们连碰面的时间都没有。用村里人的话说，还真不知道他们咋对上眼的。同村男子一块儿到巧玉家找明玩耍，打牌、看电视、喝酒、聊天，巧玉往往在做完饭端上之后，就在厨房里待着，很少主动和男人们打招呼，也不像村里其他已婚妇女一样，和男人乱开玩笑。

在以后的几年里，巧玉和万青从偷偷摸摸到半公开，这期间，巧玉挨有多少打，似乎已经数不清了，梁庄村的人们对巧玉家里每隔十天半月发出的惨叫声见怪不怪，只不过，原来人们是骂明，有的还前去拉架，现在只是摇摇头，苦笑一下。巧玉年老色衰的寡妇妈被再次提起，还是那句古老的话，“有其母必有其女”。

巧玉和万青在深圳扎下根，几年没有回来，后来，巧玉的大女儿和万青的两个孩子也到深圳打工，他们像一家人一样，住在一起，过起了日子。明知道巧玉在哪儿，也知道闺女去跟了她妈，但是，非常奇怪的是，他却并没有再去找。时间一久，明的落魄模样就出来了，一个刚硬、火爆性格的人逐渐变成整天沉默寡言、埋头干活的庄稼汉。在一年春节，他终于和巧玉办了离婚手续。

也就是他们离婚的第二年，明被诊断得了脑血栓，中风在床。在儿子打电话到深圳的当天晚上，巧玉和万青就买了回家的火车票。他们重又回到梁庄村，并不只是简单探望一下明，而是长住下来。巧玉和万青开始认认真真地服侍明，巧玉住在明家里，负责照顾病人，收拾家务，万青住在自己家里，种两家的地，农闲时在镇上打点短工。在明需要打针复诊的日子，万青推着三轮车，巧玉跟在旁边，三人一块儿去镇上，或坐车去县医院看病。一时间，他们三人成了方圆几十里内的风景，背后议论无数。一年之后，明去世了，万青把明的房子修缮了一遍，请梁家、韩家的长辈在一起吃了个饭，大意是向大家保证自己不会占据明的宅基地和房子，这也是人们一直在背后质疑的问题。

在古老的乡村大地上，只要你真正做出有美德的事情，人们会自然忽略你的其他问题。早就有人背后议论万青是为了霸占明的宅基地才回来的，也有人认为他们俩是内疚，因为明的病就是给他们气下的，但不管怎样，能够坚持一年，照顾一个臭气熏天、已经不相干的人，并不是件容易的事。巧玉的诚恳与低调使她逐渐恢复了名声，而万青，也因为能够灵活、公正地处理各种事情，很快得到了韩家族人的谅解。巧玉和万青，终于成为名正言顺的、被人祝福的夫妻。

傍晚的时候，夏日的燥气下去，有风吹过，经过大妈家门口，听到了热闹的哄笑声，循着笑声进去，意外地发现巧玉和万青也在家里，问起，才知道，万青的儿子要结婚，他们特地从深圳回来办喜事。巧玉的头发还是老样子，把前面全部向后梳，用一个长发卡拢住，很老式，像五六十年代妇女的打扮，她年轻时就是如此。我是很久以后才知道，在巧玉的头后中间部位，有一片是没有头发的，这是刚结婚时，她那火暴脾气的丈夫给她留下的印记。

巧玉脸红红的，惊喜地看着我，远远地坐着，背仍然驼在小凳子里面。她看着我，好像我们之间很陌生，但那惊喜的表情却又一直挂在脸上，还有一点羞涩，两只大手来回对搓着，流露出内心的紧张。看得出她真的很高兴看见我，但又因为某种原因，她不敢，或者不好意思向我表示进一步的热情，就那么一直远远地看着我。我问她什么时候回来，过得怎么样，她也不说话，只是转向我的堂哥，示意他说，仿佛一切都以他说的为准。我问堂哥，听别人讲，他在深圳还有一个职业，即帮助别人打麻将，替别人支摊，输赢与自己无关，只按时间计费。据说因为堂哥打得好，开始只是偶尔为之，后来就变为专业了。堂哥听了，哈哈笑起来："这是谁胡编排我？纯是出我洋相，要是真打哩好，我还骑那三轮车干啥?!"但是，他眼睛一闪而过的狡黠却又让人有些疑惑。出去讨生活的人，谁没有秘密？

望着仔细倾听堂哥说话的巧玉，那个善良、温柔的女人还在，那双大手也还在，结结实实的，洋溢着生命力。但这一切，被一种温顺的、服从的天性遮蔽着，只有那些愿意接近她、爱她的人才能够发现。我真的有说不出的激动，甚至想冲过去拥抱她，但我也忍住了。

## 赵嫂

在村头和其他几位老人说着闲话。赵嫂两口子来了，推着婴儿手推车，车里躺着才刚十个月的小孙女。后面跟着俩孙子，分别有四岁、七岁的样子。婴儿车的把上搭着几块尿布，随风飘着，像旗帜一样，估计是孙女刚尿湿的。一看见我，赵嫂就嚷起来："你在干啥？咋到处都看见你。"我笑起来："赵嫂，不见你干活，就见你走四方。"话还未落，赵嫂就叫道："不干活？我干哩活还少？五六十了，养仨小鳖娃儿，你说还少？叫你养一下试试。"赵家大哥不大说话，在一旁笑眯眯地看着。在我的印象中，好像赵家大哥就没说过话，常年在村里砖瓦厂干活，人干瘦，脸黑得就像烟熏过一样。问赵嫂怎么喂婴儿车里的孩子，累不累？爽利的赵嫂打开了话匣子：

我正经是不按你们城里的样子喂。娃儿不到半岁，玉米面、面条、南瓜都吃，吃哩可欢。孩子他妈打电话说，不让这样，不让那样，跟着城里人学。说哩可美，自己又不弄。背背他们眼[1]，我

1　背背他们眼：不让他们看到。

该咋着还是咋着，不按他们那样儿来。你要跟他们那养法，那就叫弄不成。原先，你们那时候，有病了给娃儿沾点土腥气，放到地下滚滚，不也就好了。哪像你们现在养孩子那样子？

他们挣那俩钱算啥！没有俺们给他看小孩，他们出去个屁?！要不是俺们给他们当不要钱的保姆，算算就是没挣钱。我给你算算，老大家两人在一个厂里，有三千多块钱，他俩自己租房子住，连吃带住得花一千多。俩娃儿在镇上她姑那儿上学，哪个月不得几百块钱，要是有个头疼脑热的，也得百十块钱，一个月最多剩下千把块，可不就是俺们老两口的保姆钱。老二家两人在两处打工，都吃住在厂里，一个月还能存上个一千多块钱，老二媳妇拿哩紧哩很，一心想着盖房，也没说多给俺们俩点钱。

你以为他们感谢你，感谢个屁！这里面有啥原因，老人帮他们带孩子，他们的地老人种着，这等于是交换。他们不管你累不累，想着你种他地也算给你报酬了，也不管种地到底能不能赚到钱。有许多娃们出去打工，孩子撇在家里，连一分钱都不给。有的老两口，好几个孩子，你留我也留，要不，吃亏了。还为谁留的多、谁留的少打架，非得把老人撕吃了才行。

你看我这辈子容易不容易、可怜不可怜？才刚把他们拉扯出来，又得照顾他们的娃儿，到死都不得安生。你说不管他？眼看他日子过不去，你能不管。在家里没指望，又不让出去打工，儿媳妇非怪死你。你看农村有哪个敢说不管孙娃儿的？现在不给人家帮忙，想找死，老了还想不想活？咱们隔壁李村，老两口七十多岁了，四个儿子，两个闺女，没有一个养活爹妈。到哪家哪家都不欢迎，最后把儿子们告到法院。不告还可能有碗饭吃哩，一告倒好了，老两口连饭都没人送一口。二儿子把钱摔到他妈面前，说："你不是稀罕钱吗？拿去，从此以后，咱们井水不犯河水。"说完，扭头就走。那家大儿子好赖还是个国家干部哩。也不见得咋样，给爹妈办个存折，把法院判的钱汇到存折上，让别人捎回去，见都不见。生气爹妈不顾他面子。现在，那老两口天天哭，后悔都来不及了。

还有，王营也有这事儿，寡妇把三个儿子拉扯大，把房子、宅基地都分给他们了，到最后，仨儿子个个不愿意让老母亲住自己家里。还都有一番理由，说是妈偏心这个，偏心那个。谁多上两年学，多花家里钱，就应该多养活；谁娶媳妇时，妈不愿意，少置办了彩礼；谁自己盖房，妈也没出钱。那说头可多了，听着都嫌丢人。老婆子，嫌丢人，一头扎井里，想自己死了，算了，结果，被救上来，仨儿好上几天，过后还是那样。最后，大队支书说，干脆让法院判。法院也判了，说是老母亲轮流住儿子家，一家一个月，有病集体掏钱。住到老二媳妇家里，刚照顾完媳妇月子，老婆子出去一趟，媳妇就隔着墙头把老婆子的包袱扔了出去，连门都不让进了，说："我就不让住，有本事，还去告去。"老婆子也不敢告，现在到城里给人当保姆了。过几年，老哩干不动了，还不知道会咋样呢？

世道变了，原先是媳妇怕恶婆子，现在是婆子没有不怕媳妇的。有哪个是省油灯？不把你榨干就不算完。你辛辛苦苦替她照顾孩子，回来该吵你，还吵你，该不养活你，还不养活你。给他们摆一下自己的功，说那是你孙子，你想让他饿死我也管不着。刻薄哩很。

你说小孩跟他妈有隔阂，不可能，还是人家妈亲。这小鳖娃们都能死了，他爹妈回来最多五分钟，就跟他妈亲哩不得了，前后追着他妈。你稀罕死，一年到头累死，不抵人家妈回来几天。你还不知道吧？我还有俩孙儿，跟着他们姑在镇上上学，把他们姑也累得够呛。我呢，每周还得给他们蒸馍，轧面条。

出去打工的日子过哩可美啦！小两口上完班，回来吃吃饭，就能睡觉了，清闲哩不得了，俺们这些老骨头在家帮他们带小孩。你说，城里幼儿园又上不起，上学也没户口，谁接送？再说在工厂干活，一天下来，那可不是玩哩，累哩就不想动，也不愿小孩泼烦[1]。你侄儿在那啥胶厂里干活，高温，一天下来，烤得受不了，环境还差，咳嗽哩不得了。

你看，这是我那二孙子，一直在生气，怪汪汪的，想上他姑那儿。但他姑好不容易清净一下，也不想带他。这个小女娃子，生下来五个月的时候她妈就走了。这么长时间了，就没回来，就看这个年下能不能回来了。

赵嫂一边"骂"着她的孩子们，一边晃着婴儿车，时不时用手摸摸里面，看孩子尿了没有。农村留守老人的状况和城市的老人问题完全不一样。城市是孤独问题，而乡村的老人却是金钱问题。

农民打工的成本有多高，赵嫂给我们算了一笔账。如果不是老人当免费保姆，帮忙带孙子外孙，降低打工者的生活成本，打工挣的那点钱根本不足以支撑生活。另一方面，老人也不敢太多抱

1 泼烦：麻烦，缠人。

怨，因为将来还有个养老问题。所有乡村老人都是想万一有一天你躺倒在床上，不会动了，不能为人家服务了，指望谁？没有退休金，又没有社会保障体系。你现在不给“人家”养孩子，不努力干活，将来“万一那一天”到来的时候是会有你好看的。农村的观念，是绝对不会接受不替自己照顾小孩的老人，尤其是在这种需要出去打工才能挣到钱的情况下。

从最直观的情况来看，儿女也很少有意识，认为父母年龄大了，应该有自己的生活，他们很自然地寻求父母的帮助。除此，也没有别的办法，因为只有父母愿意做免费保姆。如果有多个儿子，那这家的老人要遭罪了，还有个“攀比”问题，如芝婶和赵嫂都提到的，都是“比着留”，因为你不留，你就吃亏了。即使如此，如赵嫂所言，没有哪一个农村老人会自己优哉游哉，喝着小酒，打着太极拳，眼看着儿女有难处不去管的。赵嫂还属于比较年轻的老人，有许多已经七十多岁的老两口也在强撑着为子女服务，他们也会抱怨，儿女也会心疼，却也没有想过如何改变这种状况，撑到哪一天是哪一天。在这里，探讨作为个人的生活、个人的自由，是可笑而不切实际的。

赵嫂热情地邀我到她家去坐。从外面看，赵嫂的房子非常一般，但是进到里面，看一些细节，就能发现当年主人的精心营造，是冲着住到老死的目的盖的。房子一砖到底，粗直的圆木屋梁，椽子上面铺着一层在乡村极其少见的细竹篾编成的席子。这既起加固的作用，同时也隔绝了瓦层上面的灰尘，又使得房间显得雅致、明亮。地上铺着一层青砖，砖缝用水泥抹得非常平整，扫地时不留死角，整幢屋子里整洁、干净，是一个殷实、富足、会过日子的家庭。当我称赞起房子的时候，赵嫂有些伤感地说："人家要拆呢！""人家"就是他的小儿子和小儿媳。大儿子已经在路边买地起了一座两层小楼，小儿子折了一些钱给哥哥，这座房子和宅基地算是分给了小儿子。

又问老两口将来跟着谁住？赵嫂又是一声冷笑，跟着谁？谁也不跟。你别想着给"人家"侍候儿子闺女了，将来就可以让"人家"养你，门儿都没有。咱也不操那心。我和你赵哥还回到最早的房子里去，在那儿养老。儿子、闺女高兴了看看，给俩钱花，不高兴了，只要不骂我俩"老不死的"就行了。

我这才了解到，在春节里，赵嫂两口子和小儿子、小儿媳妇闹了别扭，还吵了一架，原因就是这房子。这栋房子是赵哥赵嫂子俩一生的心血，也是他们作为家长所拥有的房产和权威的象征。赵哥前半辈子在村砖瓦厂里干活，也一砖一瓦一木地积攒自己盖房所需要的东西，光是砖、瓦就攒有八年之久。当属于自己的那窑砖烧出来的时候，赵哥一个人躲在人后面哭了起来。房子是九三年盖起来的，房屋上梁那天，吝啬的赵嫂赵哥又是杀鸡宰羊，又是放鞭炮敬神，总算盖房起屋，像个人家了。那时候，赵嫂的女儿师范毕业，回到镇上教书，两个儿子虽说没有上成学，但也都初中毕业，准备出门打工了。赵家的好光景就要开始了。

在赵嫂子心里，他们为小儿子留这个房子，也是想着将来跟小儿子一起过的。小儿子虽然折了一些钱给哥哥，但是，这些钱远远不够再买宅基地的钱。而大儿子之所以同意，也是认为既然老人将来要跟他们过，那现在少拿点钱也是应该的。

但是，今年春节回来，小儿媳妇提出要重新盖房。在协商的过程中，也暗示将来他们不应该单独承担赡养老人的责任，更何况，赵嫂也帮助大儿子看小孩，不应该只有他一家承担赡养的责任。这就打破了之前的平衡。赵嫂和两个儿子、两个儿子彼此之间开始有些龃龉。按照赵嫂的分析，小儿媳妇虽然表面上提出是要再盖房，实际上就是不想养活他们。把他们盖的房拆了，连证据都没有了，真正到争论的时候，连一点底气都没有，因为你住的也是人家的房。赵哥在旁边反驳赵嫂，认为小儿媳妇还没有那么恶毒，可能也是嫉妒大哥过得好，房子盖得好，现在流行盖平房、小楼房，你这瓦房再好，那不还是瓦房。

我知道，在乡村，经常有这样的情况，如果有两个儿子，往往是家产一分两半，又因为农村宅基地比较紧张，一般是其中一个儿子占用父母的宅基地，另外一个儿子补偿一点钱给这个儿子，这等于说父母到最后是瓦无半片，房无半间，只能依靠孩子。这种分配方法在现代观念里，似乎有点不可思议，因为在此过程中，父母的权利被完全剥夺了。但在乡村，这是再正常不过的情况。在一般状态下，儿子媳妇出去打工，需要老人照顾孩子和房子，不会产生什么问题，但一旦儿子儿媳回来，要落叶归根，问题就出来了。这时候，父母的命运往往是极其凄凉的。

对于老人来说，他们甚至不敢理直气壮地要求儿子尽传统的孝道，如和儿子一家在一块儿居住，要求被尊重等等，因为他们没有给儿子提供更多的经济支持。儿子年少出去打工，彩礼、结婚、盖房，全是自己打工挣来的钱，父母根本没有权利支配。而家族制度的衰落、公共道德监督力的衰退、国家在法律与赡养习俗之间的矛盾都使得儿子，尤其是儿媳不把父母放在眼里。社会学家阎云翔把这一现象称为“父母身份与孝道的世俗化”，传统的文化机制遭到破坏，孝道观念失去了文化与社会基础。儿子儿媳根据市场经济的新道德观来对待父母，两代人之间的关系更多的是一种理性的交换关系，双方必须相互对等地给予。这在这一代的农村父母是绝对没有办法做到的。

在中国文化的深层，有一种本质性的匮乏，即个人性的丧失。由于秩序、经济和道德的压力，每个人都处于一种高度压抑之中，不能理直气壮地表达自己的情感、需求和个人愿望。每个人都在一种扭曲中试图牺牲自己，成全家人，并且依靠这种牺牲生成一种深刻的情感。一旦这种牺牲不彻底，或中途改变，冲突与裂痕就会产生。在日常状态中，家庭成员彼此之间沉默、孤独，好似处于一种愚昧的原始状态，但是，这并不意味着他们对这种痛苦没有体会，只是，每个人都被看不见的绳索捆绑着，无法叙说。一旦矛盾爆发，往往极具伤害性。

非常奇怪的是，从赵嫂，从五奶奶、芝婶一些抱怨性的话中，却仍然可以感受到掩藏在背后的爱与宽容，对儿女，对他们在外面的艰难生活，对身边这一个个让他们老年还不得安生的孙子，仍然有一种非常细腻的感情。虽然他们也担心将来的生活，也担心儿媳的行为，但更多的时候，他们仍然兢兢业业地伺候孙子，替他们承担一切。他们不表达，不但对外人，对儿女更不表达。这一切，是属于地层之下的，被深深埋藏起来，连他们自己也意识不到。乡村的生命，其韧性之大，是与自然界的生物相等齐的。

赵嫂的厨房里冒着香味儿，大概是刚焖好的咸米饭。炒点肉和芹菜，多倒些水，把米放在里面，小火烧煮，二十几分钟后停火，再焖上一段时间，就好了，非常香。在我童年时代，这是只有在改善生活时才做的，一年一个家庭最多也就做那么两三次，也因此，对这香味有独特的记忆。而现在，早已是乡村的家常便饭了。这香的炊烟飘出院子，在乡村的上空散开，氤氲了整个村子。

乡村教堂

# 第八章 何处是故乡

至 2006 年，穰县新农村建设初见成效。全县所有行政村实现了通油路。积极推进“村庄整治”，修建道路 910 公里，治理坑塘 179 个，兴建村级游园 118 个、文化茶馆 300 个、沼气池 3800 座，安装有线电视 5700 户、太阳能热水器 8700 余台。投资 3400 万元，扎实推进信息村建设，建设信息村 330 个。村级幼儿园、卫生室、商业网点、治安室、村民活动场所等公共服务体系逐步配套完善，村容村貌焕然一新。

——《2007 年穰县政府工作报告》

## 泥淖

清晨起来，有一种沉重和乏力之感，乡村生活就像一个大泥淖。回来不过月余，总有一种控制不住的想沉下去的感觉，不是有什么外力、强力推你，而是你不由自主地往下落，整个精神越来越散，越来越沉，朝着不知道多深的地方坠落下去，这是一种周而复始的感觉。年年回家之前，总是下定决心多待些时候，但每次都逃跑似的匆匆走了。

我对调查的可能性和有效性产生某种担忧。该怎么说呢？虽然二十岁才离开家乡，离开真正的乡村，而这段时间，在村庄里，也一直和村庄的人们在一起，但是，却深深感到乡村深层结构的难以进入，似乎无法进入他们的话语系统。支书、会计隐约透露的东西，还有那狡黠的眼神，让你很感兴趣，一追问下去，却又是总是顾左右而言他。乡村犹如一张大网，纲和目太多，无从下手。

面对芝婶、五奶奶以及村庄的一些留守老人，我觉得她们的内心是一座深厚的城堡，难以进入。或许，面对我，这样一个外来者和有某种目的的人，她们自然地处于沉默，既没有情感的交融，也不处于同一立场。面对这种情况，我也不知道该如何重新回到话题之中，几乎处于失语状态，对于她们，对于我本人来说，我已经是乡村外部的人。自己的思维和他们的思绪总是处于错位之中。那一天，在芝婶家门口，芝婶五岁的小孙子在浮满垃圾和绿色水藻的坑塘边玩，儿子哭闹着也要去，我严厉地呵斥儿子，不让他去。在拉扯孩子的瞬间，我看到芝婶脸上“明了”的笑容，这使我突然间很羞愧。即使你抱着“重回大地”“重回村庄”的目的，即使你想回到他们中间，做他们的一分子，也几乎是不可能的。你无法摒弃自己的优越感和城乡生活的差异而带来的某种嫌弃感。

国家也在做许多努力，有许多政策的确是在关注农村，关心农村，譬如义务教育，譬如种地免税，譬如各种补贴。国家在做努力。但也正因为如此，这里面的危机与黑洞也更清晰地显露出来。

义务教育终于得以实施，农民再不用为交书杂费而发愁。像我的童年和少年时代，经常因为没能及时交费而被赶出教室。每到开学的时候，就可以看见父亲走门串户的身影，他是在四处为我们借钱交学费。但是，当真正可以轻松上学的时候，孩子上学的热情，农民让孩子上学的执着却没有那么高了。中小学教育在不停地缩小，这固然有人口减少的因素，但另一方面也与乡村文化氛围的淡薄有很大关系。小孩无心上学，觉得到十几岁出去打工就可以了。这形成一种矛盾状态，农民拼命打工挣钱，希望自己的孩子能够有条件接受更好的教育，但孩子却往往不想上学，更早地走进了打工的队伍。

这同时也导致了另一个现象，农村年轻人结婚越来越低龄化。许多家庭，害怕孩子出事，也害怕子女在外面自己谈恋爱，谈一个外地的男孩或女孩，将来走亲戚麻烦不说，万一有个矛盾，很难调解，极其容易离婚。村里几对离婚的年轻夫妇都是这种远距离婚姻，夫妻吵架，说离就离，各回各家，很少有回旋商量的余地。面对这样的情况，家长通常是在孩子出门打工之前，托四乡八邻的亲戚朋友，为孩子找好对象，订婚，很快结婚，然后两人结伴出去打工。至于感情合不合，性格对不对，根本考虑不到。邻村我表姐家的儿子，在江西校油泵的时候，和一个江西的女孩子谈恋爱。传到表姐那里，表姐亲自赶到江西，把儿子拎了回来。一定在家里订好亲，结完婚再让他走。春节见到我这位表侄，打扮很时髦，他给我讲了他的故事，他的那个女孩，他很喜欢她，但母亲犟得很，他一点办法也没有。不过他对母亲的决定也很理解，毕竟都是现实的问题。表姐已经为他订好了亲，是河对岸的一个女孩，表侄说那女孩性格挺好，长得也不错。他决定忘掉江西那个女孩，春节结婚后，带着妻子另找地方，继续校油泵。

种地虽然免税了，但是，父亲就算了一笔账，即使种地不交钱，肥料、种子、人工，在不停涨价。种一年地下来，也只是落个“原地转”，没有什么赚头。因此，打工者回来种地的热情并不很高，只是高兴一阵子。

哥哥家的诊所一个上午也没见一个看病的，问是不是因为另两间房装修的原因，嫂子笑着说：“不是，啥时候都没有人。”自从农村实施合作医疗之后，国家能够报销一部分，农民也就很少来这种乡村诊所。有关系的人家，把合作医疗的一些项目弄到自己的诊所，还能勉强支撑。其他都处于半停业状态，像哥哥这样的年轻人已经在寻找其他出路。但是，即使是这些直接受影响的群体，也没有过多的埋怨，因为都知道，对于老百姓来说，合作医疗是天大的好事。

中国的农民永远是最满足的，给他一点好处就念念不忘。和几个老人在一起，谈到合作医疗、免税、补贴，都非常兴奋，说是几朝几代没有过的事情。按一位老人的话说，现在早晚穿得都像客人一样，没有破烂现象，说话办事不一样。坐在家里，南京北京，国内国外，都了解。各种知识在电视里都能学到看到。当然高兴。

哥哥家门口还在施工，用的工人也是村里王家那一片的人。看到以前熟悉的面孔，心中非常感叹。几个妇女，其中一个是当年村里最俏的小媳妇，圆脸，黑脸蛋儿，眼睛亮亮的，非常活泼。但因为是嫁给王家，村里也没有多少人去注意她。

翻看美籍华人社会学家阎云翔的《私人生活的变革——一个中国村庄里的爱情、家庭与亲密关系（1949—1999）》，阎的这部著作避开社会学家对乡村的结构性考察，而是把重点放在乡村的情感问题上，从这一角度考察乡村家庭关系、人际关系的变化，及与传统现代之间的内在联系。这也是乡土社会学首次“向内转”，把乡村情感生活微妙而丰富的存在给展示出来，非常有启发性。但是，作者是社会学家，所关注的仍是整体性的变迁与结论性的东西，是一个纳入性与体系性的工作。作为一个文学学者，我恐怕没有能力做出如此高屋建瓴的结论，我更愿意把目光投向一个个的生命存在，去发现、叙述他们彼此的差异及个体情感的存在，他们在这样的时代所经历的只属于“那一个”的悲欢离合。

## 被遗忘的人

整个乡村给人一种温暖自在的感觉，虽然有触目惊心的破败。它的确有变化，但也是自在的变化，没有时间与速度，因此，也就没有危机与焦虑。几位妇女在村头树下打牌，有的带着孙子外孙到处闲逛聊天，有的在田地里干活，仅有的青年也在各自忙碌。刚开始的情感预设（悲伤、痛苦、无奈），问题预设（乡村的败落），都慢慢被消解，甚至被否定了，因为在这里，这些都不成为问题，它们只是生活的一部分，是可以被吸纳，消化掉的。

我好像有点“为赋新诗强说愁”的滋味，甚至有点故意找碴儿的意思。但这样一种明晰的感觉背后又有说不出的困惑。还有一个更为重大的问题：我所讲述的乡村故事，一个个生命，他们的矛盾、痛苦，所面临的问题究竟反映了什么？是这个社会的不公平赋予他们的苦难，还是其他什么？不知道为什么，我不愿意轻易把这些人生、这些生命样态归结到社会、政府上，我总以为，这里面蕴含着更为复杂、多义的东西，它不仅仅与政府相关，也与传统、文化、道德，与这块土地，与这片天空、原野相关，它与已经深深扎根于土壤中的几千年的民族生活息息相关，是一种久远的密码，它是一种民族无意识，而时代政治、政策及由此带来的变迁则只是一个横截面，是暂时的影响，一旦这种强大的外力消失，一切又可能恢复到过去。

我的观点是如此犹疑、不确定。从外部看事物与从内部看事物永远是有差别的。而从底层看事情与从上层看事情也有截然不同的结果。底层问题并非一个简单的压迫与被压迫的问题，它是一个文化力量的博弈过程。这也是那个住在墓地的人给我的启示。

或许有一个最重要的问题都被我们忽视了，即中国农民对政治的冷淡。在农民眼里，社会仍然是别人的，他们不属于其中。所有的好与不好，都只是被动接受。他们只是“被拯救者”，而不是其中的主人公。乡土中国不仅是地理意义的农村，而且是整个中国社会文化的基本特性。就中国目前的现实而言，政治的、文化的农民仍然被看作社会的累赘，是一个不得不正视的巨大包袱，而没有把它们作为主体。如果不把他们纳入这个政治社会的主体中来，不以某种方式使他们能够参与政治生活，我觉得乡土问题是解决不了的。

沿着窄窄的田埂慢走，从远处过来一个人，手里拿着一个黑色的塑料袋，边走边东张西望，应该是捡垃圾的。略微近点看，这个人穿得非常破烂，白褂子已经变成灰黑色，黑裤子，脚上穿着八十年代乡村流行的黄胶鞋。这不是军哥吗？怎么变成一个流浪汉了？兴哥、军哥，还有那个弟弟，我已经忘了他的名字，弟兄三个，父母早逝，都没有结婚，从我记事起，他们弟兄三个就住在路边的一个土屋里。兴哥是退伍军人，小弟弟长得非常俊俏，也非常活跃，后来却做了小偷，常年在监狱住着，也死在监狱里了。关于他，他怎么做小偷，怎么从偷东西到偷女人，村里有很多传说。在村庄生活的两兄弟都沉默寡言。即使冬天的夜晚到哪一家去聊天，也只是黑暗角落的旁听者，从来没有听见过他们说话。再后来，随着老屋的倒塌，这三兄弟也就没有消息了。前些日子遇到兴哥，现在又碰到军哥，才知道，他们仍然在村庄。

看见我，军哥的眼睛似乎亮了一下，但又马上移开，回归一种陌生的神情。我站住，说："军哥，起恁早。"他的嘴巴嗫嚅了几下，想说话，但最终没有说出来，眼睛也没有朝向我，而是朝着四周转了几转，掩饰自己的尴尬。他的脚步没有停，从我身边走了过去。我很奇怪他何以有如此强的陌生感，好像要把自己屏蔽掉，与我们无关，与熟悉的人无关，与村庄无关。

在一个村庄里，在一个生活的群体中，有多少这样被遗忘的人？我想起了春节在万虎家看到的场景。大年初二的中午，万虎端着一碗面条，没有一根青菜，白惨惨的，上面放着两个肝片，这是新年的饭。厨房乱糟糟的，他的妻子，一个曾经聪慧、秀丽的姑娘，因为夏天用井里的凉水洗澡把脑子洗坏了，坐在灶台后，直直地看着我，碗掉了都不知道。万虎的两个孩子，被寒风吹得脸红肿着，身上的衣服也不知道有多长时间没洗了，他们在院子里的小凳子上吸溜着面条，吃得很香。我问万虎，媳妇的病怎样，他说看了好多地方，后来没钱了，就不治了，现在连话都说不出来了。万虎还是有些结巴，憋得脸通红，听了好长时间，才明白，他现在在村里砖厂干活，一个月能挣几百块钱，但是，还不够媳妇吃药。我说不是有合作医疗吗？现在农村看病不是可以报销吗？他摇摇头，似乎有些茫然与不解。我这才明白，像万虎媳妇这样的病并不在医疗报销之内，这是慢性病，不住院，很难报销。连话都说不清楚的万虎是很难去争取一些权利的，当地当然也不会主动来帮助他们。

有多少这样被遗忘的人？小柱、清立、姜疙瘩，昆生……对了，还有万善，一个堂伯家的大儿子，小时候被淹傻了。现在应该已经五十多岁了吧，他常年在外流浪，偶尔回村庄，总是悄悄地沿着墙进到哪一家里，蹲在墙角。给人打招呼，很客气，也很正常，再说几句话，就开始表演，用手把耳朵拧了一下，用标准的普通话说："叮，中央人民广播电台，现在开始广播。"然后，大家就会给他几个钱。这几十年来，每天晚上，他到底睡在哪儿，是一个谜。问哥哥，哥说："哪儿？麦秸堆，窑，野地，到处都是他的地儿。"

还有那耍把戏的小女孩儿。戏班子带着这样几个女孩子，走乡串户，选一个背风的地方，敲一阵锣，就开场了。"咔嚓"一声，小女孩儿的胳膊被"卸了"下来，那样垂着，像面条一样，软绵绵的，在风里晃着，一直垂着。她的头也一直低着，仿佛抬不起来。有时候为了表现效果，小女孩儿还被要求抖动胳膊，以表明胳膊与身体的确是两截。那奇异的抖动与无力的胳膊，给人以永远难忘的观感。表演完了，大人会带着小女孩到各家去收点粮食，给多少算多少。

他们都到哪儿去了？

小柱埋在哪里？他四岁的女儿又到了哪里？有谁还记得他的存在？他曾经存在过？那样一个鲜活的、健康的生命。小柱，和我一年生的。小时候，我们俩最要好，因为同一年生，似乎格外亲近。七八岁的时候，村里一个人问，你俩谁大，我抢着说，当然我大，我十月份，他四月份，不是我大还能是他大？这成了我的一个笑话，小柱妈、村里人每看见我俩在一块儿，就要笑，都要说起这件事。

我最后一次见小柱还是在十三四年前，过春节。大年初一，早上，我们村庄各家，尤其是一个梁姓家庭都要互相端饭，小柱把饭端到我家的时候，已经九点钟了。我一见是小柱，特别高兴，让他别再跑了，就在我家吃算了。他就留下了。那时候，我们刚二十岁，小柱个子很高大，有一米八左右，长得很洋气，不像农村人，性格本来就开朗，出去几年，又多了一点城市味，显得格外气派。他十六岁就出去打工。在北京干过保安、电焊工，翻砂厂里当过翻砂工，建筑队小工也干过。那一年刚到青岛的一个首饰厂，春节前回来结婚，过完初五就准备走。

没有人知道小柱是什么时候发的病，他在那个首饰厂干有十年时间，前年开始吐血。在县医院住有快俩月时间，血一直止不住，始终找不到病因。最后几个月，多器官功能衰竭，不停咯血，最后，从鼻子、嘴里呛血，轻轻一咳，血就喷出来，家里腥臭难闻。兄弟姊妹们刚开始还积极凑钱，花得差不多，眼看没什么指望了，于是为出钱也生了很多矛盾。没挨到小柱死，大家又都各自回到自己打工的城市。小柱死之后，他老婆带着女儿，又嫁了一家。第二年，小柱妈查出来是胃癌，很快也死了。

梁庄村出去打工的人，除了少数在校油泵，少数大专毕业生在公司干些技术活，大部分是建筑工人、首饰厂工人、三轮车夫、塑料高温车间工人、翻砂厂翻砂工。赵嫂的两个儿子就在塑胶高温车间，还带了同村的几个男孩子去。据他姐姐讲，那环境差得很，他们经常头晕、呕吐。但是，并没有人以为这其中有什么必然的联系，即使知道，只要问题没出在自己头上，都认为很遥远。因为他们干的活，他们的环境，并不是中国最差的。

我少年的伙伴，那一个个少女，清丽、冬香、多子，都到哪儿去了？她们的生活如何？她们是不是也和春梅一样，在家里苦苦撑着，等着那一年中的几天？仅有的幸福的几天，然后又夫妻分离。王家的一个女孩儿，自十几岁出去之后，将近二十年了，就没与家里联系过，她是活着，还是早已葬身于城市的哪一个黑暗角落？

但是，也并非都是绝望或痛心，乡村的痛，乡村的悲，总是同时包含着温暖与坚韧，因此，也还隐约闪现着那永恒存在的希望。就像五奶奶、芝婶、赵嫂和她们的儿女，无论怎样的痛苦、抱怨与争吵，背后还有亲情，还有谅解。

在路上碰到韩家种菜的老两口。我一直搞不清楚怎么叫，韩家和梁家的辈分到底是怎么排的，父亲说那得从山西洪洞县迁过来那一辈儿说起，太久远了。反正，我和这老两口是同辈，叫韩哥，虽然他们已经七十多了。七十出头的韩哥用扁担挑着两筐菜颤悠悠地往这边走，腰几乎快弯成九十度了。韩嫂拿着一把菜，跟在后面，也是颤巍巍的。但很显然，他们还健康。还在田里劳作，依靠自己的劳动赚取生活的费用。

是的，也还是有生机。那天一个堂嫂子来看我，她和丈夫两口子在北京卖有十年的菜，盖了房，还有存款。在和我的交谈中，她用的是普通话，表现欲望很强，凡是谈到大的问题，她都竭力表达自己的观点。言语中对城市人的市民气严重不屑，因为市民总是为几分钱斤斤计较。说起现在房地产的行情，也很有自己的看法。虽然我并不喜欢她那股强势及自鸣得意的劲儿，但是，你不得不承认，常年的城市生活及对自己生活的满意使她有一种自信。那天去嫁到镇上的村里姑娘家吃饭，我为她家里摆设的现代及生活方式的都市化程度而震惊，完全的城市生活模式，让人看到了金钱给乡村生活带来的巨大影响。

但是，身在城市的打工者，却永远是异乡人。回到家乡，堂嫂自信而活泼，然而，在都市里，她只是无数乡村打工者之一，是菜市场里的一个粗笨的卖菜人而已。我的表哥，在北京的一个建筑工地做小工。每次到我家，都手足无措，那种沉默、无奈的表情，常常让我震惊。实际上，他高中毕业，灵动，健谈，有头脑，在他们村子里是以聪明著称的。但来到城市，他只是一个讨生活的，他的情感、智力、生命，与城市没有产生任何交集。

在所谓现代社会中，农民在乡土社会里所形成的思维习惯、语言方式和生活模式完全失效，由“陌生人所组成的现代社会是无法用乡土社会的习俗来应付的”。那在城市各个角落成千上万的民工，他们衣衫破旧、神情怪异、动作拘谨，显得非常愚笨，就好像鱼离开了水，半死不活。谁能想到，在乡村，在他们的家，会是怎样的如鱼得水、生动自然呢？

## 新生

在一般的概念中，经济的衰退会造成文化的混乱与衰退。这是因为，文化的传承需要一种稳定因素的支撑，生活安定，经济充裕，才能够使文化的内在与形式得到充分的体现。在中国当代乡村，却似乎恰恰相反。如果从最广义的乡村总体经济，从一个农民家庭的总体收入来看，乡村经济的确是在发展，夫妻俩都能打工挣钱，孩子稍大一些也可以到城市里面打工，无论工种好坏，总比单纯种庄稼强得多。但是，文化，无论是传承意义的、个人精神层面的，还是求知方面的，却处于一种断裂与衰退之中。我们，包括国家意识形态和大多数知识分子，总是用“转型”这一词来概括、形容这一断裂，却忽略这一转型背后所造成的“黑洞”效应和巨大的毁坏力。我这里所指的“文化”并不仅仅指传统的一些观念、道德和习俗，也指现实中的文化状态。

就梁庄村而言，整体的，以宗族、血缘为中心的“村庄”正在逐渐淡化、消亡，取而代之的是以经济为中心的聚集地。虽然，作为村庄中的大姓氏，仍然会有安全感和主人翁感，但这种感觉已经被削弱到可以忽略不计的地步。这与一些发达地区为了经济利益，村庄宗族势力再度抬头相反。北方内陆的村庄，宗族势力很少能带来经济利益，因为本地几乎没有资源可以利用，大部分村里人都是出外讨生活。

与此同时，村庄的规划，村庄家庭之间的内在联结，都在发生变化。村庄最好的位置往往住着最有钱的，并以此形成村庄新的等级与阶层。而宗族家庭之间的感情往往很淡，尤其是新一代家庭，各自出门打工，春节回来一聚。对于村庄的政治事务、公共事务，譬如选举、修路、砖厂的去留、学校的建设，他们并不真正关心。

家庭内部也在发生变化。由父母通过日常生活教育孩子各种行为规范，变为由爷奶或亲戚代劳，父母和孩子之间被金钱关系所代替。而随着学校在村庄的停办——它可以看作统摄整个村庄向上精神的象征物，随着一些德高望重的老人去世——他们往往是村庄的心灵指向和道德约束，作为文化的村庄从内部开始溃败，只剩下形式的、物化的村庄。这一溃败意味着中国最小结构单位遭到了根本性的破坏，个体失去了大地的稳固支撑。

村庄的溃散使乡村人成为没有故乡的人，没有根，没有回忆，没有精神的指引和归宿地。它意味着，孩童失去了最初的文化启蒙，失去了被言传身教的机会和体会温暖健康人生的机会；它也意味着，那些已经成为民族性格的独特个性与独特品质正在消失，因为它们失去了最基本的存在地。村庄，在某种意义上，是一个民族的子宫，它的温暖，它的营养的多少，它的整体机能的健康，决定着一个孩子将来身体的健康度、情感的丰富度与智慧的高度。

改革开放这么多年，中国农村的确有很大发展，但也带来许多从未有过的问题。这些问题正成为新的环境、新的血液，深刻地影响着农村的整体生存状态。所有这些，只用“转型”二字来涵盖是远远不够的。当以一种“内视角”进入乡村，才会发现，在当代改革过程中，对传统文明与传统生活的否定性思维被无限地扩大化和政治化，普通民众和知识分子对乡村的想象也大多与这一思维同质。

当我就这些疑问与穰县县委书记交流时，他也深有同感。在听到我回来已经一个多月，在老家住着时，他大大地赞叹起来，说：“以往也有学者来调查，但总是三五天就走，然后就写一篇上万字的文章，能有什么深刻的东西？乡村现状、乡村问题绝不是几天就可以看清楚、想清楚的。”他给我大开绿灯，指派自己的秘书和我一块儿，在全县范围内走访村庄，扩大眼界，从各个层面了解乡村的整体发展。

我们的第一站是 ×× 镇，是九十年代初期兴起的全国知名的乡镇服装批发市场，形成制作、批发、转销一条龙的大型产业链。每年为宣传，镇上要花费数百万请明星、歌星，办大型文艺演出。由于制作的粗劣与仿制品的泛滥，1995 年之后，该镇就慢慢衰落了，到2000年以后，就连镇上的居民都遗忘了这里曾经的辉煌。

乡党委书记是一个四十岁左右的转业军人，说话精练，有条理，正在对服装市场进行大规模改造，以重新恢复当年的辉煌。我问他："为什么在已经有广泛影响力的情况下，服装市场会败落？"他很干脆地说："还是管理者不行，要想成为大型的市场，书记也应该是商人，必须有先进的管理与经营理念。另外，就是商户的素质太低，太不注重产品质量。"他的工作重点，分四步，改造街道环境，包括下水道、电力、路面等等；提高政府行政办事效率，抽调各职权部门集中于一起，使商户手续简单化；抓骨干品牌，骨干企业；扩大宣传，吸引外资。

镇党委书记侃侃而谈，俨然是一个实业家和实干家。他带我们去一家毛衣加工厂参观，这是香港一家公司，老板的祖籍是本镇，在探亲的时候被游说回来开厂。工厂简陋，一个巨大的厂房，开放式的，有电扇吹着。机器在响，女工们在忙碌，一派繁荣景象。

我却对车间里的孩子产生了兴趣。在一位妇女的脚下，躺着一个孩子，正在轰鸣中睡觉，他的脸上落着白色的毛线碎屑，看起来很滑稽；一个孩子还吊在妈妈怀里吃奶，母亲用布兜拴着他，两只手仍然在忙碌；还有几个孩子围着机器，在捉迷藏，做游戏。我想，无论是工厂主，还是书记，都是不会在意这一场景的，因为在乡镇，这样的场景，非常普遍。更何况，母亲能够不背井离乡，能够带着孩子，在村镇附近找来活做，是非常不容易的事情。比起那些在城市打工，把孩子留在老家，或把孩子拴在出租屋里的那些母亲，她们的命运还是好的。

我忍不住问起厂长："这样是否有危险？有没有什么办法解

决？”厂长认为危险不大，但他承认这样不合规矩。但是，如果不让她们带孩子进来，她们很可能无法工作。党委书记敏捷地接过话题，现在这样的儿童很多，他准备在厂里办公立幼儿园，妈妈可以把孩子放在这里，以厂为家。这样，既可以让妈妈放心工作，又解决了孩子的教育问题。书记的思路让人为之一振，但是这也只是一种设想，谁来出这样一笔经费，这也是必须要考虑的问题。

该镇党委书记改变了我对基层官员的认识，在中国，也有这样锐意进取、希望做一番事业的官员，不管他是为了个人升迁、名利，还是其他什么，在客观上，他在为公众考虑，在做一些实际的事情。无论如何，对于中国的乡村来说，有这样的官员总是一件幸运的事情。

接下来，我们又去了几个村庄整治的典型乡镇。这是穰县南面的几个乡，我们去的村庄也是该乡的模范村。从县城出发，一直是平坦的柏油路，道路两旁是清新秀丽的白杨树，它们只有碗口粗，这是县委书记来之后为发展杨树经济栽种的。再往远处，是大片大片的庄稼地，玉米、红薯、高粱，也是青葱翠绿，我恍然好像到了南方。到了模范村，才发现，新的乡村规划已经完成。一排排房子，虽然仍是北方普通的屋架房，但是却高低整齐，规格基本一致，房前屋后不再是黄泥土，而是水泥地，有统一的下水道、垃圾池，还有沼气池。沼气池是近几年县里推出的一个节能项目，凡是建造沼气池的人家都有三分之二的政府补贴。

我们进到其中一户家里面。这是老两口，儿子长期在外打工，他们在家养些家畜，为了产生沼气，又专门养了两头猪。我们参观了他们的猪圈、沼气池，被里面巨大的气味熏得难以呼吸。问起使用的情况，老两口认为这的确是节省了煤气、煤球钱，就是夏天气味太大。

又去了另外一个乡的一个别墅村，就盖在公路边。蓝天白云下，很漂亮。这是乡党委书记亲自抓的项目，统一样式，中西结合，红砖白墙，圆顶拱门，卧室、客厅、厨房、洗澡间，功能齐全，但也考虑农民的实际情况，譬如房顶是平的，农民习惯在房顶晒粮食，院子里也有车库，放拖拉机和农用车。刚好有几个村民在打牌，就问起盖别墅村的情况。别墅村是乡里统一规划，以社区的方式进行建设，有各种配套的设施，卫生室、宣传栏、健身器材等等都有。最明显的是道路的变化，原来村庄的道路一下雨就泥泞难走，有些地方陡窄难行，拖拉机都过不去。现在道路宽敞平整，一切都现代化，村民真正过上没有泥泞的生活。

在闲谈中，我问大家的意见，从整体上，农民很高兴，统一规划，干净整洁，离自己的土地、原来的村子不远，又在公路旁边，可能会有商机，谁不愿意？但是，并不是家家都有盖房的钱，也不是家家都愿意从村庄里挪出来。其中一个老伯面色凝重，默默地坐着，也不说话。我问他家里的情况，才了解到，他儿子儿媳都在外打工，好的时候，一年能攒个一万多块钱，不好的时候连工作都找不到，还得倒贴钱。为盖这个房子，家里的几万块钱积蓄已经花光，又借了将近两万，还得花四五万。他很惆怅，不知道怎么办。还有一些在村庄里刚盖的房子，政府怎么动员也不愿意搬，造成了新村庄和旧村庄同时并存，反而多占了耕地。

中午与乡党委书记吃饭，他给我的感觉有些浮夸，一心想显示自己的业绩，镇上那些不伦不类的欧化建筑全部拜他所赐，说是要建国际化乡镇。别墅村是后来又规划的，至少把农民的实际需求考虑到了。在说起别墅村的时候，他非常得意，认为这是给县里树立了一个标杆。当问起农民是否高兴，其中的细节是否到位，如下水管道、饲养家畜、新村庄外部配套等问题时，他非常不屑地说："这完全是农民意识，太过短浅，最终得到好处的是他们。"

和几个乡党委书记交流下来，发现，中央对乡村有全方位的资助政策和管理政策，水利有农田灌溉，具体到井的打建，都有专项资金；环境方面有水污染的治理，生态测量，这几年环保局的工作力度和权力也越来越大，也正因为此，湍水上游的造纸厂和穰县的大型造纸厂、化肥厂才最终真正关闭。

国家对乡村的发展越来越重视，一直在努力寻找一条适合乡村的道路。但是，非常奇怪的是，农民却始终处于一种被动消极的状态，并没有真正的参政意识。这是很值得思考的问题。县乡政府—村干部—农民三者之间始终是三张皮，没有形成有机的统一体。当代的农村政策不停地改变，时好时坏，身在其中的农民不知道哪一种东西还真正属于自己，包括土地。因为没有拥有过权利，农民也不认为有哪些自己应该关心的事情，国家给一点，当然好，不给也是自然。

正在消逝的古老村庄以什么样的方式新生，以什么样的心态、面貌达到健康的新生，这是一个大课题。

## 文化茶馆

在各村走访的过程中，才了解到，为了提高村庄的文化素质，穰县推广了一项名为“文化茶馆”的文化工程。这使我非常感兴趣，在某种意义上，这也正是对“村庄如何新生”问题的一个解决方案。

文化茶馆由县乡提倡，个人承包，以自己的房屋或大队部的房屋为基点（不另盖新房），承包者自己置办桌椅茶炉，县文化馆拨出专款购买书架书籍放在茶馆里，中央推广的“远程教育”的接线口等其他一些乡村的公共资源也都放在茶馆里。“远程教育”的电视也由政府购买，内容很多，有各种戏曲，港台、国内电视连续剧，其中，最重要的是各种科教知识。这样，农民既可以在茶馆休闲、聊天、喝茶，同时，也可以看书、看电视、学习科普知识。

我们到其中一个文化茶馆去参观。仲夏的午后，漫长、炎热。进入村庄，远远看去，有几个孩子在坑塘里洗澡，脱得光溜溜的，一会儿扎个猛子进去，一会儿又打水仗，很是热闹。走近去，所谓坑塘，只是一个用水泥修筑起来的死水潭。有几个台阶，看起来很整齐，水面却污黑油亮，上面泛着一些脏的东西，有妇女在边上洗衣服，洗那种装化肥的塑料袋。仔细观察水源，水是从上面一个水井引进来的。估计是为了迎合上级的“坑塘改造”工程（这也是一项村庄建造工程）。要想保持干净，必须换水，但很显然，自建成之后没有换过。

文化茶馆就在坑塘旁边，紧挨着还有一个很高很宽阔的台子，这是新搭建的戏台子。我们进到茶馆里面，有几个人坐在那里看电视，应该是港台武打连续剧什么的，打打杀杀的声音十分响亮。靠后墙的地方摆着两个书架，有两个孩子在看书，还有一个中年农民也在看书，非常专心，皮肤黝黑，表情拘谨。另一边是两桌打牌的人。

茶馆的主人看起来快七十岁的样子，走路颤巍巍的，头也稍微有点抖，背已经驼了。一问起来，才五十六岁，这样的衰老程度，即使是乡村的男子，现在也不是很多见。

泡了一碗茶，我们坐下来。在闲聊之中，得知茶馆主人现在带着两个孙子过日子，儿子在另外一个乡的变电站工作，儿媳妇在外地打工。两个孩子留在他这儿，一个七岁，一个三岁。儿子媳妇已经半年没回来了。本来说是暑假让大孩子去他爸爸那里，但是，却因为儿子工作太忙，还要上夜班，又不去了。茶馆的收入是卖茶和打牌的抽钱。客人一碗茶一块钱，再续水不要钱。打牌一桌一下午十元，喝茶不要钱，一天上午下午有三四桌，就会有盈余。

在茶馆待了两个半小时，那位中年农民几乎一动不动，一直在专心看书。到了约四点半钟的样子，他起来了，把书放到书架上，到外面推着自行车走了，自行车后面的篓里放着锄头和镰刀。我到他放书的地方去找他看的书，是《射雕英雄传》。两个十几岁的孩子看会儿书，又看会儿电视，走了。电视一直在播港台连续剧，没有换台。那一桌打牌的人一直在打。中间有人来来去去，但多是在打牌那儿站一会儿，去看书的人并不多。实际上，就读书而言，除了学生应试所必须学的课本和国营的新华书店之外，整个民间阅读处于一种极度萎缩的状态，更不用说阅读的质量问题。我曾经统计过吴镇的私营书社，有四家，一家以影像碟片为主，生意最好，三分之二是香港片，极少数传统戏曲和中国电影，其他三家生意都处于关闭的边缘。其中一家叫“希望书社”，我非常喜欢这一名字。店里武侠小说占满三面墙，大红大绿，装帧粗糙，典型的盗版书；一面墙摆的是儿童读物和学习用品；在角落处有一个小书柜，放着几层当代小说、外国文学、励志类和官场黑幕之类的书，没有唐诗宋词或其他古典类的东西。店主说来租书的大部分是镇上初中和高中的学生，少部分镇上的居民，并且几乎都是直奔武侠小说而去。即使这样，生意也越来越差，一是因为这几年吴镇高中、初中都封闭式管理，只在周末下午让学生出去一两个小时；另一个原因就是学生在课余时间几乎都是上网打游戏，很少看书。唯有一个学生与众不同，一个高一的男同学，每隔一周都来借一本中国小说或散文看，像《白鹿原》《围城》他都借过。在和店主的闲聊之中，意外得知，镇上还有一个民间藏书者，是一个老民办教师，家里藏有几千册书，有相当一部分还是线装书。当时一听，非常振奋，我很想去拜访那位藏书者和他的书，就托店主打听一下。结果很让人失望，藏书者一年前已经去世，儿子把他的书全部当废品卖了，还把父亲的书房改造为三间大门面房，做起了五金生意。

我们又出来看那个戏台子。戏台高旷，用水泥垒的台子，四周用钢筋围筑，顶棚用石棉瓦和钢架搭成。问村支书得花多少钱，说是一万元左右。看来这是真实的成本，几个村的支书都这样说。同时支书认为这个戏台子并不实用，从建成到现在演过两场戏。请正规剧团或民间班子来都需要钱，演三四天，需要三千块左右，这对经济并不宽裕的中西部乡村来说是一笔不小的开支。现在家家也有电视，晚间的电视剧都看不过来，人们根本不愿意出来。再加上，村里本来人就不多，能来看戏的就更少。倒是有红白喜事的人家，都在这戏台上放电影，取代了昔日打麦场的位置。村支书承认，如果真的组织好节目，看戏，放电影，周围可以摆摊做小买卖，也会吸引四里八乡的人来看，非常热闹。他们组织过一次。但是，太费力气了，谁有工夫管这闲事呢？

回到县城，和朋友说起文化茶馆的事，朋友大笑，城里文化茶馆倒也不少，几乎就是麻将茶馆了。有些文化茶馆连书也不要了，就是办个证，给打麻将提供一个合法的场所。在穰县，打麻将是全城的一个活动，不管是机关干部，一般职员，还是个体商户，几乎都是麻将爱好者，有固定的麻将友，午饭应酬之后，如果下午没有要紧的事情，就会相互约好，直奔某个固定的地方，从下午打到晚上十二点左右。每天如此。我想，不只在穰县，大半个中国县城都是这样的生活。

在和县委书记谈文化茶馆和戏台时，很显然，他对此的期望很高，他希望能够借助这个平台，政府的帮助，民间的参与，以乡村能够接受的方式来提升乡村的文化品质，增强文化氛围，以对村民形成一种熏染和影响。并且，重新恢复一些传统的文化形式，譬如传统戏、豫剧、舞狮。但是，从实施情况看，却并不理想，这一举措并没有得到村民、市民的响应，在某种意义上反而助长了一些不好的习气。从干部层面看，村支书、乡干部和负责管理的人也只是把它作为一项工作指标，没有真正去组织、监管。国家的一些文化普及举措也并没有真正获得效果，如清道哥所讲，远程教育给你个电视机，扔到大队部，算是回了老家。在其中几个行政村里，大队部里甚至有电脑室，几台电脑都可以上网，有培训室，有几台缝纫机，还有图书室，里面的书也不少，可无一例外，都落满了灰尘。我们去参观的时候，村支书匆匆叫来管钥匙的人，或在地里干活，或到镇上办事，总是需要等好长时间。村民是不会这么麻烦等着去借本书的。这些都使得最初的美好设想被架空。

在乡村的一些镇上，也还有一些民间戏班子，经常被邀请在红白喜事上唱些老戏段。但是，这并不能称为文化回归，真正的文化回归并不仅仅指形式上的东西，它应该是对整个中国传统文化、生活方式、习俗、道德观进行重新思辨，并赋予它新的生命力。但是，这一切，都非常难。一种文化，可以在短短几十年内遭到毁灭性打击，要想再重新恢复，是非常艰难的事情，更何况，它身处如此强大的现代化的旋涡之中。

倾听文化茶馆那麻将的哗啦声，遥想那空旷的戏台飘过的寂寞空气，还有几亿少年无所适从的茫然眼神，我看到的是一个民族的文化、生活的颓废及无可挽回的衰退。

## 再见，故乡！

独自来到墓地，与母亲告别。

不管怎么说，乡村之所以总是能让人产生某种古老、深远的乡愁似的情感，是因为它与原野、山川、河流的天然联系。它把人类的目光拉向广阔、丰富的自然界，拉向无限延伸的天空，让人情不自禁地思考自己灵魂的来源与归宿。

大地，总是永恒。从母亲的坟往远处看，左边是绿色的田野，一望无际的平坦，低矮、新鲜的庄稼充满着生命力，灰蓝、微暗的天空，天边是暖红的彩霞；右边往下看是宽广的河坡，树林郁郁葱葱，粉红色的合欢花在树顶连绵起伏，随风起舞，如同精灵的舞蹈；围绕着树林，笼罩着一团团淡白的轻雾。不知为什么，那一刻，觉得母亲仍与我同在，她躺在这片土地中，而她的女儿在感受着这片土地，用她的灵魂与精神。有一种温暖慢慢进入心间，是的，妈妈，我来看您了，虽然次数越来越少，但每当想到这一方土地，想到在这一方土地上，有您躺着的坟地，就觉得我们心意相通，您还在注视着我们。

少年时代失去母亲，是我永远说不出的痛。想起母亲躺在床上，望着上学的我们，只能发出“啊、啊”的哭声，就无法抑制自己的眼泪，那是一位失去行动、失去语言的母亲的绝望，她无法表达她的爱，也为给这个家庭带来深重的灾难而歉疚。这一哭声犹如长久的阴影跟随着我，我的软弱、自卑、敏感、内向，通通来自于此。

我无法想象母亲在骨灰盒里，尤其是当站在她的坟前的时候，如果没有这象征性的坟头，如果她没有躺在土地之中，我无法想象，她是否还能关注我，我是否还能如此深刻地感到和她心意相通。每次家里有大事，都要来到这里，烧纸、磕头，然后，坐在坟边絮絮叨叨地给母亲说一说。少年时代，哥哥与父亲吵架，深夜里，拿着刀，往墓地跑，我跌跌撞撞跟在后面，心里害怕极了，不只是害怕哥哥会死掉，而是害怕母亲知道家里出了这么可怕的事，那一刻，我真的希望时间永远停下来。至今还能回忆起哥哥的哭声，声嘶力竭，那委屈，那依赖，是只有在母亲面前才能有的。哥哥躺在母亲的坟前，在那里翻滚着，倾诉着，似乎渴望母亲能抱住他，安慰他孤独可怜的心灵。这次回家我才知道，当年父亲手术成功，几个姐姐专门回家，到母亲坟边，把这件事告诉了母亲。这样大的事情必须告诉妈妈，才算达到真正的隆重。

这种古老的凭吊方式难道真的要成为过去？我记得一个南方

朋友给我讲她的家乡凭吊亲人的方式，清明的时候，早晨起来，一家人带着吃的、喝的，来到亲人坟边，烧纸、放鞭炮、磕头，然后在那儿吃饭、说话、聊天、打牌，整整待上一天时间，天黑以后才离开。当这样听时，我的心有一种说不出的感动、温暖与辛酸，多么温馨而又自然的纪念方式，陪上亲人一整天，和他一起生活，就仿佛他还在。我无法判断农村土葬能浪费多少土地，但是，如果真的以一种强制性的手段让民众失去这样的文化习俗，对于民族心理、民族性格也是一种伤害。

乡村，并不纯然是被改造的，或者，有许多东西可以保持，因为从中我们看到一个民族的深层情感，爱、善、淳厚、朴素、亲情等等，失去它们，将会失去很多很多。也许正是这顽固的乡村与农民根性的存在，民族的自性，它独特的生命方式和情感方式能够多少得以保留。

而在启蒙者和发展论者的眼光里，这是农民的劣根性，是农民不肯接受新的生活方式、文化方式的落后表现。是不是我们——这些所谓权利与知识的掌握者——的思维出现了问题？我们对自己的民族过于不自信，一切都想连根拔起，直到面目全非。忘记是哪一位学者说的，“现代化是一个古典意义的悲剧，它带来的每一个利益都要求人类付出对他们仍有价值的其他东西作为代价”。

不知道为什么，有一种感觉，我以后会回来得越来越少。当故乡以整体的、回忆的方式在心灵中存在，回来的欲望非常强烈，对它的爱也是完整的，经过这几个月深入肌理的分析与挖掘，故乡在我心中已经变得面目全非。当爱和痛不再神秘，所有的一切都成为功利的东西，再回来的愿望与动力没有了。或许，是我的功利破坏、亵渎了对它的神圣情感，我对五奶奶，对小柱，对我故乡的人们的感情不再纯洁。

再见，故乡。

再见，妈妈。有您在，我会回来，直到我生命停止的那一刻。

祭拜

村里的戏台子

村里的乒乓球桌

工厂

工厂里的小孩

老屋与新房

# 后记

我常常想，生长于农村，家庭贫困而多难，我是有福的。它使我更深体会到那掩盖在厚厚灰尘之下的，乡村生活某种内在的真实与矛盾，这一真实与矛盾是一般意义的访客所无法获知的。它就类似于密码，只有出生于这一村庄，熟悉这一村庄的道路、坑塘、田地，和年年月月走过村头那块青石板并在上面崴了无数次脚的人才能够体会到。

另外，就一个文学人来说，拥有大地、树木、河流的童年，那是一种无与伦比的幸运，生命因此更宽广、敏锐，也更丰富、深远。每当踏上故乡的路，想起村头那棵优雅的槐树；想起家门口那棵春天里总是开满白色小花的老枣树，还有，那株开满一束束紫色花朵的苦楝树，微风轻来，那故乡般邈远而馨香的味道；想起村庄后面长长的河坡，少年时代我每天从这里上学放学；想起下雨后，那沟满河平的大地，那深绿油亮的庄稼，那湿润清新的空气，这种记忆总是让我幸福。而作为一位人文学者，拥有对乡土中国的感性了解，那是天然的厚重积累，是一个人精神世界中最宝贵的一部分，它是我思考任何问题时的基本起点，它决定了我的世界观中有土地与阔大的成分。这是我的村庄赋予我的财富。我终生受用。

真正走进村庄，才意识到这还是一片贫瘠的土地，虽然生活全球化了，虽然电视、网络，各种信息都以最同步的速度抵达这里，但是，在精神上，依然贫困。乡土与现代之间的关系依然很远。一直有一种困惑，也许，现代并非都是好的，都是适应这一片土地的。难道中国的乡村一定要如欧洲那样，逐渐城镇化、风景化？难道乡村就一定要按照全球化的模式来发展？这种“熟人式的”“家园式的”乡土文化模式为什么一定要被“陌生人的”“个体式的”城市文化模式所代替？我们在说现代性时，是否过于绝对化了？是否考虑到这片土地的根性？也许这根性仍能够使我们的民族根深叶茂？

古老的乡村模式、村落文化、生存方式的确在发生巨大的变化，在这个意义上，乡土中国在逐渐终结。但这一结论在我看来，是值得推敲并需要警惕的。当把一种正在生长、正在转型的文化看作现实，并从此出发去寻找新的出路的时候，我们忽略掉的是什么呢？是仍处于这一文化中的人们。他们的情感、思想，他们的生存方式并非全然跟随这一转型而变化，相反的是，他们可能仍然渴望回到那种传统的模式中，因为在那里，有他们情感的依托，有他们熟悉的、可依赖的习惯，具有可靠性。这种渴望难道一定是落后，不需要加以考虑的东西吗？它是否还具有合理性？忽略了它，我们会进入怎样的误区？

有没有可能，农民不离开自己的村庄，不进入城市沦为贫民或底层，在他们祖辈生活的地方，也能够过上幸福、团圆、现代，同时也有主人公之感的生活？或者，他们可以堂堂正正地在城市获得生存的空间，夫妻可以团聚，子女可以入学，他们也可以享受社会保障、医疗保险、住房补贴等等在这些城市居民那里已经是最基本的生存条件。这一天，还很远吗？

感谢我仍然生活在故乡的家人们——我的父亲，姐姐、姐夫，哥哥、嫂子，妹妹、妹夫。这本书是献给他们的。

他们对文学，对我做的事情所表现出来的热情，对知识的尊重让我感觉到，这个民族还没有失去信心，没有失去对文化和思考的向往，虽然这里面有对我的爱的支撑，但也有他们对严肃意义的本能向往。

父亲拖着病体，跟着我，和我一起到各家去聊天，他敏锐地发现我进入谈话的困难，就主动负责调节气氛，设计了许多细节，引出头绪。

大姐义不容辞地跟着我，她的开朗热情及与乡亲们的自然融入使我也很快地融入气氛。我的大姐，从十七岁起，姐代母职，经历了常人无法想象的艰辛与痛苦，把我们抚养长大，并为六个弟妹一个个安家立业。有她在，我们的心灵才能够安稳。

我的三姐，在母亲生病的那些年，是她，主动退学，整整十几年，让我们上学，而她在家伺候母亲，为我们做饭洗衣。为此，她得了严重的类风湿和营养不良症，有几年时间，她只能弯着腰走路。一段时间内，我们是以一种随时生离死别的心情生活的。但生命是如此坚韧，现在的三姐，仍然瘦小，仍然有病症折磨着她，但她乐观面对，每天出去锻炼身体，也逼着全家人和她一起锻炼，她仍然是这个家的主心骨。

我的小妹，尽一切努力帮我带儿子，使我有充分的时间去闲逛、说话、聊天。我知道，在她心里，她是期望着和我一起的，因为她对这个村庄的所有故事都很熟悉，我对村庄的许多了解都首先来自她电话里绘声绘色的描述。如果她从事文学，我这个姐姐肯定是自叹不如的。

我的哥哥，我们六个姐妹所爱的哥哥，一想起他来，我们的心中就充满说不出的喜悦和爱意，难道仅仅是因为他是我们兄姊中的唯一男性吗？我说不清楚，反正，黑脸庞、小眼睛、宽肩膀，但又文质彬彬、用心呵护自己爱情与婚姻的哥哥是我和小妹心中的美男。

我的二姐，在和姐夫周旋、撒娇、努力干活之后，终于得以和我一起回到村庄。她仍然是一个文学青年，充满浪漫的梦想，然而，却只能终日和成堆的废铁打交道。回到村庄，回到小河，她兴奋得像个孩子。到了哥哥家里，却因为打牌坐了一个下午，到晚上都不离场。就是这么好笑，这么真实。

还有我的儿子。下火车的时候，县城刚刚下过雨，站台上有些泥泞，三岁两个月的儿子双脚不愿下地，哭着说“太脏”，看着接我的亲人们，我有点羞愧，狠狠地批评了他一通。几天过去，泥土却成了他的最爱。在盛夏的中午，出去一趟就会头晕目眩，他却还在太阳下晒着，说什么也不愿到房屋里。两个月下来，他从白净的小家伙变成了黝黑的、壮壮的小伙子，在巷道里、房前屋后和小伙伴们挖泥，掘地，逮蚂蚁，然后，满头大汗，满脸通红地跑过来要水喝，来不及喝光的样子，就又跑开了。我喜欢极了他这样子，健康，和大地、阳光、植物有直接的联系。我也很高兴我让他有机会接触大自然。冬天又一次回去，他已经如鱼得水，和他的小表哥玩得不亦乐乎，破坏了所有能破坏的东西，而放烟火暂时成了他最着迷的“事业”。

感谢我的先生。他对乡村的了解和对农村问题的深刻理解给了我很多启发。2009 年春节，利用他的休假与我的寒假，他和我，带着儿子一块儿又回到故乡，他对问题的敏锐为我打开了更宽广的思考方向。在关于书的结构、框架方面，他给我很多有用的建议。

在写作过程中，我给许多朋友讲过我的思路，他们都在不同程度上给了我很好的建议。在此衷心地感谢他们。

附录

# 艰难的『重返』

2012年11月中旬，《出梁庄记》终于交稿。持续的压力突然卸去，我以为我会如想象中那样欢欣和畅快。然而，没有。呆坐在租来的小书房，我不愿看书，也无法思考。这个小书房陪伴我二十个月，让我这个从来没有过书房的人享受了一段难得的安静、独立和内向的生活。因为不断出差，窗台上的那盆文竹经常从碧绿变为枯黄，又顽强地从枯黄变回绿色。每天早晨，来到书房的第一件事，就是往文竹的每一根枝茎上细细洒水，观察那枝茎上的绿色是否又往上攀爬了一些。然而，这一次，那一半却无论如何也回不去了。

“我终将离梁庄而去。”好像患了强迫症一样，我在脑海里不断重复这句话。有时候，我惊慌地抬起头，四处看看，我怀疑我已经悄声说了出来。它已经在心里叙说太久，不知道从什么时候开始。也许，从重返梁庄的第一天，从再次看到梁庄淤黑的坑塘、坍塌的老屋、衰老的叔婶，从一次次在城市艰难地寻找、接头，看到堂哥在西安漆黑的厕所、兰子那漆黑眼睛里蓄满的泪水、电镀厂那浓重的雾气时，这句话就像旋律一样反反复复响起，并且音量不断增大，最终，聚合为一个巨大的感叹句出现在“梁庄”的结尾。

我害怕这句话成为现实，也好像是为了反抗这必然的结果，2012 年 11 月下旬，我再次回到穰县。每天早晨，我沿着湍水往下游、上游，或往周边的村庄里走。没有任何目的，只是漫走。丰盛而芜杂的水草蔓延在湍水广阔的湿地之上，层层交结、错综、缠绕，如悬于水上的无边迷宫。踏在上面，如行走于虚空之上，步步心惊。

雾气笼罩村庄。深秋的早晨阴冷、潮湿，树干和枝条因潮湿而变得黑枯，夜晚的落叶被清晨的露珠一遍遍浸压，又经过人的踩踱，显得卑微、破碎，有些难以承受。无论是红砖白墙的高屋、青瓦泥墙的矮房，门口堆积的泥沙、踩得发白的小路，还是那缓慢行走、无意盯视的人，都被这灰色的雾气所统摄。仿佛一切都还是原始的、未经文明触摸过的、未经修改过的世界的一部分。

但又不尽然。在清晨的静谧中，看远处小石桥上来来往往的机动车、小三轮、自行车，无声无息地流过。桥头的肉架子上挂着一扇扇新鲜、粉红的肉，在初阳下微微发光，摊主刀起刀落，又熟练装起，然后，一个人拎着袋子匆匆离去。生活如此古老又新鲜，永恒存在，又永恒流逝。但并不悲伤，甚至有莫名的希望所在。

是的，我不会离开梁庄，虽然在身体上和行为上我即将或已经离开。我清清楚楚地看到我未来的道路，我与梁庄之间将再次被阻隔起来。或者说，我从来都没有真正进入过梁庄。我指的是，它的结构和它的命运。

梁庄和梁庄的生命究竟是什么样子？我与梁庄，梁庄与我，到底是什么样的关系？我为何重返？是否真正到达？在不断“重返”梁庄的过程中，我逐渐意识到，“我”，甚或说，自上个世纪以来，“我们”，在不断逃离梁庄中试图建构梁庄。它的生命、历史、形象，都被盖上种种印戳，并以此成为时代“风景”的基本元素。

我把这篇文章的写作看作一次重返梁庄和反思自己的机会。

## 一、荒凉而又倔强的生命

因为必然的“归来”“离去”和另一空间的比照，“重返”故乡，在某种意义上，其实是在回望过去、寻找生命的蛛丝马迹和早已隐于时间深处的血缘亲情，它们和现时的形态交织在一起形成故乡的所谓“现实”。当鲁迅看到，“苍黄的天底下，远近横着几个萧索的荒村”时，他看到的并不只是故乡的现实，而是由过去投射而来的“风景”。这一“风景”叠加着童年回忆、家道中落、三味书屋、百草园、祖父、母亲、兄弟一起呈现于他的精神内部，眼前的“村庄”只是让这些内部情景物化了。我们甚或可以说，当“我”在看到“鲁镇”以前，这一苍茫的风景已经存在于作者心中了。这是每一个回到故乡的人都有的先验风景。“梁庄”是由回忆、老屋、家庭的经历这些先在的事物推导出来的一个多重的存在物。

如果不曾离开，我不会如此震惊地看到梁庄的变化。我不会看到村庄的连绵废墟，不会看到坑塘的消失和死亡的气息，也不会看到梁庄小学给梁庄带来的精神上的涣散，当然，更不会看到如怪物般盘踞在湍水的挖沙机，因为，对于梁庄人而言，那是日复一日、年复一年的悄然溃败。

那个老屋并不只是荒凉、废弃的房屋，它承载着我所有的成长、情感和生活，看着它，你想着的是那里面曾经有过的欢声笑语和漫长的哭泣争吵，还有黑暗中经年沉默的母亲；那个小厨房，它竟然如此之小、如此之低，两个人进去几乎已经转不过身，我还记得我和妹妹、哥哥、三姐在一盏昏黄的煤油灯下，围着灶台等待那一锅饭好的时候的喜悦，而最后，不知道谁把煤油洒到锅里了。就这样，我们仍然顽强地在另一边盛起一碗碗的饭。而走过老支书家已经坍塌的院墙时，仍然有莫名的紧张，这个眼大如灯的老支书和他的房屋是我童年和少年时代最直接的压力。

那在墓园后面的河坡上孤独生活的一家人居然还在。只不过，那痴傻妻子已经去世，大女儿也已经出嫁，当年发着高烧、不能动弹、极度营养不良的小女儿，如今已经有着红润的脸庞和羞涩的笑容。而那个沉默的老汉，他是打定主意把自己放逐于尘世之外了，杂乱的白发纠结于头顶，俨然一个孤僻失语的老人。

2012 年 10 月，我和《人民文学》杂志社主编、批评家施战军老师在一次会议上碰到，当时他正在进行《梁庄在中国》(刊于《人民文学》12 期，后出版单行本时改名为《出梁庄记》）的终审。自然，我们谈起了它。他对我说，你有没有意识到，书中有太多死亡了？我一愣，在这之前，我从来没有意识到，更没有察觉到，“死亡”竟是“梁庄”如此正常的风景和如此隐蔽的结构。

确实，开篇有“军哥之死”“光河之死”，第三章有“贤生的葬礼”，第七章“金的千里运尸”，第八章“小柱之死”“无名死亡”，即使在结尾“梁庄的春节”一章中，也有“老党委之死”和流传在吴镇的神话故事“义士勾国臣之死”。

死亡如此随意而密集，犹如尘埃。生命孱弱地生长，又悄无声息地逝去，悲伤、痛哭、欢乐和点滴的幸福都被黑洞一样的大地吸收。我想写出大地的感觉——整体性、混沌性和蔓生性，想写出人（不只是农民）在其中的平常。你只是大地的一部分。人的生命没有高于一切，至少，它不高贵于自然界的那一棵普通的树木，一座平常的山脉，更高不过那永恒流淌的河水和宽阔的山谷。但，尘归尘，土归土。死亡并非意味着走向虚无，相反，它是一种虽然让人怅惘却又踏踏实实的归宿。是的，和树叶飘落一样，清晨的露珠一滴滴地砸向它，把它砸回到泥泞而又柔软的土地中。“每一片落下的树叶在下坠时都在实现天地间最伟大的法则中的一条。”它时刻都在进行，安静又镇定。梁庄，在每一个清晨醒来，又在黄昏中睡去，时间停滞，又长远行进。

但是，如果只有大地，只有人类生命的普遍性背景，而没有社会、文明、制度，没有家、爱、离去——那塑造种种死亡的实在因素，那么，生命的存在样态，它内部的复杂性、差异性又会被遮蔽。

尘土飞扬，农民大规模地迁徙、流转、离散，哪怕“死在半路上”，也要去寻找那“流奶与蜜之地”，确实有《出埃及记》的意味。只不过,“出梁庄”却成为一种反讽的存在。他们没有找到“奶与蜜”，却在大地的边缘和阴影处挣扎、流浪，被歧视、被遗忘、被驱赶，身陷困顿。对他们而言，律法时代还远未来临。他们仍是被遗弃的子民。

我希望能在“普遍”和“实在”之间寻找一种结合，叙述的和存在观的结合。只强调人类普遍性背景对个体生命的存在是不公平的，它会抽象并忽略掉其中丰富、细微和独我的存在。即使同归死亡，其精神和形态也是各异的。

所以，既站在大地之中，又回到文明和生活的内部，把目光拉回到大地上那移动的小黑点，“人”——如何移动，如何弯腰、躬身，如何思量眼前山一样远的道路，如何困于劳累和幸福——是《出梁庄记》最基本的任务，也是我一个小小的野心。

回到“梁庄”。梁庄的“死亡”究竟意味着什么？仅仅几天而已，“军哥之死”已经成为“闲话”沉淀于梁庄的言语中，现实变为了历史。军哥，已经成为一个被遗忘了的人。梁庄的道德、良心、情感是混沌的、残酷的，但却又有着奇怪的宽容和包容。就像那即将沦为乞丐的清立，他孤独行走在梁庄的边缘，既被遗弃，又气定神闲。就像已经死去的光河，他躺在备受谴责的“用儿女的命换来的房子里”，拒绝进食，此时，梁庄的人们早已忘记自己曾经鄙夷过光河。如果你是启蒙主义者，你会谴责梁庄的人们；如果你是强调生存法则的自然主义者，你无从解释梁庄这样富于包容性和生长性；如果你是个性主义者，你会说他们如此不平等，只看生，不管死。我不敢做出判断。我只能迷惑而犹疑地看着眼前的梁庄，我故乡的亲人们，试图勾勒出其中最细微的逻辑和枝蔓。或者，那也是我们这个生存共同体共有的逻辑和枝蔓。

贤生的葬礼为什么要在梁庄举行？我的二婶，他肥胖的母亲为什么要在那停放儿子棺材的原野上哀哀地哭？她在哭她自己。哭她“没材料”卖了祖屋，以至于让儿子失去了可以“回家”的地方，哭她将来也只能是孤魂野鬼——就像“金”的尸体被千里迢迢运回村庄，哪怕尸体变形、变味，哪怕身体不再是身体。在这里，梁庄不再只是具体的“梁庄”，而是“家”“归属”和“存在”等等具有本源性词语的象征，它们是人类最基本的精神需求。

与此同时，像小海这样的传销者，他的唯利是图是显而易见的，但他对卖假货那种单纯而又可爱的自然状态又使你意识到，不是因为他是法盲，而是我们这个时代的生活就是一种法盲生活，小海只是最赤裸地把它表现出来。

不只是城与乡的关系，不只是农民与市民的关系，也不只是现代与传统的关系，而是这些关系的总和构筑着梁庄的生活，并最终形成它的精神形态和物质形态。我不想把《中国在梁庄》和《出梁庄记》问题化，也特别希望读者能够体会到其中复杂的层面。它不是一个为民请命的文本，而是一种探索、发掘和寻求，它力求展示现实的复杂性和精神的多维度，而非给予一个确定性的结论。

我试图找到的是“梁庄”的结构，它以何种方式与城市、时代精神和当代生活纠缠，包括，与它自身纠缠。有读者把《出梁庄记》归结到 2013 年的“打工六书”中，这很有意味。但我从来不认为《出梁庄记》仅仅是写“打工者”生活的。我更关注的是梁庄生命的源头，不只是未来，还有历史、过去及这一历史和过去对他们现实生活的影响。我关注梁庄的进城农民与梁庄的关系，他们的身份、尊严和价值感的来源，由此，试图探讨村庄、传统之于农民，也之于我们这样一个生存共同体的意义。我把此看作《出梁庄记》的内在结构。如果没有这一内在结构，那么，《出梁庄记》就缺乏了那种回环往复的时空感和历史感。

我看重“梁庄”里面的细枝末节，刹那的羞涩，无知无畏的坦率，瞬间的凶猛，不肯退去的羞耻，不愿释怀的“无身份感”和那眉间遥远的“开阔”。我喜欢这些“闲笔”。它们附着在梁庄荒芜的场景中，就像那夏天暴雨后的植物，以一种荒凉的方式显示出顽强的活力。我想传达出这一世界的内部，它的蔓草丛生、尘土飞扬、忧伤，还有“生活的动力”。没有哪一个生命和场景完全绝望，即使被侵犯的天真而又迟钝的小黑女儿，在经历过那样的黑暗之后，她依然在成长，生命仍然在蓬勃。活下去，就是一种对抗。

## 二、“被塑造”的梁庄

然而，似乎并没有那么确定。

写《出梁庄记》开头“军哥之死”时，在反复修改的过程中，有那么一刹那，我突然意识到我在刻意模仿鲁迅的语调，那样一种遥远的、略带深情但又有着些微怜悯的，好像在描写一个古老的、固化的魂灵一样的腔调。我心中一阵惊慌，有陷入某种危险的感觉。我突然发现：我在竭力“塑造”一种梁庄。写作《中国在梁庄》就隐约感受到的某种奇怪的惯性再次控制了我。通过修辞、拿捏、删改和渲染，我在塑造一种生活形态，一种风景，不管是“荒凉”还是“倔强”，都是我的词语，而非它本来如此，虽然它是什么样子我们从来不知道。我也隐约看到了我的前辈们对乡村的塑造，在每一句每一词中，都在完成某种形象。

那刹那的危险感和对自己思想来源的犹疑一直困扰着我，它们促使我思考一些最基本的，但之前却从来没有清晰意识到的问题：自现代以来，中国知识分子们在以何种方式建构村庄？他们背后的知识谱系和精神起点是什么？换句话说，他们为什么塑造这样的，而非那样的村庄，这一“村庄”隐藏了作者怎样的历史观、社会观，甚至政治观？而我，又是在什么样的谱系中去塑造梁庄？

我们在如何想象梁庄？正如故乡的先验性一样，在我们还没有写“村庄”之前，关于“村庄”的想象已经在我们的思维之中。从接受角度看，我们在文学史中所体会到的村庄叙事有宿命般的几重模式：乌托邦式的，田园诗的描述，过于美好的幻象；启蒙式的，带着悲悯和天然的居高临下；原型的、文化化石般的家国模式。后来的作者总是不由自主地掉入其中一种。

古典文学时期，“村庄”并不具备这样独立的、完整的象征性和符号化作用，它在思想史上和文学史上的本体性地位与晚清以来知识分子能够以外部视野审视、观照中国生活有基本关系。实际上，“外部视野”中的“中国”在 18、19 世纪并不是一个积极的形象，在被迫进入“资本主义世界政治和经济秩序”的过程中，它基本上是作为一种古老封闭、愚昧怪异的形象出现在世界史上，一个异域的、颓废的又原始落后的有着种种不可思议的神秘制度和生活的地方。这在许多外国传教士、旅游者、商人、思想者的著述里都有体现（著作如《穿蓝色长袍的国度》《中国乡村生活》等，如黑格尔就认为中国“缺乏属于精神的所有的东西”，“象形汉字是中国社会停滞的象征”，等等）。它们汇集起来为西方塑造了近代中国的形象，在这背后，有鲜明的西方中心主义和欧洲文明优越论的基本支撑。当代美籍阿拉伯裔文化批评家萨义德在其《东方主义》中最著名的论断是“东方是西方想象出来的”，这当然不是指地理意义上的东方，而是指在相互观照的过程中东方的被客体化和他者化。

但是，如果细究的话，就会发现，不只是西方以“东方主义”的角度来看东方，在“东方”内部，我们也不自觉地按照西方视野中的“东方”来看自己，也把自己“客体化”和“他者化”，并以此来批判和塑造自身（这与20世纪初中国的衰败和知识分子总体接受西方知识体系有直接关系）。“村庄”突然被发现，它成为“东方中国”的活的标本——固态的、停滞的、前现代的存在，文学家、人类学家和思想家都参与到对“村庄”的阐释和塑造中，我们在他们的著作背后可以感受到那双异域的、遥远的、审视的眼睛。

鲁迅的先验思想是什么？当他看到“苍黄的天底下，远近横着几个萧瑟的荒村”，当闰土轻轻喊一声“老爷”时，他之前什么样的知识谱系、思想经历及对“中国”的认知参与进来并最终形成故乡的这一永恒孤独和沉默的“风景”（除却前文所言的感性基础）？追寻鲁迅“中国观”初期的形成过程——尤其是在域外，日本，他看到什么样的事情，接触了哪些与中国有关的叙事（除了最著名的幻灯片事件），阅读了哪些对他思想产生影响的书籍，这些思想具有怎样的倾向（关于中国），而这些事件、符号、思想最终在他脑海中沉淀化合出怎样的“中国”——将是一个很有意思的事情，它可以探讨现代初期中国知识分子“中国观”的形成过程及与西方叙事、域外视野的关系。

对文学而言（不只是文学），最不可避免的就是，在“看到”某个事物之前，作者已经有一整套的概念、核心词语，并且在不自觉中运用这些概念去理解、分析这一事物。鲁迅小说中的“村庄”充满原型性和启蒙性，它形象地勾画出了一种愚昧、落后、浑然的国民性和生活形态，但是，它忽略，或者剥夺了中国乡村普通生活和生命的内在敞开性，它们被封闭在一个历史空间内，一个固化的且已经丧失活力的空间。而这一空间中的人，似乎很难走出历史框架，恰如20世纪初英国作家托马斯·德·昆西所言，“一个年轻的中国人是一个未出生就已经过时的人”。

在塑造“国民性”这一具有整体性的历史概念时，作为个体存在的每一个农民会失去或被忽略他的主体性，即他主动面对历史与自我承担的能力，这是生活往前推进的基本前提。这并不是在谴责鲁迅的叙事具有“东方主义”的特点，而是说，在我们重返故乡或思考村庄之时，我们的前视野非常重要，它必然影响并形成我们所观事物的感觉和判断。它常常表现为一种“道德想象”，即用自己对文化、生活的理解，用自己的认知框架去建构一个“乡村”。维特根斯坦批评弗雷泽的《金枝》在阐释原始部落的种种习俗、巫术时有过于明显地把自己的知识框架放置于其上的现象，“弗雷泽的灵魂是多么的狭隘！结果是：对他来说，想象一种不同于他那个时代的英国人的生活是多么不可能！”

审视一下中国当代文学史中的乡土小说，就会发现，当代的村庄“风景”和叙事并没有超出鲁迅那一代的内部逻辑。我们不自觉地按照闰土、祥林嫂、阿Q的形象去理解并继续塑造乡村生命和精神状态，它已经变为一种知识进入作家的常识之中。就我自己而言，尽管在《中国在梁庄》的前言中，我告诫自己要避免以自己的知识体系凌驾于村庄生命和生活之上，并因此采用了人物自述和方言的方式，以减少自己的干扰，但是，最终也并没有完成。我注意到，我总是不自觉地在模拟一种情感并模仿鲁迅的叙事方式，似乎只有在这样一种叙事中，我才能够自然地去面对村庄。

这里面其实有着双重的困境。假设写《金枝》的弗雷泽没有对自身文明结构和知识体系的深刻认同（与殖民意识、欧洲中心主义和帝国主义紧密相连），那么，他该如何理解并结构原始部落的社会组织、思维特征？假设鲁迅舍弃外视角，即批判性的、先验的知识结构及“我”在文本的实际存在，“未庄”是否就因此拥有了自主性和敞开性？我们看到很多以第三人称书写的村庄和那些以相对客观笔调出现的村庄比“未庄”更加遥远，也更加“古老”和“奇观”，这种貌似原生态的叙事隐藏着更加鲜明的“东方化”特点。早在 1970 年代，人类学研究界开始反省民族志调查中强烈的结构意识及学科背后所蕴藏的与殖民主义、欧洲中心主义视野的关系，在经过一系列的检讨之后（最集中的就是 1984 年开的名为“民族志文本的打造”的研讨会，最后结集出书《写文化——民族志的诗学与政治学》），一批学者提出调查者应该尝试把调查对象当作主体和行动者来写，以他们的语言和逻辑记录并理解他们的生活，而不是简单给出判断。调查者承认自己的主观性和可能有的文化偏见，而非之前所强调的客观性和真理性。

中国的文学创作和研究，尤其是乡土文学的创作和研究，都还缺乏这种反思意识。从现代的《故乡》《阿 Q 正传》《生死场》《果园城记》，到当代的《陈奂生上城》《乡场上》，再到《爸爸爸》《小鲍庄》《红高粱》《故乡天下黄花》《日光流年》，这其中很多作品的写法和叙事方式已经有所变化，但就作者对“乡村”的整体世界观和叙述地位而言，其实变化也并不大，并且，那双异域的、俯视的眼睛一直都在。如何使“乡土中国”、村庄、农民、植物具有主体性、敞开性，并拥有自我的性格和逻辑，获得和作者平等的视野甚至对抗性，还是尚未开始探讨的问题。

在一种并不明晰的警醒意识中，我最终选择了以“人物自述”作为《中国在梁庄》和《出梁庄记》的基本叙事方式。克利福德·吉尔兹在《地方性知识》中认为，我们在阐释中不可能重铸别人的精神世界或经历别人的经历，而只能通过他们在构筑其世界和阐释现实时所用的概念和符号去理解他们。的确，在反复听自述录音的过程中，我常常被他们语言的丰富、智慧、幽默所打动，他们有自己认知世界的方式和逻辑，简单的一句话中往往蕴含着祖祖辈辈的经验。我尽可能呈现他们说话的原貌，语气、口语、方言，保留那些与主题关系不大但说者又有强烈表达意愿的话，以此达到对梁庄自身历史和生命状态的揭示。

但是，这一自述结构并非完整地契合在整个文本之中，有时候显得突兀、割裂，有时候又因为和“我”的叙述之间的反差而使得这些自述显得冗长、啰唆，其实，是因为“我”的叙述过于拔高和抽象，反而伤害了人物自述所具有的活生生的美感。

《中国在梁庄》有过于鲜明和抒发的味道，这限定了文本意义的扩张和敞开。在写作《出梁庄记》时，我最终选择以一种克制、谨慎、相对冷静又含带情感的语言方式和叙事方式进入“梁庄”，以避免对人物进行截然的判断，而是试图从人物的行动、语言和故事中寻找他的结构和逻辑，更多体察梁庄生活内部的复杂性和生命的多义性，尤其是有可能超越其历史存在的层面。

譬如贤义。他为什么成为“算命者”？他真的懂得传统知识，理解传统文明在中国生活中的意义和价值吗？他那个支离破碎的、混搭的、荒谬的正屋墙壁，似乎彰显着他内心的混沌和芜杂。这样一个“过时了的”“可笑的”人，他的神情居然有着某种清明和开阔。这些神情从哪里来？你很难辨认清楚。在梁庄，这样驳杂而又难以界定的生命和精神非常多。它们从来都不是清晰的，从来都不是非此即彼的，而是又此又彼，既左亦右。这也是我在文中细致描述贤义的墙壁和他的精神状态的原因，我希望能够写出他的复杂性。我对他一直念念不忘，他让我看到在早已被我们否定的古老中国生活和中国知识可能的空间和悠远的东西，他的复杂性也使我意识到简单的判断往往远离生活本身。

我特别担心“梁庄”只被作为一个“活化石”或原型性的存在，只具有历史的、文化的内涵，或者只是过去的某种形态，我希望梁庄和梁庄的生命内部具有敞开性和现实性。拥有这一现实性和敞开性，也就意味着乡村仍然可以和当代生活对话，乡村的生命仍然具有面向未来的可能性。

站在梁庄的大地上，并非意味着你就能够看到并叙说梁庄，相反，你可能离梁庄更远。在这个意义上，“军哥之死”仍然是一个谜。我对《出梁庄记》的开头，对“军哥”呈现在大家面前的姿态和气息至今并不满意。我和其他梁庄人一样，虽然他尸骨未寒，但却已经在像谈过去的事物一样谈论他了，他已经被遗忘了。在关于他的生命存在的叙述中，这是一个无法弥补的残缺和黑洞。

“所有的都是译释，而且我们的点点滴滴俱在其中迷失。”我们在何种意义上能够通向梁庄，能够触摸到军哥沉默的生命，这不只是一个情感问题，而是一个基本的文学问题。

## 三、“真实”的限度

“真实”是个很奇怪的词，许多时候，我把它作为对我的批评，但这又是这两本书获得频率最高的评价，而我确实又企图在文本中塑造一种“真实感”以引导读者。这也促使我思考，面对这样的评价，为什么我会觉得这是一种批评，而不是肯定？为什么我又要冒险进行尝试？

必须承认，这里面有我的虚荣心在作祟。我不希望“梁庄”只局限在“真实”层面，因为我知道，大部分读者所赞美的“真实”只是事实存在的“真实”，指的是事件本身，并不包含文学的“真实”。

但我想谈的并不是我的虚荣，而是梁庄的“真实”到底包含着哪些层面。在通行的文学标准中，“真实”只是最低级的文学形式。韦勒克在《文学理论》中谈到“现实主义”时认为，“现实主义的理论从根本上讲是一种坏的美学，因为一切艺术都是‘创作’，都是一个本身由幻觉和象征形式构成的世界”。“真实”从来都不是艺术的标准，这里所说的“真实”是就其最基本意义而言的。“那儿有一朵玫瑰花”，这是可以达到的物理真实。这不是文学。文学总是要求比这物理真实更多的真实。“那儿是哪儿？庭院、原野、书桌？谁种的，或谁送的？那玫瑰花的颜色、形态、味道是什么样子？”这才进入文学的层面，因为关于这些会是千差万别的叙述。

我冒险塑造一种“真实”氛围把读者带入梁庄，是因为我想达到另一种效果，即，让读者感知到“梁庄”是活生生的情境，活生生的人和活生生的现实，它不是与你无关，也不是只在历史深处，而是与你息息相关，在同一时空之中。

这样的结果所面临的第一个发问必然是：你写的是真实吗？这是许多人会问我的话。面对这样的问话，我总是非常为难。但我自己种的苦果我必须吞咽。于是，我肯定地回答，我写的是真实。另一方面，我又会补充：这一真实是我所看到的并且叙述的真实，它们必须是同时存在的条件。物理真实是陈述的基础，而叙述的差异性则是必然的结果。所以，我既希望你认为它是真实的、历史的，同时，也希望你意识到其中作者的叙述性，它是经由作者的思想所结构出的梁庄。我不想打着“真实”的旗号塑造一个伪客观的村庄。

我还是希望读者能够意识到梁庄的叙述性。我不敢狂妄地说我写出了梁庄的全部历史性和现实性。我想，没有一个写作者敢说他写出了全部的真实。因为我非常清楚，我父亲的梁庄和我的梁庄肯定不一样，清立的梁庄和我父亲的梁庄也不一样。同回梁庄，同出梁庄，同听故事，你和我，看到的和写出的肯定不一样。也许，你根本看不到梁庄的芝婶也在为留守孙子的事情而苦恼，因为她看起来是如此雍容闲适，与众不同；在青岛，你会看到电镀厂里很多工人，但你或许就看不到我的光亮叔和丽婶，你也看不到那一年也不歇一天的我亲爱的云姐，看不到那几个妇女在冰冷的夜晚唱赞美诗。你写其他人，和我写梁光亮、云姐是一个道理。我们的真实都是经过选择的真实。哪怕是头顶“非虚构”之名，也不能说自己所写的就是全部“真实”。在听到八十几岁的福伯讲“勾国臣告河神”的故事时，你也很难有突然的震惊和通透。只有在对梁庄人和福伯性格有一个基本了解后，你才会明白，平时木讷的福伯为什么突然眉飞色舞，而我父亲和我的堂兄们又为什么听得那么入神，那么意味无穷，津津有味，因为他们讲的就是自己，就是他们自己的过去和未来。对于梁庄人而言，“勾国臣告河神”并不是一个神话故事，它就是真实。

“真实”需要很多条件。并非你亲身到了某一场地，你就是真实的。那只是一个最无用也最虚伪的假设。“真实”要求你对情境、细节或事件过程的准确描述并具有再现性（这和小说的要求不一样），但另一方面，这些细节肯定不是最核心的要素。因为最终这些事物都必须组成意义，而这一意义是由作者的排列、意图和塑造产生的，它必然会有倾向性。因此，在更多时候，我们所呈现出的或者只是对真实的幻觉，而非真实本身。所以，即使是非虚构写作，也只能说，我在尽最大努力接近“真实”。在这个意义上，“真实”其实是文学的最高要求，不管你是通过小说的虚构、象征或夸张，还是通过非虚构的准确、细节和再现，我们最终想要给世界呈现的都是我们自己认识世界的一个图式。也因此，对自己写作的前逻辑的警醒和考察是一件非常必要的事。

无论是虚构，还是非虚构写作，文学作品中的“真实”并非“是这样”，它更指向“我看到的是这样”。它通过在现实中行走、观察、体验，通过对现实存在的人和场景的描述去达到作者所理解的人、社会和生命，它包含着作者本人的偏见、立场，也包含着由修辞带来的种种误读。

但是，只有在你声称自己是非虚构写作时，你才面临着“是否真实”的质疑和指控。假借“真实”之名，你赢得了读者的基本信任，并且，这一信任被置换为“你描述出了整个世界的真实”，你因此拥有了阐释权和话语权。它使你获得了某种道德优势。你也必须承受这样的质疑和挑剔。

《人民文学》杂志把《梁庄》放在“非虚构”栏目，无意间使“梁庄”获得了一种命名，并因此得到广泛的认可，但也使它陷入某种困境——《中国在梁庄》和《出梁庄记》经常因为不符合“非虚构”的标准而被批评。“非虚构”并不是一个陌生的词语。1950 年代至 1970 年代的美国出现了大量的非虚构作品，学者约翰·霍洛韦尔在《非虚构小说的写作》中定义为“一种依靠故事的技巧和小说家的直觉洞察力去记录当代事件的非虚构文学作品（nonfiction）的形式”，它融合了新闻报道的现实性与细致观察和小说的技巧与道德眼光——倾向于纪实的形式，倾向于个人的坦白，倾向于调查和暴露公共问题，并且能够把现实材料转化为有意义的艺术结构，着力探索现实的社会问题和道德困境。最著名的就是诺曼·梅勒的《刽子手之歌》，但他把这部书的副题定为“一部真实生活的小说”，在其后的小说《夜幕下的大军》中，他也加了一个副标题，“如同小说的历史和如同历史的小说”。这些都是对“非虚构”所谓“真实性”的充满矛盾的诠释。“真实”，但并不局限于真实本身，而仍然试图去呈现真实背后更深更远的东西。

有学者认为美国五六十年代社会的剧烈变化是这一文学现象出现的主要原因，艺术家缺少能力去记录和反映快速变化着的社会。美国的这种现象是与其高速的社会发展有关系的。“这一时期里的日常事件的动人性已走到小说家想象力的前面了”，“小说家经常碰到的困难是给‘社会现实’下定义。每天发生的事情不断混淆着现实与非现实、奇幻与事实之间的区别”。非虚构小说的出现是对社会危机的反映与象征。这很有点儿像近三十年来中国社会的情形。在近四十年中，我们完成了西方四百年的历史，在这一转变下，中国生活经历了犹如过山车般的眩晕与速变。光怪陆离的现实常让人有匪夷所思之感，比虚幻更为不真实。在全球化和信息化时代，“真实”和“真实感”反而成为一种稀缺的存在和感觉。

或者，非虚构写作的方式能够把虚幻感、混淆感和疏离感锁定于真实感中，让你必须面对它，会因它而疼痛。它集中在两点，一是准确性，对现实的无懈可击的准确描述与理解；二是还应该具备只有在文学中才有的情感作用。在个人的思索和公众的历史、社会现实之间寻找平衡点。

但是，对我来说，我又不愿意被这一命名所束缚，我愿意去探索一些边界，文体的边界，喜欢看到当超越或模糊这些边界所产生的特殊效果。我也从来不认为《中国在梁庄》和《出梁庄记》是社会学的，因为它并不客观，也并不具备科学性。我听到过很多争论。认为它们是社会学的，会批评它们（尤其是《中国在梁庄》）过于情感化，不够客观，问题不够清晰，也没有提出解决方案；而如果被作为文学文本，它们好像还不够“纯”，形式和结构有些混杂。

说实话，面对这样的歧义甚至争论，虽然有点尴尬，但也愿意由此思考一些问题。文学能够溢出文学之外，而引起一些重要的社会思考，我想，这并不是文学的羞耻。相反，这一文学应该具备的素质之一离当代文学越来越远了。同时，文学文体并非有某种固定的模式，一个写作者如果能够用一种新的结构使文学内部被打开，那无疑是一件幸运的事情。但同时，我也意识到，如果多数人仅从社会学方面来理解这两本书，也恰恰说明它们可能存在着一些问题。文学的结构没有在文学性和社会性之间形成一种张力，而让一方遮蔽了另一方，这说明文本在某些层面还不够成熟。

但不管怎么样，“梁庄”是文学的。它之所以让人谈论，恰是因为文学的溢出。梁庄从来都不是客观的、物理的“真实”。生活的复杂性和敞开性远远超出了作者眼睛所见。梁庄是我的故乡，它一开始就是情感的、个人的、文学的“梁庄”。我也是以梁庄女儿的身份重回并体察梁庄，我的所有调查也因这一亲缘关系而变得更加内化和敞开，“我”本身就是梁庄风景的一部分。这里的时间、空间是双重叠加的，这是我和梁庄特殊的关系所致。

因为奉“真实”之名，一切都变得非常艰难。“非虚构写作”变为了一种悖论式的写作。或者，写作本身就是一种悖论。写作要面对世界，但是，我们面对世界时并非为了改变它，而只是为了叙述它。文学者对叙述世界的兴趣要远远大于面对世界的兴趣，更不用说“行动”。我们着迷于叙事和文字本身，并不真正关心真实的世界。

## 四、“我”是谁？

《中国在梁庄》和《出梁庄记》中都有“我”。有论者这样认为，“不是梁庄要你写这两本书，也不是梁庄人要你写，而是你要写这个梁庄。因为，你需要它”。是的，“我”需要它，“我”想找到救赎。对于我来说，重返梁庄的第一冲动不是想揭示梁庄的真实，而是为了寻找一种精神的源头，以弥补自己的匮乏和缺失，个体精神的要求要远远大于对集体精神的探索。但“救赎”这个词在这里无疑又是高高在上的。你必须意识到，“救赎”“忏悔”本身就是一种居高临下的姿态。想通过“梁庄”来完成“我”的精神重建，这是“我”羞耻的根源之一。无论是作为一个知识分子，梁庄的亲人，还是哪怕只是一个观察者，“我”的身份、位置和叙事姿态都是让人质疑的。

我一度想放弃“我”，用一种完全客观的方式重写梁庄。《出梁庄记》第一章在部分上显现了我的这一放弃，一种遥远的、与己无关的、仿佛是客观存在千年的生活。但如前所述，我并不满意这种固化的和封闭的“风景”。在开始进入城市后，书写每一具体的打工者和打工生活时，我又放弃了这一“客观”。我反复衡量两种写法。譬如“西安”一章。如果完全舍弃“我”，那么，我的大堂哥、二堂哥的生活又变为一个“与己无关”的风景，他们与“我”，也就是与每一位读者是被观看者和观看者的关系，是分离的，不是互为所属的关系。因为“我”的存在，他们生活的状态、场景变得鲜活，更有同在感和现场感。

但同时，也因为这一“现场”，它似乎离文学的“自性”远了。这是一种代价。在写《出梁庄记》的过程中，我充分衡量了这一代价后，仍然选择人物自述作为主体。一是两本书有某种延续性，另外，就是，我希望能够把“我”和“梁庄内部”之间真正弥合，并创造一种新的文体。文学并无定法，关键在于你能否使你的框架具有张力并最终变成一种可供叙说的新文体。

我希望能够在文本中如实呈现并探究“我”的存在，因为，唯有通过“我”的眼睛，才能够更加深入地展示出“梁庄”在我们时代和历史中的存在真相。反过来，通过“梁庄”，“我”也看到了“我”自己的历史形象。

“我”是谁？我特别强调作品中的“我”梁庄亲人的身份。书中的人物都是我的亲属，我也以亲属的名称去称呼他们，他们往往是我的堂叔、堂侄、堂兄弟姐妹，哪怕只是按照辈分排的一个亲属关系，它本身就是一个巨大的网络。每个人在这网络上都有自己清晰的标属。梁庄是一个有机的社会网络，并非只是一栋栋房屋。每一个人和另一个人有关，彼此互为所属。在当代社会，他们也利用这一互为所属的关系以“扯秧子”的方式进入城市，并在城市的边缘建构一个个“小梁庄”。在这一“小梁庄”里，他们仍然打架、吵架，爱恨情仇着，但是，他们都有结构感和身份感，在这里，他们感觉到自己在活着。而一旦进入城市，他们只是城市边缘沉默风景的一部分，没有身份和依托。

在许多时候，我真的觉得我就是梁庄的一分子。当建昆婶拿着告状信给我看，并希望我能想出办法去惩罚那个十八岁的王家少年时，我突然感到纠结和害怕；当看到梁平那深陷的、明亮而狡黠的眼睛时，我仿佛看到他的叔叔小柱在朝我笑，刹那间，我对眼前这个年轻莽撞的小伙子产生了柔软的感情，我像任何一个家长一样开始对他絮絮叨叨。那一刻，我觉得我是梁庄人。

2011 年 8 月的一个傍晚，我们从南阳贤义家开车回梁庄，突遭暴雨。天瞬间变黑，雨铺天盖地，我小心翼翼地开着车，但却什么也看不见。天地茫茫，我们像被抛弃了。恐惧和不祥的感觉爬升上来。我情不自禁地在心中呼唤着各路神灵，老天爷、耶稣、真主、观音菩萨、土地爷，我在心里一遍又一遍地呼唤他们，向他们祈祷，希望他们保佑我们。我想起了贤义，我羡慕他有神灵的庇佑，羡慕他明亮、平和的双眼。在那一刻，我觉得我就是梁庄人，因为我就是贤义。

但我又始终不是。在梁庄，我时时遇到的是陌生而茫然的目光。即使是在村庄住了几个月，即使是你每年都要回家几次并且每次都尽可能地探访一些人，但是，那眼神投过来的一刹那，你明白，在他们眼里，你已经是异乡人。还有，当你在西安堂哥家的厕所面前徘徊，在小旅馆里如坐针毡，在青岛光亮叔家因霉味而想逃跑时，也都说明了，你不是梁庄人。你已经习惯了明窗净几的、安然的生活，你早已失去了对另一种生活的承受力和真正的理解力。

我不是梁庄人，还因为我时时承担着阐释的功能。许多时候，正是这些阐释，暴露了“我”其实已经不是梁庄人的尴尬事实。《中国在梁庄》在“人物自述”和“我”的议论之间有明显的分裂和不协调。当人物自己讲的时候，他讲的是自己的生活、结构，讲自己对社会的认知和世界观，它所包含的内在层面远远超出了书写者所能理解的层面。反过来，“我”的叙述一方面构成梁庄内部风景的一部分，而当我以客观的形象进行公共议论时，所运行的完全是另一套话语。比如在“平地掘三丈”那一章里，最后“我”的议论多余而俗气，和老贵叔自己的精彩叙述非常不协调，并且苍白无力。这也显示了“我”作为一个外部人对村庄内部生命的简单化理解。

我是谁?“我”是我们这个时代的每一个人。逃离、界定、视而不见、廉价的乡愁、沾沾自喜的回归、扬扬得意的时尚、大而无当的现代等等，我们每个人都是这样风景的塑造者。

现在想来，在《出梁庄记》结尾处，“我”的形象很让人生厌。“我”为什么有如此大的无力感？“我”在代谁哀叹、诉说？“我”把这种无力和下坠之感也附着到了小黑女儿身上，这贬低了小黑女儿和“梁庄”的存在。或者，它只是作为中产阶级的“我”的浅薄和软弱而已，“我”却把这些作为乡村生活和精神的全部。小黑女儿还活着，这就是她的意义和力量，这就是“梁庄”的意义和力量，大地再一次包容并继续抚育她。就像那时而世俗、时而铿锵的穰县大调，唱出的是欢乐、悲愁和力量并在的中国。

《出梁庄记》试图揭示“我”在“梁庄”结构中的暧昧存在（这一点也是在重新阅读后才感觉到的），并在文本结构上形成重要的参差和互文作用。“我”的视野、情感和“梁庄”的时空交织在一起，形成一个更大的时空。“我”也是一个“出梁庄者”，当重又回到“梁庄”之时，“我”没有资格做任何道德审判，更没有资格替“梁庄”做出判断。相反，“我”应该是一个被审问者。在西安，那个只有十八岁、倔强的年轻人在“我”面前的羞耻感是对“我”最有力的审判。

他始终没有正眼看我，好像我是他的创伤，好像一看我，就印证了他的某一种存在。

羞耻是什么？它是人感受到自身存在的一种非合法性和公开的被羞辱。他们被贴上了标签。

他为他的职业和劳动而羞耻。他羞耻于父辈们的自嘲与欢乐，他拒绝这样的放松、自轻自贱，因为它意味着他所坚守的某一个地方必须被摧毁，它也意味着他们的现在就必须是他的将来。他不愿意重复他们的路。“农民”“三轮车夫”这些称号对年轻人来说，是羞耻的标志。在城市的街道上，他们被追赶、打倒、驱逐，他愤恨他也要成为这样的形象。

直到有一天，这个年轻人，他像他的父辈一样，拼命抱着那即将被拖走的三轮车，不顾一切地哭、骂、哀求，或者向着围观的人群如祥林嫂般倾诉。那时，他的人生一课基本完成。他克服了他的羞耻，而成为“羞耻”本身。他靠这“羞耻”存活。

为什么这个年轻人对自己的职业（“蹬三轮的”），对自己在这城市的形象，对在“我”面前呈现自己是如此羞耻？它的源头来自哪里？在他那朝“我”一瞥而来的愤怒和羞耻中，似乎有了某些答案。

是的，如果不对“我”进行追问，将无法寻找到社会的根本症结。同样，就文学而言，如果不包含着对“我”的探查，也将少了文学最基本的元素和结构，即对人性和人类文明的思考。

在《出梁庄记》的后记中，我把“忧伤”和“哀痛”作为这本书的关键词。这两个词本身是恰当的，但又都是偏内向的、不那么积极的词语，无意中奠定了这本书的基调。但是，选择这两个词并非是想带出无力感，而是想表达一种历史感。

哀痛和忧伤不是为了倾诉和哭泣，而是为了对抗遗忘。在这里，“哀痛”是一个包含着理性成分的词语，它是我们对传统和过去、对民族自我和个体自我的一种态度。是为了对抗那些坚硬的、集约的话语。每个生存共同体、每个民族都有自己的哀痛。这一哀痛与具体的政治、制度有关，但却又超越于这些，成为一个人内在的自我，是时间、记忆和历史的积聚。温柔的、哀伤的，卑微的、高尚的，逝去的、活着的，那棵树、一间屋、某把椅子，它们汇合在一起，形成那样一双黑眼睛，那样一种哀愁的眼神，那样站立的、坐着的、行走的姿势。

“忘掉哀痛的语言，就等于失去了原本的自我的一些重要成分。”哀痛不是供否定所用，而是为了重新认识自我，重新回到“人”的层面——不是“革命”“国家”“发展”的层面——去发现这个共同体的存在样态。哀痛能让我们避免用那些抽象的、概念的大词语去思考这个时代的诸多问题，会使我们意识到在电视新闻上、报纸上、网络上看到读到的那些事情不是抽象的风景，而是真实的人和人生，会使我们感受到个体生命真实的哀痛和那些哀痛的意义。

但是，如果不能对“自我”提出要求，如果不能把“我”放回到“故乡”及与“故乡”相关的事物中去审视，我们就不可能拥有富于洞察力的哀痛，也就不可能对抗遗忘。这或者是“梁庄”中“我”存在的最大意义。

## 五、无处抵达的“重返”

“我终将离梁庄而去。”

我想表达什么呢？它是我心中最实在的情感，它几乎成为一种呼喊，在胸腔一点点胀大。烦躁、悲哀、软弱、逃离，它既是一个已经中产化的知识分子在面对艰难人生时的矫揉造作，也是因为你突然瞥到了你背后那庞大的时代映像和不可告人的动机，那深渊之深让人莫名心惊。“我终将离梁庄而去”，也最终将无家可归。

这里面当然包含着一种更大意义的“离开”，我们都在“逃离”。当我们叙说某种“逃离”时，那只是一种抽象的感觉，并未落实到生活的实在，但是，“重返”却使得这一“逃离”之感变得清晰而必然。

沿河而走。晴空之下，岸边一张不易觉察的网把几只小鸟网住了，那小鸟灰背银腹，非常漂亮。其中一只头还上扬着，羽毛凋零，身体枯瘦。不知道已被困了多少天。它还活着。细而坚韧的网线紧紧缠绕在它的躯体上，它越挣扎，那线越紧。每解掉一道线，都有羽毛脱落，露出里面青色的骨皮。另外几只已经死了。据说这样的网是为了逮小鸟以做烧烤。在这一段的河岸边，有许多这样的网。我想找旁边那家人理论，但又不敢，只好在远处怒目而视，看着那进进出出的人。我在心里发誓，当天晚上，月黑风高之时，我一定来把这竹桩拔掉，把网一一烧掉。那天晚上，我并没有去。之后，我也一直没有去。

我心里常常想着那张晴空之中的网，我问我自己，我为什么没有去?

写作与生活之间的关系到底是什么？你发现了你生活的限度和写作的限度。具体的、实在的命运在你面前展开它狰狞而又复杂的形态，你投入了进去，描摹、揣测、理解和感受它内部最细微的纹理和走向，你叙述了他们，而后，你安然退出，任其漂流。如果你的思考不能面对任何的生活，那思考的意义又在哪里？难道你不去看那张网，小鸟就不在那里了吗?

但无论如何，随着时间的流逝，我的这种虚无感和负罪感在逐渐远离。就像现在正在发生的这样。我给自己找了一种解释：这是文学。文学的功能是叙事，是发现，而不是实际的行动。但终究只是一种“解释”，自我解脱的托词，它并没有完全说服我。我清清楚楚地感受到自己的虚伪，无法找到合适的理由。

有时候，我又在怀疑我自己，我之所以对梁庄有如此大的负罪感，恰恰是因为我把它看作低一层次的生活，是我无处不在的可恶的悲悯在起作用。你凭什么要对他们悲悯？那就是他们的生活，不高尚也不庸俗，不富裕但也不是绝对的贫穷，他们依靠自己的劳动挣钱吃饭，并获得些许的幸福和温暖，何来悲悯？你的悲悯贬低了他们的存在。梁庄和梁庄人并不应该只被悲悯，相反，我们要为他们的勇气、韧性而骄傲，为他们在严酷的生活面前仍然努力保持着人的尊严、家的温暖而自豪。

或者，让我们真正感到负罪的是因为我们看到并清楚这个时代运转的不公及历史的渊源，看到那阻碍小鸟飞行的网，看到他们还值得过更好的生活，但是，我们却什么也没做。我们把这种负罪感转化为一种怜悯并投射到他们的生活中，以减轻自己应该承担的重量，同时，也使自己很好地脱责。这是一种更深的不公，在貌似为梁庄人鼓与呼的悲愤中，梁庄再次失去其存在的主体性和真实性。

梁庄的支离破碎不只是生活本身的表现形态，它与写作者及这个社会内心的支离破碎、虚无任性也是有关的。没有“信”的坚定支撑，你无法看到你所书写事物的更深寓意，它们与世界、宇宙，与人心、社会的更深关系。同时，你也无法有一种真正的勇气去面对和承担。村庄的生命在我们笔下犹疑、彷徨、卑微，你也深陷其中，以为本来如此，但或者其实只是我们自己如此卑微。

知识分子的道德包含着什么？我指的不是人品的好坏，而是指一种对应性。如果你的所说和所做并没有达到一种相对的和谐，甚至是完全悖反的存在，那么，究竟该怎样思考这一反差所产生的距离？譬如，你在作品中充满批判性，而在生活中却是完全的犬儒，我指的不是那种为了使自己更好地写作和发声而不得不的内敛，而是指一种自满并自得地和生活达成一致的精神状态和行为。这并不是说你要放弃中产阶级生活，而是说，你在精神上也是自适的。你作品中的批判性被包裹在你生活和精神的自适性之内，无法挣脱出来。当代的作家和学者有一种对自己专业化的沾沾自喜（并非指文学本身的专业化，而是生活的专业化），这一沾沾自喜导致文本常常是一种自足的意识和结构，即使你书写的是有冲突的现实生活，它会破坏文本的内部结构。你掩藏不住你自己。我常常嗅到这种沾沾自喜的气息。我不喜欢这种气息。而这种气息，隐秘地附着在这个时代的每个角落和人心之中。

我想要表达的是：如果你并没有在精神上处于矛盾或痛苦状态，你能否书写出真正意义的矛盾与痛苦？如果你的内心没有经受烈火的煎熬，而只是把那种煎熬作为一种姿态，如果你只是把梁庄——我在这里指的是广义的梁庄，甚或是人间生活——作为他人的生活，那么，你能否写出真正的梁庄？这些，也是在问我自己。

我们该“重返”到哪里？火热的生活中吗？和你所要写的人生共在并共同承担？我不确定。知识分子究竟被困在了什么地方？真正的生活实感来自哪里？

在中国当代作家里面，张承志是一个有独特气质和精神的作家。我在家乡清真寺里和普通的穆斯林聊天时，发现他们都知道张承志，知道他的《心灵史》《金牧场》，说起他来，神色端然，极其尊敬。对于一个写作者而言，还有哪一种荣幸能超越这种态度？他在他民族中拥有如此高的庄严地位，他通过自己的写作给民众带来思考，并以此修正自己的心灵和行为。

张承志是有信仰的，他也很安然，因为他就在其中。他知道他说的话谁在听，他知道他写出来的疑问有谁也在追寻，他知道他的问题在哪里，他就是作为这群体中的一分子在做自己的事情，并参与到文明和历史的进程之中。

但我没有这种有信仰的安然。我时常觉得自己处于惶恐和不确定之中。我始终徘徊在门外。我害怕交付自己。多年的灌输使得我们成为知识崇拜者和唯物崇拜者，我们执着于眼见之物，而很难去思考那引领我们精神向上的永恒存在。

从 2011 年起，我也陆续参与一些乡村建设团体的活动，并成为他们的志愿者，做宣传员，给学生上课、座谈，或到一些实践点去考察，和各个行当的人一起开会、探讨。那是一个全新的领域，他们是真正的实践者，在乡村和城市的边缘奔走、呼喊，或默默地做着可能完全失败的种种努力和实验，他们所面临的困顿、挫折和所表现的勇敢是坐在书斋里面的知识分子无法想象的。我敬佩他们。不管他们的观点、行动是什么，彼此之间有多么大的分歧，有这样一群人在，就有逆主流的声音在，他们给这个正在飞速城市化的国度提供了另外一种可能的空间和存在。

但是，就内心而言，必须承认，其实我没有那么大的热情，我好像只是为责任而做，我并不习惯于这样的行动和形象。我害怕参与任何一种团体和富有进取心的活动，害怕行动，害怕被挟裹其中，害怕无休止地面对人群和各种庞大机器。有时候，我能感觉到某种具体的社会力量压迫而来，迫使你去进行二元对立的站位和叙述。我不喜欢这样的感觉。当然，不可避免地，它也包含着，你不愿意为此付出时间和精力。

我终究只能，也更愿做一个旁观者。我更习惯于一个人悄悄在生活中行走，感受着世间万物压过来的痛苦和充实。我喜欢分析、体味这世间万物的复杂、混沌和难以辩解，喜欢走向那杳无人迹的林中小路，它能带我通向幽深之地，虽然那幽深之处可能什么也没有。我始终只能做一个写作者和研究者。

“旁观者”，或“写作者”，是否会有真正的痛苦，是否能够完成你和你写作对象之间的道德建构？当那张网、那只小鸟就在你的视界之内，你是选择做一个旁观者，还是行动者？一个写作者、思考者的“生活实感”能否从“旁观”处得到？如何才能够穿透这“实”进入更为宽阔的“虚”的层面？这或许是我一直要追寻下去的问题。

追寻当年重返梁庄的原因、意义和写作中的困顿，五年之后，也并没有找到真正的答案。但是，我似乎看到了前面重峦叠嶂的山峰，看到它的轮廓和多样的迷雾。有“物”对应，有真切的怀疑、思考和问题意识，对于任何一个妄图寻找精神存在的人来说，都是一种幸福。虽然仍然是不可避免的虚空，但不是虚无的虚空，而是实在的虚空。我要弄清那“实在”如何产生出虚空，寻找那虚空背后的方向和精神的褶皱。

我似乎获得某种力量，再次返回书斋。

2013 年 9 月 18 日于美国杜克大学